文春文庫

警視庁公安部・片野坂彰

天空の魔手

濱 嘉之

文藝春秋

警視庁公安部・片野坂彰
天空の魔手

目次

プロローグ 9
第一章 eスポーツ 26
第二章 ゲームソフト開発 44
第三章 実験 65
第四章 新人登場 106
第五章 合流 138
第六章 調査活動 171
第七章 ヨーロッパ入り 225
第八章 サンクトペテルブルク 262
第九章 片野坂の訪欧 290
第十章 サンクトペテルブルクの攻防 318
エピローグ 378

都道府県警の階級と職名

階級　所属	警視庁、府警、神奈川県警	道県警
警視総監	警視総監	
警視監	副総監、本部部長	本部長
警視長	参事官級	本部長、部長
警視正	本部課長、署長	部長
警視	所属長級：本部課長、署長、本部理事官	課長
	管理官級：副署長、本部管理官、署課長	
警部	管理職：署課長	課長補佐
	一般：本部係長、署課長代理	
警部補	本部主任、署係長	係長
巡査部長	署主任	主任
巡査		

警視庁組織図

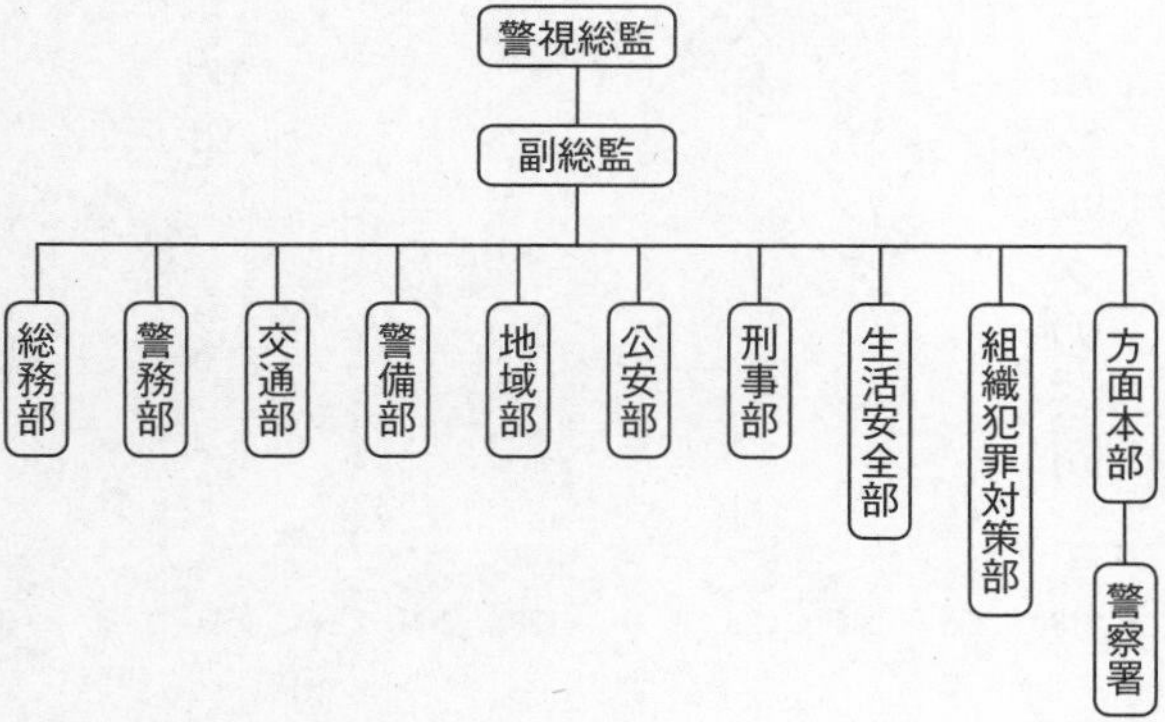

主要登場人物

片野坂彰………　警視庁警視正。職名は部付。公安部長付特別捜査班を率いるキャリア。鹿児島県出身、ラ・サール高校から東京大学法学部卒、警察庁へ。イェール大留学、民間軍事会社から傭兵、ＦＢＩ特別捜査官の経験をもつ。

香川　潔………　警視庁警部補。公安部長付特別捜査班。片野坂が新人の時の指導担当巡査。神戸出身、灘高校から青山学院大学卒、警視庁へ。警部補のまま公安一筋に歩む。

白澤香葉子……　警視庁警部補。公安部長付特別捜査班。カナダで中高を過ごした帰国子女。ドイツのハノーファー国立音楽大学へ留学。英仏独語など４か国語を自在に操り、警視庁音楽隊を経て公安部に抜擢される。ＯＳＣＰ資格およびＯＳＥＥ資格を持つハッカー。

望月健介………　警視庁警視。公安部長付特別捜査班。元外務省職員、元国際テロ情報収集ユニット所属。ジョンズ・ホプキンズ大学高等国際問題研究大学院を卒業した中東問題のエキスパート。かつてシリアでＩＳＩＬの戦士「バドル」として戦い、その経歴を買われて片野坂に引き抜かれた。警察庁に中途入庁し、警視庁に出向する形を取っている。

壱岐雄志………　外務省職員。外務省アジア大洋州局北東アジア第二課勤務。北京の在中華人民共和国日本国大使館に６年間赴任し、望月とは先輩後輩の関係だった。

レイノルド・フレッシャー…　ＦＢＩの内局の一つである連邦捜査局国家保安部（ＮＳＢ）の上席調査官。片野坂のＦＢＩ時代の同僚。

青山　望………　警察庁警備企画課理事官。情報マンとして功績を挙げ「チヨダ」へ永久出向。

天空の魔手

警視庁公安部・片野坂彰

プロローグ

分厚い雲が低く垂れ込めていた。残雪こそないものの、冬籠りの虫が這い出る時期にしては寒さが肌に染みた。

三十人程の青少年が大型バスで群馬県の山間にある牧場に集まっている。さらにこの場所には不釣り合いな漆黒に塗装された大型トレーラーが二台と、たまに都心を走っているような大型モニターが取り付けられた広告車両のような車もあった。そしてどうみても保護者とは思えない二十人程の三十代半ばと思われる男女が思い思いの服装で集団を作っていた。

そこに三台のマイクロバスが到着した。各車両にはそれぞれ十人程が分乗していたが下車する者はいなかった。先頭のマイクロバスに乗車していた四十代半ばの男一人が下車し、ヘッドフォンマイクで指示を出すと、大型広告車両の中から五人のキャンペーンガールのような揃いの服装をした若い女性が降りて大型トレーラーの脇に並んで立った。マイクを持った若い女性の一人が挨拶を始めた。

「皆さんこんにちは。今日は全国で開催された予選の中で優秀な成績を挙げた皆さんに新たなソフト開発へのご協力を得るため、国や会社から来た専門の知識を持つ方々と一緒に、楽しみながら皆さんが持つ高度な技術を披露していただきたいと思います。今日、皆さんに使っていただくマシンやプロポは、後日さらにグレードアップしたマシンや新たなソフトと一緒にプレゼントいたしますから楽しみにして下さいね」

プロポは正式名称を「プロポーショナルシステム」といい、ドローンの操縦機のことである。プロポは操縦者の意図を迅速かつ正確に機体に伝え、操縦するために不可欠な役割を担う。しかも、プロポと機体のセンサーが双方向に情報をやり取りすることで、機体の状況をリアルタイムに把握することもできるのだ。

美しい声の女性のアナウンスに参加者から歓声があがった。彼らの無邪気な反応を見て女性が続けた。

「それでは、今日のゲームのルールについて説明します。まず、みなさんを五つのグループに分けて予選を行います。大まかなルールは皆さんが全国予選で行ったものとほとんど同じですが、今回はマシンのスピードと技を競うだけでなく、もう一つ、直径二メートルの円の目標に積載物を投下する競技が含まれます。この時のマシンの最低高度は五メートルです。それ以上の高さの場合には高ければ高いほどポイントが加算されます。もちろん、皆さん初めてのことですから本番前に五回ずつの練習ができます。マシンの性能とプロポもほとんど均一になるよう厳正に調整されていますので、順番に好きな色のマシンを取って、そこに書かれている番号を受付に報告して下さい」

すると一台の大型トレーラーの側面がゆっくりと上に開き、色とりどりの中型ドローンが姿を見せると、再び参加者が歓声をあげた。そこで五人の若い女性が参加者を五つのグループに分けて、引率する形で順次、ドローンとプロポのセットを選ばせた。参加者の嬉々とした顔つきを見た女性も思わず笑顔になったが、この状況をモニターで眺めていたマイクロバスに分乗した大人たちもまた、微笑みながら頷《うなず》いていた。

「第一グループの皆さんから順番にそれぞれの練習コースに進んで練習に入って下さい。練習時間は二時間、予選と本選は専用のコースで行います。それでは移動を開始して下さい」

参加者は、それぞれ五か所の練習コースに入ると、引率者の女性の指示を受けながらじゃんけんで順番を決め、順次ドローンの操作を始めた。

約二時間の練習時間が終了し、五つの会場で予選が始まった。参加者はそれぞれ約二十分間の練習でコースと機種の癖、プロポの動作感覚をすっかり熟知しているようだった。

スタート地点は直径二メートルの円の中で、スタートと同時に高度五メートルに上昇させた後、すぐに高さ四十から五十メートルの杉林に突入する。間伐はされているとはいえ、木の間を縫いながら約五十メートル進んで杉林を出ると、その後一気にドローンを百メートルに急上昇させて、五百メートル離れた鉄塔を周回する。そして今度は再び一気に高度を五メートルに下ろして、直径二メートル、長さ十メートルの直線トンネルを抜け、もう一度高度を五十メートルに上げて目標の直径二メートルの円内に三キログラムのおもりを落として、再び杉林を通り抜けて出発地点に戻るというコース設定だった。これを各々三回ずつ実施して、その最速タイムが予選結果となる。予選通過者は各予選コースの優勝者の計五名。これが今度は本選コースで戦うのだった。

片野坂彰《かたのさかあきら》は全てのドローンに取りつけられているカメラ映像と、上空にアドバルーンで固定されているカメラ画像の二つを同時に眺めながら参加者の操作技術を確認していた。現場に付き合わされていた警察庁警備局担当審議官五十嵐雄一《いがらしゆういち》警視監が感心しながら言った。

「誰も木にぶつかったりしないものなんだな」

「国内でもトップクラスの技術を持った子たちですから、まだ余裕がありますね。機体をわざと揺らしながら飛行させている子もいます。一回目のトンネルに入る際の初速が見ものです」

「速度計も設置されているのだな」

「はい。各自のプロポの動作はすべてミニ富岳で解析し、専用サーバに記録されています。コンマ何秒、ミリ単位の操作技術がドローンの飛行にどれだけの影響を及ぼすのかをコンピュータに学習させるのです」

「ミニ富岳？　どういうことだ？」

ミニ富岳の親玉である富岳は、理化学研究所が富士通と共同開発し運営している、日本のスーパーコンピュータである。

「今回、ミニ富岳を一台お借りしてきたのです」

「借りてきた？　どういうことだ？」

「ミニ富岳はレンタルしているんですよ。しかも入門機の使用料は一時間、わずか百円ですからね。計算速度などで世界四冠を達成した富岳の性能を、新規ビジネスや技術革新に利用したいのだと思います」

「富岳」と同じCPUを搭載した「ミニ富岳」と呼ぶべきマシンを時間制でレンタルするサービスが始められていることはあまり知られていない。本家の「富岳」が四百三十二台の計算機を同時に稼働させるのに対し、「ミニ富岳」は八台と計算能力は圧倒的に低いが、先代「京《けい》」での使用を見込んだプログラムの動作確認など、「富岳」を本格利用する前のテストに利用できるメリットがある。

「そういうことだったのか……そうすると、今後のドローンは最終的にはコンピュータが操縦することになるのか？」

「今回のロシアのウクライナ侵攻を様々な角度から見て、メイドインチャイナを如何に活用するかを考えた結果でした」

「日本に敵対しようとしている国々がメイドインチャイナにやられているとは思いもしないだろうな」

「まあ、その筆頭が中国なのですからね」

「しかし、君たちがドイツで大騒ぎを起こす前に、ロシアと中国のシベリア鉄道沿線をドローン撮影していたとは、画像データを見るまで知らなかった」

「日本の高速道路が米軍や航空自衛隊の基地直近を走っていることを考えると、ロシアのシベリア、極東に対する最大の輸送ルートはシベリア鉄道ですから、当然ながら彼らの基地や弾薬庫もその沿線にあると考えたのです」

「なるほど……しかも、夜間の赤外線カメラまで用意していたとはな」

「夜の方が向こうも安心しています。日本の画像解析技術は世界でも有数ですから、夜間画像でも真昼と同じような状況に再生できます。夜間は長めに撮影してもらっていたのです」

片野坂の言葉に五十嵐審議官が笑いながら答えた。

「それにしても、ロシアや中国の軍事侵攻を想定した結果がドローン作戦とはな……安い道具を最大限に活用しようという発想がいいな」

「戦車一台は三億円ですが、これを数百万円、もっとうまくやれば数十万円で破壊できるとすれば、敵にとっては大きな痛手でしょう。水中モーターでソナーを打つ発想と全く同じです。ミサイル一発でも一千万円するのですから、ドローン攻撃は笑いが止まらないことがわかったのです」

「しかし、それに青少年も使うか？」

「その世代が一番操作が巧いのですから、その技術を放っておくわけにはいきません。もし、有事になった際には、東京ドームのような会場で、仮想空間を使って彼らに実際に現場のドローンやｅスポーツを操作してもらって、新たな戦術を練ることがあっていいかな……と思っています」

「青少年を戦争に巻き込んでいいわけがないだろう。新型コロナに関しても、富岳ほどのスパコンを使って飛沫の飛び方を解析するだけでは物足りない……と思っていたんだが、さすがの理化学研究所も新規ビジネスが国防につながるとまでは、考えていなかったただろうな」

「しかし、ＩｏＴ《アイオーティー》によって全世界から収集された膨大なデータをもとに、サイバー空間上でシミュレーションが繰り返され、その結果として、より快適な生活を生み出すための答えが自動的に実社会に戻されるのが富岳本来の目的です」

「ＩｏＴか……Internet of Thingsの略だったな」

『モノのインターネット』と訳されています。モノがインターネット経由で通信する意味で、当初コンピュータを通信でつなぐために生まれたインターネットは、スマートフォンやタブレット端末だけでなく、今やテレビやデジタルレコーダーなど一般的なデジタル家電にまで接続されるようになっています。これがIoTです」

「大規模・高精度なシミュレートされた都市、つまり、スマートシティにおける次世代社会インフラの実現の中心的役割を果たすのがIoTということか」

「スマートシティだけでなく、人工衛星、気象レーダー、ドローン、各地のセンサーなどから送られてくる情報を含むビッグデータ解析やシミュレーションとのリアルタイムデータの同期により、無用な戦争の回避も可能となります」

「無用な戦争か……。果たして独裁者にそれが理解できるものなのか……だな」

「それは早い時期にわからせるしかありません」

「しかし、日本には日本国憲法第九条という壁がある。先制攻撃はできないぞ」

「日本に対する攻撃はミサイル攻撃しかありません。ただし、最初から戦略核を持ち出す可能性は極めて低いと思われます。もし、本格的な軍事行動を独裁者三国同盟が起こす兆しが出た段階で、徹底抗戦の準備を取っておくことが必要です。ロシアは極東まで軍事物資を運ぶ余裕はないでしょうが、万が一にもそれを行うようでしたら、兵站《へいたん》の補給路を瞬時に断つことが大事です。北朝鮮はミサイルしかありませんが、一発でも日本の船舶や土地に着弾した段階で宣戦布告と看做《みな》し、敵基地への攻撃は可能です。中国の台湾有事に際して、尖閣への接近を宣戦布告と看做すかどうかです。海保ではなく、自衛隊等の緊急出動が必要でしょう」

「自衛隊等の『等』に警察が入る……ということなのか？」

「日本の領土に対する治安維持の観点から、シーレーンの安全確保は第一です。海上交通に関しては海保が一時的に行動しますが、警察も協力すべきと考えています。特に、中国の違法操業漁船団が自国の潜水艦や武装船をガードするような行動に出ている場合には、海保では対応が難しい場合があります」

「すると、前回のような水中モーターを使うのか？」

「いえ、機雷に似た爆発物をドローンで投下して、確実に沈める行動に出ます」

「そこにもドローンか……」

「水中ドローンでは潜水艦や高速艇には対応できません。そのために空中からドローンを使用するのです。一口にドローンと言っても、農薬散布や宅配サービスに使用しているようなな四つのプロペラが付いているタイプではなく、北極圏の大気観測に使っているような発射式のものが効果的だと考えています。

日本の潜水艦の価格は一隻約六百五十億円、アメリカの原子力潜水艦ともなれば三千八百億円です。それを数十万円の武器で破壊できると考えると、ウクライナでの陸上戦よりもはるかに費用対効果があると言えます。特に、日本海の海底地形は最深部では水深が約三千八百メートルありますが、隣接する海とつながる海峡の水深はおおむね五十から百四十メートル程度と浅いため、狙い場所は限られてきます。一方、尖閣がある東シナ海も、ユーラシア大陸縁辺部には舟山群島《しゅうざん》などの小島嶼がある海底はほとんどが大陸から続く大陸棚で、深度二百メートルより浅いのです。潜水艦にとっては実に闘いにくい場所といえると思います」

「お前はそんなことまで考えているのか……」

五十嵐審議官が呆れた顔つきで訊ねると片野坂が答えた。

「警察は軍隊ではありませんが、警察権の行使の限界というものは『やってみなければわからない』のが実情です」

「確かに爆薬を使用するわけではないのだろうが、ドローンだけで潜水艦を沈めるのは難しいだろう？」

「テルミット等の一般企業でも使用されている薬剤を使用するだけでも大きな効果があると思います」

テルミットとは、金属酸化物をアルミニウムで還元する冶金《やきん》法で作られる合金である。特に酸化鉄とアルミニウムからなるものは、二つの金属の混合比や粒子の大きさによって、短時間に狭い範囲に集中する超高温の化学反応を爆発的に発生させることができる。

この技術を軍事的に利用した爆弾の一つが、焼夷弾である。

「テルミットか……線路の溶接に使うものだが、焼夷弾もその一類型だったのではないか？」

「そうですね。しかし、僕が考えているテルミットの使用は焼夷弾のようなテルミット爆弾ではなく、単にテルミットの燃焼力を敵艦に向けて航行を停止もしくは甲板を破壊させる目的だけです。とはいえ、偶発的に敵艦が沈没する可能性も否定できませんが、敵にとっても十分に艦を捨てる余裕はあるかと思います」

「あくまでも抑止力に他ならないのだな」

「計算上もそのつもりです」

「ところで、ドローンの操縦は全てコンピュータに行わせるのか？」

「将来的にはそうなってくれればと思いますが、現時点ではまだプログラミングが完成しておりませんし、ドローンの飛行技術をコンピュータに学習させるのが第一です」

五十嵐審議官は片野坂の説明に納得した様子で、数度頷いてから訊ねた。

「ドローンの最高時速はどれくらい出るんだ？」

「実戦では時速五百キロメートルは出ないと使いものにならないと思います。原則としてドローンは神風特攻隊ではなく、全て生還させたいと思っています」

「そうなのか……」

「税金の無駄遣いはできませんから……」

片野坂が生真面目な顔で答えると、五十嵐審議官が笑って言った。

「警察庁は現在警備用の無人飛行機を購入するための予算請求をしているんだが、その金額たるや二百億円だ。高すぎると思うか？」

「利用頻度だとは思いますが、格納庫やメンテナンス、専用滑走路等を考えると高くつきそうですね」

「今回の大会の予算はプロポメーカーとゲーム開発会社からの協賛金だけ……というのは本当なのか？」

「そのうち官邸機密費と警備機密費をお願いすることになるでしょうが、システム開発費はどんなに高く見積もっても億はしないでしょう。その有用性はロシアのウクライナ侵攻が如実に実証してくれています。武器の一種ですから特許を取ることは難しいので、商品化できないかも検討中です」

「しかし、それはドローンの力だけじゃない。世界中のアンチロシア国家がウクライナに相当額の武器支援をしているからだろう？」

「確かにそうですが、ウクライナは自国の防衛、しかも東部地域に限定した抗戦をしているだけなのです。御乱心のプー太郎を誰も止めることができない、国家として末期的様相を呈してきたロシアと、何の役にも立たないことが立証されたＵＮを見限るいい機会です。中古武器の在庫一掃セール期間後には新たな戦い方が訪れると思います」

「しかし、ロシアはエネルギーと食料を武器にして、世界に脅しをかけるぞ」

「数億人の飢餓者が出てくることは避けられないと思います。しかし、それも全ては御乱心のプー太郎を野放しにしていたロシアやUNの責任でしょう。この期に及んで、日本に常任理事国の餌をちらつかせている、知的程度の低い国家など相手にせず、UNに代わる新たな組織を創った方が賢明だと思います。これはIOC改革と一緒にするともっとわかりやすいでしょう」

「しかし、NATOも決して一枚岩じゃないぞ」

「誰かがプー太郎同様、トルコのエルドアンも消してくれることを祈るだけです。『全会一致』や『拒否権』が存在する国際機関など必要ありません。それこそ、民主主義の否定に他ならないわけですから」

「お前は恐ろしいことを平気で言うな……」

「いえ、これは民主主義の基本中の基本を言っているだけで、ゴネ得を許す、悪しき共産主義を野放しにさせてはならないからです。エルドアンはかつてのトルコを崩壊させていると思います」

「日本にもそんな男がいたな……」

予選が終わり、五組の中のトップ通過者が発表された。最年少は十五歳、最年長は十八歳だった。

「これまでの競技データの解析からも、順当なメンバーが残りました」

「そうか……ほう、国立高専の生徒もいるのか……」

「結構、学校成績も悪くないんですよ。ただ、普通のコンピュータゲームもそうですが、ある程度の家庭環境にいなければ、ここまで打ち込むことはできないかもしれません。親の協力も必要ですから」

「確かにそうだな……オリンピックに出場する各種競技の選手も、才能を見出してくれる者がいなければ、表舞台に立つことはできないからな……ハングリー精神だけで競技のトップに立つなど、極めて限られた者だけだからな」

やがて本選が始まった。本選出場者に二度ずつの練習が与えられていた。予選で敗れた参加者も再起を期して勝者のプレーに見入っている。予選と本選の大きな違いは、コースを三周することに加え、二か所設置された木製の柱と柱の間を潜りながら、予選よりもう一つ先の鉄塔を周回し、透明な塩化ビニルパイプ製で九十度にカーブしているトンネルを通過する点だった。二か所の柱と柱の間の距離は一・五メートルだった。

「あそこを百七十キロで通過か……」

「時速二百キロを超えたぜ。速えーっ。ドローンを四十五度倒して通過するのか……」

喚声を上げながらも、誰もが競技者のテクニックに唖然とさせられる。

塩ビパイプ中の飛行では速度こそ落としたものの、ドローンを九十度、真横にさせてカーブを切ると、再び喚声が上がった。

「信じられない。あそこで倒すのか……」

五人の試技が終わり、本番が始まった。

最初の選手がスタートした。先ほどの練習がまるで小手調べであったかのように、プロポの操作は格段に速く、ドローンの平均スピードも練習時よりも時速二十キロは上がっていた。さらにドローンに付けられたカメラ画像を意識するように、折り返し地点の鉄柱に差し掛かるとドローンを真横に倒しながら三百六十度周回する。

「これがプロの技か……」

最初の選手は練習時よりも二十二秒早くゴールした。

五人の決勝進出者の中で、二人が圧倒的な力量の差を見せた。杉林の中では、まるでスキーのモーグルの選手がギャップの頂上でエッジを切ってターン技術を競うかのような、リズミカルでありながら体勢を崩さない動きに、大きな歓声が上がった。

さらにカーブのついた塩ビパイプに入る際にも、パイプのRに合わせるようにドローンを倒して、ちょうどリニアモーターカーが狭いトンネルに何の躊躇もなく飛び込むような勢いで進んだ。歓声が悲鳴に、最後にはため息に変わっていた。おもりの投下も円の中心にピタリと落として、何事もなかったかのようにスタート地点に舞い戻った。
「ここまでくると芸術だな……」
五十嵐審議官の言葉に片野坂が答えた。
「この操縦技術をコンピュータがどこまで解析できるか……ですね」
「プロポにも細工があるんだろう？」
「通常のプロポの倍以上の金をかけて、操縦士の脈拍、発汗、力加減までチェックしています」
「ほんのわずかな指の動きを計算させている……ということか？」
「それができるという触れ込みでしたので、やってみたのですが、これほど高度かつ繊細な動きまでコンピュータが解析できるものなのか、少し不安になってきました」
プロポでは主に、スロットル、ラダー、ピッチ、ロールの四つの動きを二本のスティック操作で行う。今回の設定は、海外で主流のそれで、
左スティック上下：上昇と下降（スロットル）
左スティック左右：左右へ回転（ラダー）
右スティック上下：前進と後進（ピッチ）
右スティック左右：左進と右進（ロール）
となっており、それぞれ百分の一度の精度でコンピュータが分析できるのだった。

優勝者と準優勝者のタイム差は二秒〇五、三位とは十秒以上違っていた。

閉会式では三位まで表彰を行い参加賞を手渡すと、トップ二人に特別賞として新規ソフト開発への参加権が授与された。二人とも参加の意向を示した。

優勝者は国立高専の三年生、準優勝者は大学生で工学部の一年生だった。

第一章　eスポーツ

東京都江戸川区のとある専門学校はeスポーツを最初に科目として取り上げて話題になっていた。

eスポーツとは、コンピュータゲーム（ビデオゲーム）をスポーツとして捉える考え方のことで、エレクトロニック・スポーツの略称である。

コンピュータゲームをスポーツに分類するかどうかは議論のあるところだが、スポーツの要素に綿密な計画、正確なタイミング、熟練した実行が含まれるとすれば、eスポーツはその範疇に入ると言えるかもしれない。

現在、eスポーツの対象として考えられているコンピュータゲームの種類は多くないが、今後、多様化していくことが予想されている。

片野坂は江戸川区の専門学校のカリキュラムをネットで確認すると、この学校の講師の一人になっていた大学時代からの友人で、メディアコンサルタントの堤裕治郎《つつみゆうじろう》に連絡を入れた。

「相変わらず面白いことをやっているんだな」

「今は本業が何なのかわからなくなっているのが実情だ。どの仕事のことを言っているんだ？」

「eスポーツの講師をやっているんだろう？」

「そっちの話か……ようやく日本の最大手通信会社も参入してきたからな。これから面白くなると思っている。片野坂、警察がeスポーツに何か興味を示すことがあるのか？」

「eスポーツを警察活動に応用できないかと考えているんだ」

「警察活動？　確かにeスポーツの中では対戦型が最も人気はあるが、警察よりも、どちらかと言えば犯罪者に近いような気がするんだけどな。あらゆる武器を使って相手をぶっ潰すのだからな」

「なるほど……ただ、僕も高校時代は結構ゲームをやっていた方なんだけど、昔ながらのゲームを極めるのも楽しかったんだ。ブロック崩しに始まってインベーダーゲーム、パックマンなんかね」

「昔ながら……というよりも古すぎないか？」

「確かにストーリー性はないんだが、ブロック崩しはブロックを下段からずっと崩していって、上の二段のうち最後の一個を上から当てて消すと、その下に新しいブロック列ができるのを知っているだろう？」

「ああ、自動的で勝手に穴があくまで消してくれる奴な……確かに、極めと言えば極めだな……しかし、単なるマニアックな遊びではeスポーツにはならないと思うけどな。eスポーツも時間との闘いだから、一時期流行ったストーリー性のあるものはダメなんだ。時間とポイントとの闘い、つまりスポーツの中の時間制限があるものでなくてはな」

「なるほど……例えば、eスポーツにドローンを加えたゲームというのはできると思うか？」

「ドローンか……確かに使い勝手もあるだろうが、ドローンは空間がいるじゃないか。コンピュータゲームの武器の一つとして、アメリカがISIS相手に使用した、無人機ミサイルのようなドローンを使うことはできないことはないとは思うが……」

「なるほど……しかし、ドローンを情報収集に使う手段だってあるわけで、現在のスマホ専用アプリのeスポーツで正式種目になっているサバイバルゲームだって、情報収集から始まるんじゃないのか？」

「ほう、よく知っているな。あれは四人一組でやるゲームで、今度のアジア大会で種目に入っているからな。確かに、あの種目では千分の一秒が勝負を決するチームプレーとして、各自がヘッドホンとマイクを使って、四人相互に連絡連携を取り合いながら生き残るゲームだ。そして、そこで最も重要なのが情報収集であることは間違いないな」

「その情報収集と攻撃にドローンを使う……というゲームを想定しているんだが……スター・ウォーズのような現実とあまりにもかけ離れているようなゲームでなくて、例えば、今回のロシア対ウクライナの戦争で、今ある兵器を使って戦うようなゲームはどうだろう？」

片野坂の問いに、堤がやや間をおいて答えた。

「偽似戦争モノか……確かに面白いかもしれないな。俺だったらこう攻める……とか……。しかし、やはり、ウクライナは面白いな。超大国のロシアにうち勝つウクライナか……。とはいえ、戦争終結には、まだ数年かかるだろう？　ゲームソフトがロシアのためになってしまうと面白くもなんともないよな。攻撃手法を敵に晒け出すようなものだろうからな」

「実際に売り出すのは戦争が終わってからでいいんだ。ただ、NATO諸国やウクライナのためになる攻撃方法を模索するようなシミュレーションゲームができればいいだけなんだが……」

「金は何処が出すんだ？」

「面白いな……、久しぶりにちょっと会って話さないか？」

「官房機密費だな」

堤が乗り気になったため、片野坂は日程調整を行った。

数日後、片野坂は江戸川区内にある専門学校を訪れた。

堤が実に楽しそうにeスポーツの講義を行っていた。この日は、世界を股にかけて活躍しているプロゲーマーの木戸俊作《きどしゅんさく》を特別講師として呼んでいた。木戸は二十八歳、四人組で戦うeスポーツのチームリーダーという触れ込みだった。堤の弁舌巧みな三十分間の講義の後に話ができるのか……と心配になるような、実におとなしそうな雰囲気の若者だった。

「プロのゲーマー、特に僕のようなスマホ専用アプリのeスポーツを行う者にとって、一番大事なことは何だと思いますか？」

言葉遣いも実に柔らかいが、講義の導入としては専門学校生の興味を引き込むテクニックだった。

「一番大事なのは、この首なんです」

と、言いながら、自分の首の後ろに手を当てた。専門学校生の反応はキョトンとする者、笑い出す者の二つに分かれた。

「一日八時間ぶっ続けでスマホと格闘しているのです。しかも、こんなゴム製の指サックを着けてです。そうすると、自然と身体が前のめりになり、首が真っ直ぐになって固まる状態になってしまうのです。これを放置してしまうとストレートネックというある種の変形骨格になってしまうのです。二十代前半でそうなってしまうと、その後何十年も苦しまなければならない職業病になってしまいます。健全な老後なんて考えられません」

百三十人が入る教室が爆笑に包まれた。片野坂も思わず声を出して笑っていた。「練られたものだな……」呟きながら、片野坂はこの若者の講義に聞き入っていた。

「半年後に開かれる大会の賞金総額がようやく七億円を超えました。これに見合ったプレーができるよう、僕もチームの仲間たちと一緒に日々、視力が低下しないよう注意して精進し、今後たくさん出てくるだろうライバルたちの登場を、半ば怯えながらも、楽しみにしていきたいと思います。最後に千分の一秒の技を少しだけ披露いたします」

そういうと、小さなバッグからおもむろにスマホを取り出してゲームにアクセスし、本来四人でバトルを展開するサバイバルゲームの一人用モードが大画面モニターに映し出されて始まった。シューティングが中心ではあるが、キャラクターの服装、武器、車両のデザイン等も変更できるものだった。時間にして二分ほどだったが、情報取集、敵の背後への回り込み、使用する武器の選択、銃の使用と次から次へと繰り出される技に、教室内はどよめきに包まれた。使用する銃弾の種類を選別、銃に装塡《そうてん》して射撃を始める。その際もまるで高級なアクション映画から飛び出したかのようにも見える、絶妙かつ繊細な動きだった。

「まさに実戦だな……」

片野坂は再び呟きながら、思わず身を乗り出していた。

エキシビションが終わると、教室内は拍手と歓声が沸き上がった。片野坂も拍手しながら「ブラボー」と声を出していた。これを見ていた堤が片野坂を教壇に招いた。予め内諾を与えていただけに、片野坂は笑顔で教壇に上がったが、片野坂の身分を聞いた専門学校生からは「おおっ」という、ため息にも似た声が上がった。

「彼は私の学生時代からの友人で、私が大学院に進んだ時、彼は在学中に司法試験にも合格していたにもかかわらず、警察庁に進んで、その後ＦＢＩ勤務を経て、現在は警視庁に勤務する警視正です」

教室内にはざわめきが起こっていた。

片野坂が簡単に自己紹介をして、ｅスポーツが今後、ロボット化が進む警察組織にも影響を与えるだろう旨を伝え、「時代の先駆者となるであろう皆さんに敬意を表する」と話を締めると、拍手と喝采が沸き起こった。

講義が終わり、木戸と片野坂は校長室に通された。

「警視庁公安部の警視正ですか……」

学校長は片野坂の名刺に目をやり、再び片野坂の顔を見て唸《うな》るように言った。

「階級は年次で与えられますし、部付《ぶつき》というポストは実質的な遊軍のようなものです」

「しかし、江戸川区で一番大きな小松川警察署の署長でさえ警視ですから、相当な数の部下をお持ちなのでしょう？」

「いえいえ、現時点で私以下四人の小さな部門です」

「よ、四人……だけですか？」

「今年、もう一人増えて、総勢五人になる予定です」

「誠に失礼なこととは思いますが、そんな人数で何をされていらっしゃるのですか？」

「まあ、国内隅々まで歩いて、問題点を見出して一つ一つ潰していく地味な作業です」

片野坂が言うと、堤が笑いながら話を続けた。

「校長、こいつは警察庁の中でもエリート中のエリートで、公費でイェール大学に三年留学後、そのまま帰国することなくFBIに三年間出向して、本物の現場を知り尽くした男なんです。大学三年の時に司法試験にも合格しているんですよ」

「司法試験……。それも凄いことですが、公費でアイビーリーグのトップスリーと言われるイェール大学に留学されたのですか……。しかも、そのままFBI勤務……私も警察官僚の方を何人か存じ上げていますが、そういうご経歴は初めて聞きました」

「最初で最後かもしれません。何分にも失敗だったと思われておりますから」

「それはないでしょうが、堤先生の授業を聞きに来られるというのも、やはり、今後の警察活動にｅスポーツは影響があってのことなのでしょうか？」

校長は探りを入れるかのような訊ね方だった。これに対して片野坂が笑顔で答えた。

「ご存じのとおり、日本警察にもＳＡＴやＳＩＴという特殊部隊がありますが、これまで実際に出動してその能力の限界まで仕事をする機会はまずありませんでした」

ＳＡＴとは、特殊急襲部隊（Special Assault Team）の略で、日本の警察の警備部門に属する特殊部隊である。テロやハイジャック、重要施設の占拠などの大事件に対応する役割を担っている。日本の警察におけるＳＡＴの正式名称は「特殊部隊」である。

ＳＩＴは特殊事件捜査係（Special Investigation Team）の略で、日本の警察の刑事部の一部門である。科学的な手法や捜査技術に高い知識と技術を持つ人員で構成され、誘拐、人質立てこもり事件などを担当する部隊だ。警視庁や道府県警本部の刑事部捜査一課に設置されており、警視庁では当初は「Sousa Ikka Tokushuhan」の頭文字を取ってＳＩＴと呼ばれていた。その後、在外公館勤務経験者の管理官により、この略称が「Special Investigation Team」と解釈され、後付けで正式名称となった経緯がある。

「えっ、すると、今後、そのような可能性がある……というのですか？」

「日本の自衛隊は憲法上軍隊ではありませんし、交戦権も認められていません。戦時を知らない学問上だけの自称法律家の中には、『中国が攻めてきたら日本はどうしようもない』等と平気な顔をしてテレビ番組で宣う輩さえいるわけで、そんな輩に限って『護憲』をとうとうと述べるのです。今の政治家で『護憲』と言っているのは、革命政党とこれに近い今は亡き日本社会党左派の残党だけです。彼らは日本の共産主義化が唯一の望みなのであって、中国、ロシア、さらにはあの北朝鮮でさえウェルカムなのです」

「確かに、本来、憲法改正を唱えるのが革新なのでしょうが、日本は逆ですからね」

「今の憲法はアメリカの手で革命を起こしやすいように作られたものですから、止むを得ないことなのです」

「アメリカが日本に共産主義革命を起こさせようとした……ということなのですか？」

「そうですね。アメリカで国際政治を学ぶとよくわかりますよ。日本に革命の兆しが出てきたとき、日米安保条約によって米軍が参戦して、これを併合すれば、日本は見事にアメリカの支配下に入る……それだけのことです。アメリカが参戦しても、日本には交戦権がないのですから、その先は自明の理でしょう？」

学校長は啞然とした顔つきで片野坂の顔を眺めていた。これを見た堤が片野坂の立場をフォローして言った。

「こういう考え方ができて、公言できるのも、日本だからこそ、言論の自由が保たれているからなんです。資本主義、自由主義の代表として君臨しているアメリカだって、過去には徹底したレッドパージをしてきた過去があるじゃないですか。第二次世界大戦末期から終戦後にかけて、シベリアに抑留された多くの日本人を、『ソ連で再教育してくれ』と言った政治家の残党が、現在の『護憲』を口にしている者なんですよ」

「なるほど……目から鱗ですね」

学校長がジッと目を瞑ったのを見て片野坂が話題を変えた。

「しかし今日は実に見事な講義を受け、かつ素晴らしいエキシビションを目の当たりにして、私こそ目から鱗でした」

学校長もハッと我に返った様子で、木戸に言った。

「木戸先生も、お忙しい中、特別講師をお引き受け下さり本当にありがとうございました」

「いえ、とんでもないことです。今、堤先生と片野坂先生のお話を伺いながら、日本にもこのような志士がいらっしゃったのか……と感銘を受けたところでした。私の名前の由来は、本来父は俊作ではなく『晋作』と付けたかったそうですが、名前負けしないようにと今の名になったと聞いています」

「ほう、松下村塾ですか……」

「木戸姓は、実は木戸孝允《たかよし》の遠縁にあたるそうです」

「ほう、明治維新の元勲、勤王の志士につながる家系でいらっしゃったのですか。ところで、木戸さんがプロのゲーマーの道に入ったきっかけは何だったのですか？」

「私は日本の大学を中退して、学問としての本物のコンピュータを学ぼうと、スタンフォード大学に留学したんです。そこでは世界中から私と同じような発想の人が集まっていましたが、最も多いのはアメリカでの起業とそのためにスポンサーを見つける人たちだったのです。ですから、当然ながら基礎知識は私など足元にも及ばない才能豊かな人たちが多かったのです」

「優秀な人材はシリコンバレーで探すのが常のようですね。最近でこそ、中国にヘッドハンティングされる人も多いですが」

「そうですね、コンピュータに関してはＭＩＴ（マサチューセッツ工科大学）も選択肢の一つなんですが、やはり東海岸と西海岸では有色人種の受け入れに相当な差があるのも確かです。ただ、私のような者にでも、手取り足取り教えてくれる仲間に多く恵まれた中で、新たなゲーム開発の分野に参加することになったのです。ゲームを開発するには、自分でもある程度は使いこなさなければなりません。これをやっているうちに、仲間から『プロゲーマーとしてデビューしてみてはどうか』とそそのかされたのが最初でした」

「やはり上手かったんでしょうね」

「自分でも気が付かない才能があったようです。カリフォルニア、アメリカ西部地区の大会で勝ち抜いて、全米でも上位に入るようになると、今度はスポンサーがつくようになりました。そこで、一旦、本業は保留したままプロゲーマーになった……というわけです。しかし、プロになると在留資格の問題が起こってしまい、スタンフォード大学だけは卒業して一旦帰国したのです。在学中に起業していましたから、それを日本でも会社組織にして、幾つかの特許等も申請を行いました。会社も安定していたので、日本でプロゲーマーを育てることを考えて自らスポンサーになりながら、大手ゲーム機器企業の協力も得て、現在の立場になっているのです」

「面白い人生ですね……木戸さんが先ほど見せて下さったゲームは、世界中でどれくらいの人が参加されているのですか？」

「大会に出場申請する人だけで五十万人と聞いています」

「五十万人……ですか？」

「ゲーム総人口はその六百倍、三億人はいると思います」

「ちなみに、木戸さんは最高位で何位だったのですか？」

「去年は決勝で負けてしまいました。次回は本気で優勝を狙っています」

「五十万人のトップですか……まさにスポーツと一緒ですね」

「私は別にゲーマーをスポーツ選手と思ったこともありませんし、ゲームそのものをｅスポーツと呼ぶことに違和感を覚えているのですが、その呼称で世の中がゲームを認めて評価してくれるようになるのであれば、それでもいいかな……という程度の認識に過ぎません」

「ところで、今回のゲームをプレーするゲーマーの平均年齢は大体どれくらいだと思いますか？」

「少なくとも私は高齢者の部類に属していると思います。おそらく、十八歳から二十二歳、ちょうど高校高学年から大学生の層が厚いのではないかと思いますし、案外、女性が多いのには驚きました」

「女性が……ですか？」

「はい、面白いことに、女性は若い主婦の方が多いのが特徴です。お子さんを幼稚園や保育園に送った後の時間帯にやっていらっしゃる方が多いようです」

片野坂は「ほう」と呟いて言った。

「ヤング主婦層……これも狙い目かもしれませんね。しかし、ヤング主婦層が銃を持ったサバイバルゲームに興味を持つものなのですね」

「私も最初はフラストレーションのはけ口かと思っていたのですが、何人かの競技者と話をしてみると、自分の身体では実際にはできないことでも、仮想空間の中では練習さえすれば自分のアバターが自由自在に動かせるわけで、これが快感なんだそうです。ある女性は、ウクライナで自ら銃を持って戦闘の現場に向かう女性兵士に『感動している』と言っていました」

「ウクライナの女性志願兵のことですね……そういう日本女性もいらっしゃるのですね……」

片野坂は自らのイメージがさらに膨らんだような気がしていた。

木戸とは改めて近々会う約束をして、堤と一緒に専門学校を後にした。

東京メトロの駅近くに早くから開いている居酒屋を見つけた堤が片野坂を誘った。

「ちょっと早いが、一杯やって行かないか？」

「僕も、ちょうど生ビールの看板に目が留まったところだったんだ」

午後四時台にもかかわらず、店は結構繁盛していた。

「コロナの恐怖も次第に忘れられてきたような雰囲気だな」

堤の言葉に片野坂も頷きながら答えた。

「マスクをしているのが妙な習慣になってしまうところが日本人らしいと、毎朝の通勤電車に乗って思うところだ。警察にはリモートで仕事ができるセクションが全くないからな」

「そうだよな……内勤と言っても、企画や人事や会計では、個人情報の山だろうし、まさにリモートワークとは縁遠い世界だな」

「働き方改革ができる会社はどんどんやってもらって、通勤時間だけでもゆっくりできるようになってくれればいいんだが……」

「そういいながら、お前はコロナ禍の最中でも結構、国内外を飛び回っていたじゃないか」

「やらなきゃならないこともあるんだよ。ただし、隔離措置を取られることもあったから、警察病院内の特別病棟で仕事をやっていた。新型コロナウイルスも、オミクロン株が出てくるまでは『罹患する者は罹《かか》るべくして罹る』と思っていたからな。実際に海外で罹患した者のほとんどが、マスク、手洗い、混雑回避のような、日本での新型コロナウイルス感染対策の生活習慣を行っていない者が多かったそうだからな」

片野坂が悄然とした顔つきで言うと堤が首を傾げながら答えた。

「ニューヨークやロンドン、パリではマスクをしている東洋人が襲われる案件も多かったし、郷に入っては郷に従え……だったんだと思うよ。ただ、そういう者に限って、感染が確認された後の自主管理ができていないという傾向もあったと、友人の保健所長から聞いているけどな」

二人はキンキンに冷えた大ジョッキから生ビールを喉に流し込むと、揃って「あ〜っ、美味い」と口にして、顔を見合わせながら思わず笑って言った。

「中年だな。女房は、俺が酒類を飲み干した後の『ア〜ッ』とか『フーッ』というのに露骨に嫌な顔をして文句を言うんだ」

「それは本当に美味いビールを飲ませてやっていないからだろう」

「お前の家は違うのか？」

「僕はまだ独り身だからな、誰も文句を言わない」

「えっ、片野坂。お前まだ独身だったのか？　それはよくないぞ」

「まあ、威張って言える話でないことは承知している。上司も『現職警察官の四十の独身は変人と思われても仕方ない』……と露骨に言っているからな。本来ならば立派なパワハラなんだが、男に対してはセクハラが成立しないから仕方がない。現にノンキャリアの警視正には一度も結婚していない独身は一人もいないからな」

「まあ、警察社会では、管理職としての資質を問われる要素の一つにはなるのだろうな。お前、結婚の意思はないのか？」

「そういうことはないんだが、これればかりは縁だからな。そういう点では見放されているとしか言いようがない」

「同期で独身の男はいるのか？」

「僕の他に二人いるが、確かに人格的に問題があることは事実だな」

「ほら見ろ、第三者から見れば三人同じに見られているかもしれないぜ」

堤が二口目の生ビールを喉に流し込んで「フーッ」と声を出して話を続けた。

「まあ、お前の結婚相手のことは俺の頭の中に入れておくとしよう。ところで、今回のお前のeスポーツの警察導入の発想だが、どれくらいの目算で考えているんだ？」

「開発期間は半年、一年以内に実戦配備したいと考えている」

「実戦配備？　どういうことだ？」

「それはまだなんとも言いがたいのだが、中露北の動向次第……ということだ。ロシアのウクライナ侵攻が今後世界を相手にどれくらい影響を及ぼすのか……さらに、これを検証した結果として、習近平《しゅうきんぺい》がプーチンと同様の発想で、いつ台湾侵攻をしてくるか……そのタイミングを計ってからのことだ」

「最初に手を出すのはやはり北朝鮮か？」

「僕はそう思っている。北が一発でも日本の国土はもちろんのこと、領海内の日本漁船等に被害を与えた段階で、これを宣戦布告と考えて公安警察的に対処しなければならない」

「自衛隊ではなく警察なのか？」

「自衛隊が動けば戦争になるが、警察ならば対日有害活動の排除で済む。大義名分の違いだな」

「本気なのか……」

堤はまじまじと片野坂の顔を眺めていた。

第二章　ゲームソフト開発

二週間後の金曜日の夜、都内のコンピュータゲームソフト会社をドローン大会で優勝、準優勝となった二人が訪れた。二人を出迎えたのは会社の社長、技術担当役員、技術責任者の他に、会社のイメージとはやや雰囲気が違う七人の男女だった。

会議室に入って自己紹介が始まった。社長は四十二歳でＭＩＴ出身だった。技術担当役員はスタンフォード大学出身でシリコンバレーにあるソフト会社勤務歴のある三十八歳、技術責任者もスタンフォード大学出身で在学中にシリコンバレーで起業し、現在は二足の草鞋《わらじ》を履く三十三歳で、三人共Ｔシャツにチノパンというラフなスタイルだった。

次に紹介されたのは内閣官房国家安全保障室の参事官、防衛省情報本部電波部長の二人で、どちらも警察庁からの出向者だった。そして警察庁警備局審議官、さらに警視庁公安部長付の片野坂以下四名だった。

自己紹介と同時に名刺を受け取った二人は次第に緊張した面持ちになっていた。司会役の片野坂彰が笑顔で二人に訊ねた。

「ちょっと驚いたかな？」

優勝した高専在学中の竹内祐二《たけうちゆうじ》が頭を掻きながら答えた。

「はい。皆さんのご職業についても驚いたのですが、それ以上に、群馬県内での大会の賞金額が、国内の大会では予想外の大金だったので、それにまず驚いてしまいました」

「これまでの大会の賞金は、優勝賞金五百万円などという触れ込みにもかかわらず、やれ賭博罪だ、景表法に該当しない範囲で行うことだと、人をバカにしたようなことが平気で行われていましたからね。今回の大会は、組織委員会で皆さんを『プロ操縦士』と認定したうえで賞金を差し上げただけです」

二〇一九年、東京ゲームショウ２０１９で開催された「CAPCOM Pro Tour２０１９アジアプレミア」の優勝者は賞金五百万円を受け取る権利があったが、報道によると、一般社団法人日本ｅスポーツ連合（英語：Japan esports Union、略称：ＪｅＳＵ）のライセンス規定により十万円に減額、さらに副賞のモニター代三万九千八百円分も減額され、六万二百円しか受け取れなかったという。これに対し、消費者庁の表示対策課長は、「卓越した技術で観客を魅了する仕事を行い、その報酬として賞金を受け取る場合、プロ・アマを問わず、賞金は公正取引法上の『景品類』には当たらない」と述べた。

「『プロ操縦士』、実にいい響きですが、大学生や高校生も多かったように思います。その点は大丈夫なのですか？」

「もちろん、収入ですから、税法上、個人的に確定申告をしていただきますが、何の問題もありません。現に、将棋の世界では高校生が数千万円の収入を得ていた例もあるのですから、競技団体が責任を持てばいいだけのことです。また、刑法賭博罪、景品表示法、さらに大会会場をゲームセンターと同一視させるような風俗営業法を執行する側の警察が実行委員会の後援をやっているため、全く問題はありません。だいたい、賞金、商品も満足に出すことができないようなプロスポーツに存在意義はありませんからね」

「そうですよね。海外でも途方もない金額の大会がありますから」

竹内の言葉を聞いて、コンピュータゲームソフト会社社長の人見《ひとみ》信介《しんすけ》が笑って言った。

「確かに、高校生の立場では何が何だかわからなかったかもしれませんね。でも、こういう若くて優秀な役人の方がいらっしゃることで、少しずつ、世の中がよくなっていくんですよ」

するとと片野坂も笑って答えた。

「今回は、役人よりもさらに柔軟性のない一般社団法人の存在がなかっただけのことです。ですから、過去の反省もあって、最近、新たなeスポーツ関連組織ができているのです。プロボクシングの世界でも、幾つかの組織に分かれて『統一王者』などという言葉が出ているのですから、ＦＩＦＡのような、統一組織を創る必要は全くないのです」

ＦＩＦＡは国際サッカー連盟のことで、スイスの法律に基づいた自立法人団体であり、サッカーの国際的な競技連盟である。正式名称は「Fédération Internationale de Football Association」である。

「そうですよね。ｅスポーツに関して言えば日本は世界から相当遅れていると思います」

「そうでしょうね。日本という国には新たな産業やシステムを構築するにしても、適正手続きさえ取ればどうにでもなるようなことを、くだらない理由をつけて潰したがる輩が多いのです。法律自体がそうですから、面倒な内容を伴う法律を作る時には議員立法が一番有効なんです。何事にもこんな調子だから、ｅスポーツのような新たな分野ではいつも世界から立ち遅れてしまうのです」

「警察の方の発言とは思えないですけれど、それが本音ですよね」

「本音というよりも、超法規的なことが求められる案件はたくさんあるのです。ですから今回も、あらゆる法の穴を確認して、新たな機関を作ったのですよ。これが後々、違法だといわれた時には『ああそうですか』で潰してしまえばいいだけのことです。目前の危機を回避するためには何でもやりますよ」

片野坂の言葉に人見社長も一瞬、啞然とした顔つきをしながらも、笑顔で答えた。

「何だか私まで国家機密の世界に入ってしまったような気がしています」

これを聞いた高専生の竹内も頷きながら言った。

「僕も、自分がまるで『ゴルゴ13』の世界に入ってしまったような気持ちです」

高専生の反応を見て片野坂が思わず笑って答えた。

「そうだね……確かに、滅多にお目にかかることができない面々が一堂に会してしまっているからね。内田《うちだ》君はどう？」

名指しされた大学生の内田秀樹《ひでき》は緊張した面持ちで答えた。

「ドローンと国家の安全保障が今一つ結びつかないのと、この業界でも有名なソフト会社が繋がっているという現実に、やや戸惑っているのが正直なところです」

「そうだろうね。今回、国……と言っても、安全保障会議の中のごく一部なんだけど、日本が海外から侵攻を受けた際に、どう対処するか……というシミュレーションをしているところなのですよ」

「それはロシアのウクライナ侵攻の影響ですか？」

内田の質問に片野坂が頷きながら答えた。

「そうだね。ただ日本は島国だから、ウクライナのように戦車部隊が突入してくることはできない。最初に攻撃を受けるとすれば、ミサイル攻撃になるだろうね。もし、日本の領土に一発でもミサイルが撃ち込まれた場合、日本は憲法によって戦争を放棄しているわけだから、交戦することができない。しかしだからといって、なにもしないで侵略され続けていいわけではないでしょう？」

「攻撃をして来るのはロシアなのですか？」

内田の質問に片野坂は即答した。

「常識的に考えて、北朝鮮だろうね」

「北朝鮮ですか？」

内田が驚いた声を出した。片野坂は穏やかな表情のまま答えた。

「今回のロシアのウクライナ侵攻の結果は、これに暗に賛同の意思を示している中国の独裁者となった習近平にとって、彼の宿願の一つである台湾併合に大きな意味を持っているんだ。そこで、中国はロシアと手を組んで北朝鮮を巻き込み、三国軍事同盟を結成して極東での戦いを始めるつもりなんだよ」

「それで、最初に動くのが北朝鮮のミサイル攻撃となるわけですか？」

「そういうことだね。ただし、突撃隊長の北朝鮮の金正恩《キムジョンウン》は単なる捨て駒になるだけなんだけど、それを合図にして中国が台湾に攻撃を仕掛ける……というのが常識的な構図でしょう。そして、その有事が起こった際には第三次世界大戦に発展する可能性が極めて高いことを、習近平がどこまで理解しているか……にもかかっているのですけどね」

「第三次世界大戦……核戦争になるのですか？」

「今後、核を戦争に使用した国は必ず滅ぼされます。あのプーチンでさえそれくらいのことはわかっているはずです。しかし、唯一理解していないのが金正恩でしょう」

「すると、北朝鮮は日本に核を使う可能性もあるのですか？」

「一発目にはこないでしょうが、その時の日本の対応次第では二発目が危なくなってきます。ですから、日本の安全保障上、二発目を撃たせてはならないのです」

「どうするのですか？」

「防衛省が動くことができないのであれば、警察が治安維持の観点から対日有害工作を排除するしかないのですよ」

「排除……」

あまりに片野坂が平然と答えたため、内田は片野坂の言葉を復唱するしかなかった。

これを見た高専生の竹内が訊ねた。

「北朝鮮を警察が攻撃する……ということですか？」

「攻撃というよりも悪しき独裁者を取り除くだけで、下級軍人を含めた一般ピープルに危害は加えませんから、攻撃ではないですね」

「そんなことができるのですか？」

「やらなくては日本国が滅んでしまいます」

「そこにドローンを活用する……というわけですか？」

「お二人にとってドローンは大事なパートナーのような存在でしょうから、特攻隊のゼロ戦のような扱いをさせることはありません。北の独裁者が空白になれば、あの国も変わるでしょうし、北に民主化の動きが出るようなことになれば、ロシアや中国も方針転換をせざるを得ない状況になる可能性もあります。ロシアも中国も朝鮮半島が欲しくて仕方がないのですからね」

「韓国はどうなるのですか？」

「第二の朝鮮戦争になる可能性もありますね。その時はロシア、中国連合軍対韓国、アメリカ連合軍の戦いになるでしょう。ただし、かつての朝鮮戦争時には韓国から日本に逃げてくる人が大量に発生していますから、今回はそのような難民を発生させない努力も必要です。長崎県の対馬等は韓国人に占拠されるおそれもありますからね」

「そういうことも起こりうるのですね」

「あらゆる準備を悲観的に想定した上で整えておかなければなりません。警備警察の世界では、公安警察もこれに含まれるのですが、オール オア ナッシングなのです。全てが上手くいって当たり前、何か起こってしまえば敗北なのです」

「『all or nothing』……簡単な台詞ですが、極めて重みがある言葉ですよね」

「ですから、あらゆる事態を想定して準備するのです。『そこまでやるか!?』と言う人はズブの素人と思われても仕方がない世界なのです」

片野坂が司会者的立場でありながら、ことごとく即座に回答したため、人見社長が片野坂に訊ねた。

「ところで、片野坂さんは警視庁の方とおっしゃいましたね。警視庁というのは東京都警察だと私は認識しているのですが、違っていますか？」

「いえ、そのとおりです。ただ、警察組織の中で公安というセクションは都道府県の垣根がないのです」

そこまで言った時、警察庁警備局担当審議官の五十嵐警視監がようやく口を開いた。

「公安警察というセクションは一般的にはあまり知られていませんが、『公共の安全』を守るところです。海外からのスパイや、国際テロ、国内では武力で国家の転覆を目指すような革命をもくろむ団体の構成員等を監視しながら、違法行為を起こす前段で阻止することを仕事の目的にしています。僕は警察庁という都道府県警察を管理する官庁にいますが、警視庁を中心とした公安警察を国としてフォローする立場にあります。先日、群馬県で行われたドローンの大会に私も臨席しました。警視庁公安部が企画した新たな作戦を実行に移すかどうかを判断するために皆さんの技術を確認させていただきました」

これを聞いた内田が頷きながら訊ねた。

「ところで、いきなり本題に入って申し訳ないのですが、群馬県で行われた大会で使用されたドローンの飛行距離は地形的な問題もあって約二キロメートル程度だと思います。それくらいの距離で本当に戦うことができるのでしょうか？」

　これに再び片野坂が笑顔で答えた。

「現在、我々が実験しているドローンは、固定翼を持つ垂直離着陸型で、約五十キロメートルの飛行距離です」

「えっ、五十キロメートル……ですか？」

「はい。ご存じのとおり、飛行可能な距離は、バッテリーがどれくらいもつかと、送信機からの電波がどれくらい届くのか……という伝送距離の二つの要素で変動します。バッテリーに関しては人工皮膚に極薄リチウム電池とソーラーシステムフィルムを併用しています。さらに本番では、一見スマホのように見えますが実質的には専用通信回線をセットしていますから、直接、衛星と繫がる能力を持っています」

「そういう技術が日本にもあったのですか？」

「実は、これが本当の日本のお家芸なんですよ。韓国や中国が折り畳み式の液晶パネルを様々な分野で使っていますが、この特許も実は日本の中小企業が持っているのです」

「そうなんですか……」

「日本は中小企業の能力が極めて高いのが、他のいかなる国とも違う産業構造なのです。これを十分に理解していないアナリストやジャーナリストが中小企業の存在意義等を偉そうに語っていますが、大企業の内部留保の一部は、実はこういうところに回されているのです。ですから、未だに中小企業には優秀な人材がたくさんいるし、本物の起業家は中小企業からスタートするわけでしょう?」

「確かにそうですね」

そこで片野坂が人見社長に話を振った。

「人見社長はこの会社を設立した時、何人でスタートされたのですか?」

「私は五人でした。中小どころか零細企業の最たるものでした」

「それが、起業八年で世界に名を轟かせる会社に成長されている。といっても、僕も大学時代からの友人である堤に社名を聞くまでは存在すら存じ上げなかったのですけど」

「まあ、マニアックな人しか知らない会社ですけどね」

人見社長が笑って答えたが、既に社員は百人近かった。片野坂が訊ねた。

「ちなみに、こちらで作っているゲームソフトなのですが、どのようなものが多いのですか?」

「業界ではレールガン(railgun)と呼ばれている、電磁誘導によって物体を加速発射する、特に兵器として利用される装置を用いるシューティングゲームがメインです」

「レールガンですか……確かに日本国内でも極超音速兵器の迎撃や迎撃困難な長射程対艦攻撃として電磁レールガンの開発継続を公表してはいますが、近年中国などで急速に開発・実戦配備が進む極超音速兵器と比較して、射程距離や迎撃回避性能共に大きく劣ると考えられていますよね」

「よくご存じですね。ただ、ビデオゲームをはじめとするサイエンス・フィクション作品にも幅広く登場しているだけに、マニアにとっては実戦さながらに活用できるのです。かつては世界最高のプロゲーマーの一人で、元プロeスポーツプレーヤーであり、起業家でもある、通称オンラインエイリアスもこのシューティングゲームで一躍世界に躍り出ました」

「なるほど……レールガンの知名度はゲームの世界では高いのですね」

片野坂の言葉に、人見社長がからかうように言った。

「そういうことになります。片野坂さんにお会いするにあたって、私にとっても大事な友人である堤君から、日本警察の野望……として、片野坂さんのアイデアは聞き及んでいます」

「日本警察の野望……ですか。堤らしい表現ですね。限界ある警察権で、海外勢力からの不当な攻撃に対して何ができるか……を考えた結果であることは確かです。警察権というと、以前は『警察犬』と一緒にされて『警察犬の限界は鼻を上げる時だ』と笑われたこともありましたが、現場の警察官は常に臨機応変に目の前で起こる様々な事象に対して、現行法の範囲内で警察権の限界を考えているのです」

「なるほど……警察犬のことは知りませんでしたが、私の大嫌いな極左の男が、制服警察官を見ると『オマワリ』、刑事を見ると『犬』と言っていて、いつもぶん殴りたい気持ちになるのを思い出しました」

「僕もよく『オマワリ』という言葉を、世間的には地位が高い方が平気で使うのを見てきました。そして、そんな輩に限って、何か困るとすぐに相談してくるんです。よく考えてみると、そういう者に限って、二世、三世のお坊ちゃま育ちなんですね」

「なるほど……苦労を知らない人は、人を上から見下す癖が知らず知らずのうちに身についているのでしょうね。うちのクライアントにもそういう人がいますよ。でも、そういう人やその会社を追い抜いた時に、お付き合いが終わるのですけどね」

人見社長が声を出して笑った後に真顔になって話を続けた。

「私はゲームソフトを作る時、現実離れしたものは排除しています。しかし、科学的に実証され、かつ実用段階になる実験が終わった段階で、ソフトに組み入れているのです。例えば、米軍が実証実験を終えている、航続時間は十時間、飛行距離は一千キロメートルの大型ドローンは、弊社のライトニング分野のソフトですでに使用しています」

「そうでしたか。そのクラスのドローンはすでに国内でも生産ができる状態になっているようです」

「そうなんですか。それはよかった。何でも海外からの輸入では困りますからね。特に防衛産業に関しては、もう少し日本企業にも頑張ってもらいたいと思っています」

「お気持ちはお察しします。しかし、最近は日本の若手学者や起業家の方の中にも、本気で国防を考えて下さる方が増えつつあるのも事実だと思います」

「そうですね……別に銃や爆弾を作るだけが国防ではありませんからね。サイバーテロ対策だって明らかな国防ですし、サイバーテロを仕掛ける組織を発見して攻撃を加えることも企業としては自己防衛ですし、転じて国防になることもあるわけですからね」

「攻撃することもあるのですか？」

片野坂が「ホウ」と一言発して訊ねると、人見社長は表情を変えずに答えた。

「当然ですよ。うちの会社もしょっちゅうサイバー攻撃を受けていますが、これに応戦する専門チームもいて、『相手方を木っ端みじんにぶっ潰してやりました』という度に、私以下で祝杯を上げているくらいです」

「相手方に関しては、極秘情報なのでしょうが、国別で言うと、どこが多いのですか？」

「中国人民解放軍総参謀部第三部の指揮下で育成された中国人民解放軍陸水信号部隊、ロシア連邦軍参謀本部情報総局（GRU）のハッカー集団、北朝鮮人民軍偵察総局の六局に属している通称『一二一局』と、プログラム開発担当ハッカー部隊『一一〇号研究所』が主ですね。確かにイタチごっこなのでしょうが、敵の損失は相当大きいと思いますよ。特に北朝鮮はコンピュータ機器だけでなく、不正に取得した暗号通貨も奪ってやりましたから」

「奪った?」

「もちろん、奪われた相手に無償で返してあげました。『次回は三十パーセントの手数料を取る』と伝えると、彼らのサイトに『了解した』旨のサインが出ていました」

「警視庁のサイバーテロ対策室にも教えてやってもらいたいくらいです」

「日本企業の多くはサイバーテロからのプロテクトばかり考えていて、攻撃しないから舐められるんです。徹底攻撃をしてやれば二度とネットでは攻撃して来なくなりますよ」

「ネット以外の攻撃もあるということですか?」

「向こうが、こちらを見つけることができれば……の話ですが、その前に相手方の責任者が処分される方が早いようですね」

「そこまでわかるのですか?」

「人事はネットでわかります。共産主義国家の『極秘』は案外、ハッキングでわかるものなのですよ。彼ら自身がネット依存症に罹患しているのですから、仕方がないことなのでしょう」

「確かにそうかもしれませんね……」

片野坂は、人見社長の何気ない言葉に重要な意味があることに気付いていた。片野坂もまた、表情を変えずに訊ねた。

「ところで、今日は先に警察庁後援で行ったドローン競技大会で圧倒的な巧さを見せてくれた二人をお連れしているわけなのですが、その時の様子をモニターで見て頂いて、率直な感想と、今後のeスポーツとの連携の可能性についてご考慮いただければと思います」

「興味ありますね。ぜひ、参考にさせて頂きたく思います」

片野坂は会社側に予め用意してもらっていた大型スクリーンに、大会本選の二人の操縦をドローン内蔵のカメラからのもの、上空から撮ったもの、ポイントごとのカメラで撮ったものの、三種のサムネイルを並べて映し出した。

「おお！　これは……。こんなにも凄いモノとは……」

それ以上の表現がでないほど、人見社長をはじめとする会社関係者は唖然とした表情で画面を追っていた。

一とおり通しの再生が終わると、今度はポイントごとの再生が始まった。

「うーん凄いな。コンピュータグラフィック以上の迫力ですね……まさか、ここまでとは思いませんでした。これが全て人間の手で操縦されているのですからね……」

ポイント再生をもう一回確認した後、さらに最初に映した通しと、上空から撮影した映像を見ると、人見社長は自分の身体をドローンに置き換えたように身体をくねらせながら、両手はプロポを操作する動きになっていた。

再生が終わると、人見社長が片野坂に言った。

「確かに素晴らしい操縦技術でしたが、プロポを操作している映像とドローンが同時に動いている映像を見たかったですね」

「そうですか……では、それも一緒にこれからお見せ致しましょう」

「なんだ……というより、さすがですね。我々が見たいのは実はそこなんですよ。半分はマニアとしての願望だったのですが……」

片野坂はパソコンを操作して、新たな画面を映し出した。ドローン内蔵カメラ、ポイントごとのカメラ、そしてプロポを操作する手元のカメラの三つの映像だった。

「これは……eスポーツのプロと同等、いや、それ以上の動きだ……おお！　凄い！」

人見社長は驚きの声をあげていた。

二人のドローン操縦者の映像を見終わって人見社長はため息をつきながら言った。

「よくeスポーツでは千分の一秒という言葉を使うのですが、ドローン操作もまさに同じですね。言葉を失ってしまいました」

そう言って人見社長は同席した社員の顔を確認すると、さすがに皆、プロの目で見ていただけに、何度も頷いていた。この様子を見て片野坂が言った。

「実は今回の操縦に関しては、お二人の了解を得たうえで、ドローンとプロポ、さらにお二人の掌指《しょうし》に特殊なセンサーを装着してもらって、スーパーコンピュータの富岳で解析してもらったのです」

「えっ、あのスパコンの富岳で解析？」

人見社長が思わず素っ頓狂な声を出して片野坂の顔を見た。これを見て片野坂が笑顔で答えた。

「プロポの先端角度の動きをコンピュータで解析して、ＡＩが自ら判断してドローン操縦ができるかどうかを確認したかったのです」

「あなたは、恐ろしいことを考える方ですね」

「僕の一番嫌いな言葉は『宝の持ち腐れ』なのです」

「そりゃ確かにそうですが、日本警察がそこまでやるという考えが私にはありませんでした。警察でドローン軍でも創るおつもりなのですか？」

「ドローン軍。いい響きですね。それ、いただきます」

「本気なのですか？」

「はい。戦術はいろいろあります」

「すると、先ほど最後におもりを投下していたのは、それを爆弾に置き換えるのですか？」

「爆弾となると兵器になってしまいますから、そこまでは考えていません」

そう言って片野坂はニヤリと笑った。

「警察……というよりも片野坂さんは、いろいろと恐ろしいこと……ではなく、我々にとっても、何か面白いことを考えていらっしゃるのでしょう」

人見社長が笑って言ったので片野坂も微笑みながら答えた。

「面白いこと……ではありませんが、今日は、先日のドローン大会で優勝した竹内祐二くんの操縦技術をAIに学ばせて、もう少し大型のドローンを飛ばしてみた映像をご覧いただこうかと思っています。ただし、今回のドローンには、機体の状況をプロポと機体に搭載されたセンサーが双方向で情報をやり取りすることでリアルタイムに機体の状況を把握することが可能な装置が付いています。これは競技で使用するドローンには、競技者の水平維持テクニックを知るために取りつけることはしないのが原則ですので、その分大きなハンデを付けています」

これを聞いた竹内が嬉しそうな顔つきで訊ねた。

「もう、分析ができたのですか？」

「はっきり言ってまだ八割……というところですが。飛行実験場所は山陰地方にある滑走路が二千メートル×四十五メートルの地方管理空港を借りて行いました。目標物は三つのバルーンと計器着陸装置（ILS：Instrument Landing System）を使用しています」

「早く見てみたいものです。プロポはどうしたのですか？」

「プロポを動かすロボットの制作は困難ですので、電波の出力、周波数は通常のプロポと同じものにしました。飛行距離は片道二千三百メートルです」

「すると、約五キロの飛行距離ですね……おもりはどれくらいですか？」

「五キログラムを使用しました」

「結構な重さですね……」

「実戦ではそれくらいになるかと思っています」

そう言うと、片野坂がパソコンの液晶ディスプレイに動画を映し出した。

画面に現れたのは全長三メートル近くある大型ドローンだった。ゆっくり浮上したかと思うと、想像以上のスピードで飛行を始めた。小回りも見事だったし、映像の切り替えや、その選択も的確だった。

映像を見た竹内が興奮気味に言った。

「オリンピックの時に多くのドローンをコンピュータ制御で動かしていたのは見ましたが、これだけ激しい動きができるとは思いませんでした。そして……確かに、僕の動きに似ています」

片野坂が微笑みながら竹内に言った。

「現在、高校生のドローン撮影のプロがいると聞いています。ドローンの活用範囲は今後もっと広くなると思います。これからも、僕たちにもご協力をお願いできれば幸いです」

「もちろんです。コンピュータに負けない、そして役に立つ技術を開発していきたいと思います」

第三章 実験

雲一つない紺碧《こんぺき》の空が海をさらに深い青色にし、白波一つない穏やかな広がりを見せていた。

五月の沖縄県の最西端、つまり日本の最西端に近い場所で香川潔《かがわきよし》と望月健介《もちづきけんすけ》が話し合っていた。

「昨夜、久しぶりに天の川を見て、銀河の端っこで生きている自分の生命を感じたよ」

「天の川を見て、そんなことを感じるものですか？」

「太陽系以外でも、こういう景色を見ている誰かが同じことを考えているのだろう……と思うと、やれ中国だ、ロシアだと考えることが空しくなってしまう」

初めて見せる香川のセンチメンタルな雰囲気に望月が笑いながら言った。

「なんだか、いつもの香川さんと違うなあ……上海やウラジオストクのお姉ちゃんの話の方が現実味があっていいですよ」

「お前なあ、俺だっていつもそんなことばかり考えているんじゃないよ。中東で明日の命があるかどうかの戦いをしていた頃をたまには思い出せよ」

「星は自分の位置を知るだけの道具に過ぎませんでした。緯度も日本とほとんど変わらない場所だったので、星の見え方もほとんど一緒で、サザンクロスでも見えていたら、少しは感傷的になっていたかもしれませんでしたけどね」

「そうか……戦地で生き延びることを考えていると、そういう発想になってしまうんだな。それを考えると俺は直接命を狙われたこともないからな」

「中国では危機一髪だったのではないですか？」

「まあ、あれは瞬間芸のようなものだからな。しかも、俺がその少し前まで使っていた武器はパチンコだからな」

「スリングショットと言ってくださいよ。結果的にあれが敵の生命線を潰したようなものだったのでしょう？」

「その時の生命線だっただけで、今はさらに金儲けして国家資本のデカいビルに移っているそうだ。もう少し徹底的にぶっ潰しておくべきだった……と、今となっては忸怩《じくじ》たる思いなんだ」

香川は上海浦東《プードン》空港内で、まさか自分に対して直接、実弾を撃たれるとは思っていなかったようで、無事に帰国した後、怖さよりも悔しさの方が勝っていたと語っていたのだった。

「組織というものはそういうものでしょう。特に中国のような国は、儲かる企業は結果的に国営にしてしまいますからね」

「中国にしろ、ロシアにしろ、パクリと乗っ取りで大きくなったようなものだからな。だから、少々ぶっ壊しても、プラナリアのように倍になって再生してしまうんだ」

「当面の対処方法はないということですか？」

「そうだな……ロシアとの関係が少しでも悪くなれば……と思っていたんだが、ウクライナ侵攻のおかげで元の木阿弥状態になってしまったからな」

「しかし、習チンピラは面白くなさそうだ……という話もあります。ロシアの軍隊があそこまでダメな組織だとは思っていなかった……とか……」

「そうだろうな。長引けば長引くほど、中国にとっては行動を起こしにくくなるからな。おまけにスウェーデンとフィンランドのＮＡＴＯ入りは想定外だったのだろう。そのおかげで、ただでさえ貧相になってきた戦力を北欧にも配置しなければならなくなってしまったし、バルト海にあるロシアのバルト海艦隊の基地である、モスクワから千キロメートル離れた飛び地の領土カリーニングラードにも鉄道規制がかけられてしまったからな」

「バルト海軍といえば、日本では日露戦争の時のバルチック艦隊という呼称で有名ですね。ヨーロッパに対するバルト海艦隊の影響力の重要性は増しましたが、その後、海軍の主力は次第に核ミサイルを搭載した原子力潜水艦に移行したため、バルト海艦隊の純粋な軍事的重要性が相対的に低下したのは事実です」

「原潜か……ロシアはソ連末期の海軍の体制をそのまま引き継いでいるから、事実上、現在の主力は北極海の北方艦隊、および極東の太平洋艦隊となっているわけだったな」

「はい。しかし、それでもEUはロシアにとって陸続きの敵ですし、NATOはアメリカを含む対ロシアの軍事的なつながりだけが目的ですから、基本的にはソ連時代と同様に、飛び地のロシア連邦領カリーニングラードに対NATOの海軍力は集約する必要があります」

「それにしても、ポーランドとリトアニアもよくやってくれましたね」

「ポーランドはアイスホッケーだけでなく、国民の多くがロシアに対して積年の恨みを持っているからな」

カリーニングラードは、ロシア連邦西部に位置するカリーニングラード州の州都である。バルト海に面した港湾都市で、ポーランドとリトアニアに囲まれたロシアの飛び地領であり、世界有数の琥珀の産地でもある。

「ソ連時代は軍事都市として州全体が外国人の立ち入り規制が行われた閉鎖都市だった

わけでしょう？　その後、一時期は廃墟の街となったものの、プー太郎の元嫁の出身地ということで改革が進んだようです。それにしても今回のリトアニアの動きもまた、プー太郎にとっては想定外……という結果なのでしょうね」

「あの歳で、ウクライナ侵攻後、愛人との間に子どもができた……というんだから、色呆けしてしまったのかもしれないな」

香川が鼻で笑うように言うと、望月も笑いながら答えた。

「歳を取ると、逆に自分の健康を誇示したくなるものですからね。氷水に浸かったり、上半身裸で馬に跨ったりと、懸命な姿が。逆に哀れに感じます」

「老いというのはそういうものなんだろうな」

香川の言葉に頷きながら望月が訊ねた。

「これで、極東に配備する余力がますますなくなってしまった……ということですね」

「そうだな……しかも、フィンランドとスウェーデンまで敵に回してしまうとはな。プー太郎も、もう少し賢い野郎かと思っていたんだが……。せっかく苦労して、ロシアの太平洋艦隊を調べたのに、空振りの予感すらでてきてしまった」

「ただ、中国が単独で台湾侵攻を行うのは困難なのではないですか？」

「そうなんだよな……中北露三国軍事同盟が機能してはじめてできる台湾侵攻だからな」

「習チンピラは本当にやりますかね……」

「それしか、現在の国民を納得させることはできないだろう。だから、わざわざこんなところまで来ているんだからな」

香川はいつもどおりのぶっきらぼうな言い方をした。

香川と望月は日本の最西端にある沖縄の与那国町与那国島にいた。

「それにしても、私たちは対馬に始まり、まさに国境の島めぐりですね」

「確かに、今のうちの状況は中露北の三国同盟の相手ばかりしているようだ。しかも、今回は沖縄……海上保安庁の第十一管区海上保安本部との付き合いは初めてだな」

「海保も可哀想ですよね。中国や北朝鮮の漁師相手では、話が一切嚙み合いませんし、そもそも、話をしようという相手ではありませんからね」

「そうなんだ。いっそのこと沈めてやればいいんだが、そうするとまた救出して、日本の税金で飯を食わしてやらなければならない。まさに盗人に追い銭をくれてやるようなものだからな」

「まさか、片野坂部付は奴らを沈めようと考えているわけではないですよね」

「漁船相手ではないだろう。この間の大和堆での中国密漁船団の大パニックごっこも、沈めたのはロシア潜水艦だったわけで、海保は一切ノータッチ。しかも片野坂は衛星から送られてくる画像をモニターで見て笑っているだけだったからな。しかし、今回、奴が用意させたのはナノスケールの混合物でできたテルミットだぜ」

「どこからあれだけ大量に仕入れてきたのでしょう？」

「警視庁公安部にとって、国内最大の敵と呼ばれていた極左暴力集団が仕切っていた鉄道系労働組合だと言っていた。本当に、あいつはどこにでも協力者というよりも仲間を持っているから始末が悪いんだ」

「公安部最大の敵……どういうことをしていた相手なのですか？」

「破壊、潜入、情報収集、ありとあらゆることをやっていた。警察庁長官官舎に侵入して、ＦＡＸデータの記憶媒体を盗んだことまであったくらいだ」

「えっ。そんなことまでやる団体が日本に存在したのですか？」

「つい最近までな。奴らの本陣にも何度か踏み込んだが、重要な証拠は直前に移動されていた。公安部、それも公安第一課内部に内通者がいたんだ」

「まるでスパイ小説のようですね」

「事実は小説よりも……というところだな。ところで、望月ちゃんはテルミットを使ったことはあるのか？」

「あります。しかしさすがに砂漠の民は酸化鉄粉およびアルミニウム粉をマイクロメーターサイズの粒子にまでは小さくしていましたが、ナノ粒子にまで粉砕する技術はありませんでした。ここまで細かくすると、テルミット反応の進行は従来のものよりも劇的に増加するのではないですか」

「だと思う。片野坂がどこまで本気で何をやらかそうとしているのか……しかも、ドローン二十機まで用意しているからな……単なる撮影だけではなさそうだ」

「テルミット爆弾をドローンで運ぶ……とか……」

「飛行距離が問題だろう？　俺たちがシベリア鉄道の中から飛ばしていたドローンだって、一回、二時間が限界だったんだからな」

「でも、バッテリーの予備は十分ありましたから、ほぼ全線の撮影はできたわけですよね。夜間の赤外線撮影だって、画像解析で真昼とほぼ同じ景色に変わっていましたから」

「あの発想も、片野坂らしいといえばそうなんだな……あいつは、いつも俺の数歩先を読んで動いているからな」

「香川さんをしても、そう思わせる片野坂部付の能力は恐ろしいものですね」

望月の言葉に香川は、一度首をかしげたが、ゆっくり頷いて答えた。

「恐ろしい……というよりも、常に頭を回転させていて、普通の道具をとてつもない武器に変えてしまうようなところはあるな。今回のテルミットも、潜水艦対策と考えれば中国、ロシアにとっては脅威の武器となるだろうな」

「潜水艦……ですか？」

「もちろん、空母でもいいんだろうが、いまここにある量だけで、潜水艦なら数隻、空母なら中国が保有している三隻すべてが使用不能になる可能性がある」

「空母三隻全て……ですか？」

「空母の甲板滑走路が凸凹になってしまえば、最早、中国が保有する戦闘機は艦載機としての意味をなさなくなるだろうな」

「そうか……小型テルミット爆弾……ということですか？」

「ドローン二十機に数キロのテルミット弾を運ばせて、甲板に落とすだけでいいんだからな。もし、艦載機がいる状況で、それをやられたら、修復不可能というよりも、沈没の虞《おそれ》も出てくる。航空燃料は特に熱に弱いからな。艦載機全てが連鎖反応のように爆発してしまえば、空母なんてひとたまりもない。それも、夜間に洋上で急襲されたら、滅多に見ることができない洋上大花火大会になることだろう」

「そうか……ドローンは深夜でも飛べますし、塊で動かなければレーダー網にもまず引っ掛かる可能性はないでしょうからね」

「潜水艦だって、艦の表面艤装《ぎそう》に付着してテルミット反応が起これば、いくら海底であっても消火は不可能だ。そればかりか、艦の表面でプラズマカッターが動いているようなもので、逃げることができないんだな」

「まさにナノテルミット反応は、大型のプラズマカッターと同レベルの威力になるでしようね。大きな棺桶を沈めるようなものですね……」

「考えるだけで背筋が寒くなるな……」

そこまで言って、香川が首を傾げながら言った。

「俺たちがドイツで起こった『中国人スパイの集団自決』に関する事実報告書を作っている間、片野坂は何をしていたのか全く不明なんだから始末が悪い。しかも、『与那国島に行って第十一管区海上保安本部与那国島支所で荷物を受け取って中身を確認してくれ』だけだからな」

「それにしても、あれだけの事件をよく『集団自決』で片付けてしまいますよね」

「お前がムスリムの活動家として睨《にら》まれたのが原因だろうが」

「まあ、そうですけど、発想が凄いですよね。公安部長も『君たちを捕まえることができなかった失敗の責任を取らされた……』と、本気で思っているようなんですから」

「部長はあれで結構な狸だからな。おまけに公総課長を経験しているだけに、公安部の裏稼業まで知っているからな」

「裏稼業ですか？」

「そう。桜田商事という原則的には利益を出さないことになっていた総合商社があってな、この企業の存在は公総課長を経験しないとわからないんだ。だから、部長と課長の間にいる参事官はこの存在を知らない」

「桜田商事……なんだかわかりやすそうで、わからないネーミングですが、実態は何をやっている会社なんですか？」

「はっきり言って、俺も全容までは知らないんだが、組織内のSからの情報では、タッチしているのは公総の庶務担当管理官と指導第三、調査第七担当管理官だけなんだそうだ」

Sとはスパイの頭文字である。

「組織内にもSを飼っているんですか？」

「昇進試験を受けずに推薦だけで警部補に上がってきて、本部で勤務しているんだ。俺なりの生き方があるんだよ」

初めて聞いた香川の一面に驚きながらも、望月はさらに訊ねた。

「指導第三、調査第七担当と言えば、公総の特殊部隊だけですね。そんなに優良な企業なのですか？」

「それなりの実質的な利益を上げていることは事実だな。職員二十名足らずで、年間数十億の利益があるのだからな。しかも、何を生産しているわけではないんだが、総合商社が手を出すことができない分野でコソコソ品物を動かしているだけだし、バランスシート上では、ほとんど納税しないでいいくらいの出費を作っているらしいんだ。裏で国税と繋がっているのかもしれないいけどな」

「今回もそうなのですか？」

「今回は片野坂が主体となって独自の子会社を設立しているようなんだが、登記簿謄本を取り寄せたら『航空機モデル等の設計、開発、輸出入』というものと『ゲーム開発と人材育成』と、定款に目新しい営業科目が載っていた」

「航空機の中にドローンも含まれているのでしょうね」

「それにゲーム開発だ。全く想像ができない」

「新たに設立した会社名は何というのですか？」

「エアロスケープ社だ。俺が思うに『スケープ』は『スケープゴート（scapegoat）』のことだろう。スケープゴートは、『身代わり』『生贄』などの意味合いを持つ聖書由来の言葉だからな」

「恐ろしいですね……」

「今度ばかりは、奴が本気で何か企んでいるとしか思えないんだ」

香川にしては珍しく苦悩を含んだような顔つきで言った。望月は香川と片野坂の間に不協和音があるのではないかと心配になって訊ねた。

「こんなことは今まで一度もなかったのですか？」

「いや、あいつに本部に呼ばれて、白澤《しらさわ》のねえちゃんと一緒に突然アメリカに連れていかれた時はさすがの俺も驚いたが、その後の奴の進化に、最近ついていけなくなりそうな気がするようになって来たんだ」

「ドローンとテルミットを見ただけで、テルミット弾を思いつく香川さんにも私は驚きましたが……」

「誰が、これだけのドローンを飛ばすのか……お前と俺だけではないということだろう？　どうして二十機ものドローンが必要なのか……」

　香川の言っていることは望月も同様に感じているようだった。

　香川と望月は第十一管区海上保安本部与那国島支所気付で届けられた木箱の中を再び覗き込んで蓋を閉めた。


　そのころ、片野坂は警察庁内で、警備局担当五十嵐審議官と警備局の裏予算ともいえる機密費の請求に際し、装備資機材の性能について話し合っていた。

「テルミット弾くらいだと、空母の滑走路は完全に破壊できますし、浮上した潜水艦に当てれば、艦が潜っても火は消えることはありません」

「テルミットか……空母の滑走路……恐ろしいことを考えるものだ……」

「いわば、貧者の武器……というところでしょうか。ただ、数十機のドローンで空母を狙えば、さしずめ限定的なクラスター爆弾を使用したような様相を呈することになるでしょうね」

クラスター爆弾は、大きな弾体を容器として、その中に複数の子弾を入れた爆弾である。クラスター弾、集束爆弾とも呼ばれる。この爆弾の使用、製造、譲渡、備蓄を禁止する条約を実現するための取り組みが、世界的に行われている。

「結果的にクラスター爆弾と同様の効果を与えるのがテルミット弾の集中砲火……ということか……。テルミット……すっかりその存在さえ忘れていた。鉄道では今でも使われているのか？」

「はい。現在でも鉄道の線路の敷設・改修・保守などでレールを溶接するときに多用されていますし、JRなどでは『ゴールドサミット溶接』と呼ばれています」

「確かに鉄道もロングレールが主流になってきているからな」

ロングレールとは、二十五メートルの定尺レールを溶接して連結したもので、全長二百メートルを超えるレールのことである。接合部を削減することで、騒音や振動の低減による乗り心地の向上や、メンテナンスの省力化につながる。

「しかし、実用できるものなのか？」

「試してみなければ何とも申せませんが、問題となるのはドローンの航続距離と無線電波の出力だけで、テルミット弾の投下は全く問題ありませんし、着火テストは既に終わらせています」

「中国の空母と言えば『遼寧』と『山東』、それに『福建』が加わったようだが、目標は福建か？」

「そうですね。最もダメージが大きいものを狙うのが常道だと考えております」

「艦載機はＪ15か……」

「当面はそうかと思います。Ｊ15が離陸する前を狙えば、単なるゴミの山になるだけですね」

「そうなると本格的な戦争状態になってしまうのではないのか？」

「日本の領海に艦載機を載せた空母が入ること自体が宣戦布告でしょうし、台湾に向かって出航し、台湾の領海を侵犯した段階で、開戦になるはずです。この時、中国海軍が日本に対して何の圧力もかけないはずがありません。尖閣に上陸してくれるのが一番ありがたいのですが、島がなくならない程度に集中的な攻撃をする必要があります。しかし、これは自衛隊の役割ですから、我々の出番ではありません」

「中国海軍は日本海での訓練同様、漁船を帯同してくると考えているのか？」

「ロシアとの合同訓練でやったことを変えるとは思えませんが、台湾海峡から少しでも日本寄りに進路を変えた段階で、対日有害活動の開始と考えるべきかと思います」

「対日有害活動か……判断が難しいな……」

「もちろん、ギリギリまで我慢はしますが、艦載機を出発させる前にやらなければ意味がないような気がします」

「ドローンは船から発射するのだろう？」

「護衛艦能登に当面百機を準備して、バラバラのコースを辿りながら空母に向かわせます」

「それはレーダー対策ということなのだな」

「そうです。百機も固まるとレーダー網にキャッチされる可能性があります。中国も衛星で護衛艦の動きを見ていると思いますが、中国の衛星画像解析能力では、ドローンの機体を見つけることは不可能でしょう。護衛艦の前方にヘリを一機だけ置いておけば、その背後にドローンがいるとは思いもしないことでしょう」

「なるほどな……護衛艦と敵の空母の距離はどれ位で発射させるつもりなんだ？」

「現時点で三キロメートルです。天候次第ですが、曇天《どんてん》もしくは小雨であれば非常に助かります」

「なるほどな……向こうも何が何だかわからない状況だろうが……本来ならば、空母三隻とも沈めてしまいたいところだな」

審議官の言葉に片野坂が笑顔で答えた。

「審議官もようやくその気になって下さいましたね。日本警察を舐めてもらっては困りますからね」

「攻めの警備警察か……考えただけで武者震いがするな」

「もちろん、何もなければそれが一番良いのですが、今回ばかりはそういかないと思います」

「わかった。訓練は明後日からだったな？」

「はい」

　当日、沖縄県警が運んでくれた小型の達磨船の甲板にドローン二十機が整然と並んでいた。この日はやや波が高いこともあって、全てのドローンが釣り用テグスで甲板に固定されていた。

「なんでも安上がりに準備しているんだな……」

　香川が呆れた顔つきで片野坂に言った。

「これでも三百円はかかっているんです。まあ、中国の新型空母の福建にようやく取り付けられたカタパルトの金額が数十億円であることを考えれば、日本警察らしく安上がりにはなっていますけどね」

　カタパルトは、航空母艦などから航空機を発艦させるための機械装置である。近年では、リニアモーターを使用した電磁式カタパルトが主流となっている。これは、機体の特性に合わせて加速度を調整できるため、従来の蒸気式カタパルトに比べ機体への負担が少ないためである。電磁式は膨大な電力を必要とするが、一方で小型軽量化が図れる。

「今日の訓練弾だが、目標は何なんだ?」

「一昨年、北海道で日本の灯台を荒らして盗みを働いていた中国漁船です。当時の泥棒漁師の連中が『自分たちの船ではない』と言い張ったものですから、没収したのです」

「あの、泥棒船か……しかし、漁師の連中も、自分たちが乗っていた船を、よくもまあ、自分たちのものではない……などと言えたものだな」

「中国人の盗人ですから……。ただ、面白い証拠品をたくさん残してくれていて、特に無線機は、奴らの乱数表解析に役立ちましたよ」

片野坂は切り捨てるかのような言い方をした。

「その船はどうやってここまで曳航《えいこう》してきたんだ?」

「複数の船に依頼しました。北海道からは大手のサルベージ船で北九州まで、北九州でデッキに空母並みの厚さの鉄板を敷いて、そこから那覇まではコンテナ船に、そして、那覇からここまでは海上保安庁と沖縄県警さんにお願いしました」

「まさか、無料……というわけじゃないよな」

「薄謝だけで請け負っていただきました」

「その船、今日は沈めてしまうのか?」

「尖閣近辺にいい漁礁《ぎょしょう》がない……という話でしたので、小魚の巣になればいいと思いました」

「その魚が大きくなった時に中国人に持って行かれないようにしなければならないな」

「これを契機として、二度と尖閣や大和堆に中国漁船が入らないようにしなければならないと思います」

「本番では、空母の周りにいる漁船も沈めるつもりなのか」

「漁船は軍艦の護衛船と看做します。ただし、テルミット弾を使って沈めるには数が多すぎるでしょうから、漁船にはちょっと違ったゲームを考えています」

「ゲーム？」

「水中モーターテルミット弾です」

「また水中モーターか？」

「一台千五百円もするんですよ」

　片野坂が真顔で答えたため、香川が呆れた顔をして訊ねた。

「金の話はどうでもいいと思っていたんだが、本番の時、艦載機のＪ15が二十機載った空母は、だいたいどれくらいの金額と考えているんだ？」

「Ｊ15は中国製ですから、はっきりとした価格はわかりません。エンジンがロシア製ですから、日本にあるアメリカ製の戦闘機よりも三割安いと考えて、一機二十二億円と換算すれば、四百四十億円ですね。空母は一九九八年にウクライナから購入した未完成の空母『ヴァリャーグ』を改修した『遼寧』を想定して四十億円とすれば、四百八十億円ですよね」

「空母が四十億円か？」

「もともと、ウクライナからスクラップとして二千万ドルで購入したものですからね。それから艤装を加えたとしても、その程度でしょう」

「なるほど……。それで、ドローンとテルミット弾の合計は幾らなんだ？」

「ドローンは帰ってきますし、テルミットは貰い物ですから、たいしたお金はかかりませんが、一応、ドローンの大会費用とシステム並びにソフト開発費用が一千万円かかっています。ただし、ソフト開発に関して言えば、これが商売になって売れると、三十五パーセントがキックバックされます」

「なるほど……そうすると、ソフトが全く売れなかったとして、単純計算で言えば、一千万円で四百八十億円を潰すことができる……ということでいいのか？」

「素晴しい費用対効果だと思いませんか？　今、ウクライナ侵攻でウクライナ軍がロシア軍に与えている被害総額よりもはるかに費用対効果はいいんですよ」

片野坂の言葉に香川がゆっくりと頷いて訊ねた。

「ところで予算はどこから持ってくるんだ？」

「五十嵐審議官が来ているじゃないですか。金の工面はできています。もし、これが上手く行けば、新たな収入源になるやもしれません」

「エアロスケープ社か？」

片野坂が一瞬、驚いたような顔つきで香川を見て、笑顔に戻って答えた。

「やっぱり、先輩は何もかもお見通しなんですね」

「何もかも……じゃねえよ。それよりも、これだけのドローンをどうやって飛ばすつもりなんだ？」

「ああ、そっちの方ですか？　てっきり金の工面の心配をしていただいているのかと思いました」

「金なんてのは最後には官房機密費から持ってくればいいし、二、三億ならシーリングの枠内で何とでもなるだろう？」

「まあ、そうですが、それでもある程度の予算請求は必要なので、審議官とも詰めてきたんです」

「だから、金額がスラスラ出てきたわけか……行政官としてはいい心がけだ」

「戦争をするわけではありませんから、武器は使用しませんし、ドローン本体は中国製のパチもんをかき集めて改良したものです」

「パチもん……中国製のゾロ品か……」

「パチもん」とは、偽物のことである。大阪弁で「盗む」を「パチる」と表現し、やがて、「盗んだもの」から「パチもん」となったのが語源とされている。「ゾロ品」とは、もともと後発医薬品＝ジェネリック医薬品のことである。新薬の特許が切れた後、後発医薬品が市場にゾロゾロ出回るようになり、皮肉を込めて「ゾロ品」と呼ばれるようになった。

「確かに武器は使用していないんだからな……。これをもし中国が知ったら怒り心頭だろうな」

「バカな戦争はしたくない……と思うはずです。今回のロシアによるウクライナ侵攻は最後の旧体制による、誤った戦争として歴史に刻まれることになると思いますし、その当事国のリーダーであるプー太郎は、天下の愚将としてロシア史に名を残すことになるでしょう」

「そうなると、習チンピラも同様なのか？」

「台湾侵攻を行ってしまえば、プー太郎と同程度……と評価されても仕方がないでしょう」

「北の金正恩はどうなんだ？」

「国家が歴史から姿を消すかどうかの瀬戸際です。馬鹿な男で終わってしまうかどうかでしょうね。これと本気で会談をしようとしたアメリカ合衆国大統領も同列に扱われるでしょうし、これにノーベル平和賞を持ち出した日本の総理大臣も似たような結果になると思います」

「なるほど……」

二人の会話を背後でニヤニヤして聞いていた五十嵐審議官がようやく口を開いた。

「国家というものは、そうは簡単に歴史から消え去ることはない。あのチトーが率いたユーゴスラヴィアも国名はなくなり分裂はしたものの、未だに国家として残っている。北朝鮮も同様ではないのか？」

「金王朝が終わってしまえば、新たな共産主義国家になるのか、それとも民主化するのか、非常に悩ましい動きになると思います。ただ、現在、UNが全く機能しない状況であることで、北朝鮮を巡って戦争をするような愚は、中露米とも犯さないはずです」

「すると、金王朝は消えても共産主義国家の北朝鮮は残る……ということか？」

「それだけ地下資源もありますし、日米韓の三国を牽制するためにも中露が手を組む可能性はあります。しかも、極東のろくでもない国家の存亡など、欧州にとってはどうでもいいことなのですから」

「その中で、日本はどうするんだ？」

「日本は、G7やG20から抜ければいいだけの話だと思います。身の丈に応じた、社会主義的民主主義の道を歩めばいいのです。そのためには、相応の軍備と、国民に対しては厳しい自立が求められます」

「厳しい自立か……」

「今日、日本人の生活水準の伸び悩みが指摘されています。その背景にあるのが様々な面で国家に甘やかされている経済的弱者と呼ばれている人たちの存在です。現在の日本は社会主義社会の目標に極めて近いような、働かなくても生きていける人たちの存在が大き過ぎるのです」

「働きたくても働くことができない人はいるだろう」

審議官がやや強い口調で片野坂を嗜《たしな》めるように言うと、片野坂は平然と答えた。

「とんでもない。経済的弱者というのは、災害や事故、病気等の不慮の要因によって引き起こされた方々に対して用いる言葉だと思います。しかし、働き口がないわけでもなければ、自らの能力を過信して働かない者が多いのも特徴なのです。二十三歳の健康体の男性が『やりたい仕事がない』という理由で生活保護を受給しているのです。さらに、こういう者に対して、役所はその者の仕事を見つけてやるために面接にまで同行している……という実態もあるのです」

審議官が片野坂の顔を覗き込むような恰好をして訊ねた。

「それは、何か特別な事情があってのことなのではないのか？」

「いえ、それを福祉と勘違いしている市役所、区役所は結構あるのですよ。時には常習の万引き犯人に対しても、経済的弱者のやむを得ない行動と言って、警察の執行を『権力の横暴』等という、大過去の言葉を使って非難する役人もいるんです。そういう現場を知っている警察官は半ば呆れているのですが、役所の職員の中には反警察の人も多いですからね」

「そうか……そこまで健全な生活意識が低下しているのか……」

「はい。意識改革が必要になってきます。水と安全がタダ……という基本的な生活意識も変えてもらわなければなりません。これが一一〇番、一一九番をタクシー代わりに使うような人たちの意識を生んでしまうのです」

「なるほどな……国家が一部の国民を甘やかしている実情か……」

「はい、そのような国家が、欧州諸国が見捨てている朝鮮半島情勢、さらにはあまり関心を示したくない台湾問題に関して積極的に行動をしなければならない現状でどう動くかの意思決定をしておかなければならないと思っています」

「紛争解決をすべきUNに期待できない現状だからな……」

ようやく審議官が片野坂の考えに近い発言に変わってきた。

「時代遅れの憲法すら改正できない。しかも、護憲を旗印にしているのが革命政党とその亜流政党であるのに、これを正しく報道できるマスコミがほとんどいない現実をもう少し直視すべきと考えます」

「EUやNATO諸国がロシアのウクライナ侵攻に敏感なのは、ロシアの脅威というよりも、新たな難民対策という面が大きいからな。しかも、対ロシアに最も積極的に動いたイギリスの内政がガタついていることを考えると、NATOの結束にもガタが来る可能性がある。さらに中国からの借金を抱えているEU諸国も多い。アジアは中国に、太平洋は中国とアメリカに、アフリカはEUにという、地政学的な分割意識が強いだろうからな」

「はい、そう思います。オセアニアは自立できていますが、ここで放置されている南アメリカが今後の新たな火種になる可能性もあります」

「BRICSと言われて久しいな。アジアはどうなんだ？」

「残念ながら、アジアで自立できているのは中国を除けばシンガポールだけです。その中国が一番の火種ですし、中国に次ぐ第二の人口を抱えるインドの衛生管理は極めて劣悪な状態にあり、感染症の宝庫などとされています。さらに教育面にも大きな課題があり、高等教育への進学率が三割以下で識字率が七割程度の際立って低い水準にあるのが実情です」

BRICSとは、ゼロ年代以降に大きな経済発展を遂げた四か国（ブラジル、ロシア、インド、中国：Brazil, Russia, India, China）を意味するBRICsに、南アフリカ共和国（South Africa）を加えた五か国のグループを指す言葉である。しかし、これらの国々の間には大きな差があり、二〇二〇年現在、中国とインドだけが大きな成長を遂げており、他の国々は経済の減速だけでなく、治安の悪化も社会問題となっている。もともとは、投資銀行ゴールドマン・サックスのエコノミストが投資家向けに作成した投資報告書に記載された言葉だが、あくまで投資目的の用語であったことから、各国の政治事情などが考慮されていないという批判がある。

「あの五か国を十把一絡げにしてしまうこと自体に問題があるのだが、世界に占める割合で、国土面積で約三割、人口では四割強という規模の大きさは無視できないだろうな」

「その点は認めますが、そのリーダー的存在がプー太郎と習チンピラの二人の独裁者であるところが最大の問題で、BRICSの五か国すべてがロシアのウクライナ侵攻に対して、賛同もしくは態度を保留している事実が、今後の投資家の意識にも影響を与えると考えられています」

「そうだな……ただ、中国に空母を売ったのもウクライナだからな、ウクライナにも全く問題がないわけではなかったということだな」

「二〇一五年の経済成長率はマイナス十一・六パーセント、一人あたり国内総生産（GDP）は二千百二十四ドルにまで落ち込み、欧州最貧国となっているのですからね。しかもその年末には、ロシアに対する三十億ドルの債務を返済できず、ロシア財務省はウクライナのデフォルト状態を指摘していました」

「経済がそこまで落ち込んでいれば、ロシアも通常ではなかなか魔の手を伸ばすことはできないだろうな」

「農業も盛んで、ITインフラの整備も進んでおり、科学技術はヨーロッパにおける科学の歴史上、非常に重要な位置付けにあったにもかかわらず、政治が原因で内部崩壊していたのは否めません」

「内部崩壊か……だからといって、ロシアの軍事侵攻にはなんの大義名分もない。ロシアは自国内のみに通用する、ウクライナの『ナチ化』というプロパガンダによって、侵攻したわけだからな」

「プー太郎も読みが甘かったのと、あまりの強権独裁主義に正論を言える部下がいなくなっていたのは事実でしょう」

「かつての日本の大本営と同じだな。その点で言えば、中国が香港・マカオの主権を回復した際に、台湾との統一を念頭に作った仕組みである一国二制度がまがい物であることは、香港の現状を見れば明らかなんだが……」

片野坂は審議官の真意を探るように、わかり切った質問をしてみた。

「しかし、だからと言って侵攻していいものでもありませんよね」

「それは当然だ。プー太郎もヴォッカ性アルチュハイマーになって来たんじゃないかと思ったほどだ。お山の大将もあそこまでくると、政治家としての末期的様相を呈してきていると言っていいだろう」

「北朝鮮やロシアも世界中に在外公館を置いているわけで、そこにはそれなりの外交官が赴任していると思うのですが、本国に対して他国の反応を報告できないものなのでしょうか？」

「一応はしているはずだが、それを本国の外交トップが握りつぶしているのだろうな。外交官だって、いつまでもプー太郎の時代が続くとは思っちゃいない。その時の保身の担保として、情報を上げておく必要はあるからな」

審議官の言葉を聞いて片野坂は二度頷いて訊ねた。

「ところで、警察庁警備局がいう『対日有害活動の排除』の限界は、どこまでだとお考えですか？」

「それは実に難しい質問だな。国会で追及される可能性もあるだろうが、本質的には日本国内からいなくなってもらう……というところだろうな」

「マフィアのような国外組織のトップに対しては何もできない……ということなのですか？」

この問いに審議官の目がキラリと光ったように片野坂は感じ取った。

「お前が何を考えているのか、おおよその見当はつく。ベルリンでやったような急迫不正な攻撃から身を守るような、緊急避難に近い超法規的行動を是認するつもりはない。ただし、これが現実に国家の危機に直面していることが明らかな場合には、国家の存続という最大の保護法益を守るためには、最小限度の防衛行動は認められるだろう。今回のドローン部隊もその一つなんだろう？」

「はい。ただし、今回の実験を実際に行う場合は、日本国領海内での治安維持行動ですので、何も問題はありません。僕がお尋ねしたのは、敵の本国でのうのうと暮らしている悪の根源を断つような場合です」

「それは、今回のウクライナに喩《たと》えれば、ウクライナ警察がプー太郎を排除する……というようなことか？」

「そうです」

審議官はやや首をあげて、遠くを見るような姿勢で答えた。

「戦争は起こしてはならん。その一言に尽きるな」

「承知しました」

「もう、その作戦準備は進んでいるのか？」

「現在、既存の装置を改良中です」

「万が一の時には、その完成品の最終実験に私を立ち会わせることを約束しろ」

「承知しました」

「予算はどれくらいなんだ？」

「たいしたことはありません。大学生が作っている小型の人工衛星よりも安価で済みます」

「あれだって、スポンサーから相当額の寄付を得ているはずだぞ」

「僕もスポンサーを捕まえています」

片野坂がニコリと笑って答えた。


海上保安庁の船が尖閣諸島に近づいた。

「天気晴朗なれども波高し……か」

五十嵐審議官が双眼鏡を覗きながら言った。

「まるで東郷元帥のようですね」

「あの人だけは軍神となってもよかった人だろうな。第二次世界大戦の時には、ああいう軍人がいなかったからな」

「山本五十六《やまもといそろく》ではダメでしたか？」

「宣戦布告を確認することなく攻撃命令を出したのだから、ダメに決まっているだろう。何のためにアメリカ留学をしていたのか。木を見て森が見えない軍人では仕方なかろう。軍の幹部になる者を積極的に留学させなかった当時の軍や政府の連中の知的レベルは、その数百年前の伊達政宗以下だったということだ。歴史を学ばなかった者の末路だな」

「歴史教育の大切さ……ですね」

「そうだ。その歴史教育もまともにやっていない国の連中から、歴史をとやかく言われて、これにきちんとした反論ができない日本の政治家も、それを選んでいる国民も情けなく思う時がある。それでいて、自国を『成熟した民主主義』などと、すっ惚《とぼ》けたことを平気で言っている学者もいらんな」

「日本に民主主義ができてまだ七十年そこそこですから、止むを得ないでしょうが、イギリスや、アメリカでさえ、二百五十年以上経っても選挙一つろくにできないのですから、民主主義とは何ぞや……と言いたくなりますし、さらにその前提に人種差別を抱えているものですからね」

「人種差別か……何が悲しくてそんなことをやるのか……。白人の優越性を信じなければ、あらゆる面で有色人種に負けてしまうという、潜在的な恐怖感、危機感の表れなのかもしれないな」

「アメリカでのボクシングがまさにそれだったようですね。モハメド・アリが常に黒人であることを意識したのも、白人社会への抵抗だったのでしょう。その真逆……というよりも、それからの逃避を行ったのがマイケル・ジャクソンだったのかもしれません」

「確かに、黒人の白人意識の二極化……なのだろうな。片野坂は実際にＦＢＩ勤務以外で人種差別を受けたことがあるのか？」

「もちろんありますよ。イェール大学でも、イーストエスタブリッシュメントの連中には潜在的に黄色人種に対する嫌悪感がありました。それでも、面と向かって態度に出す奴は少なかったですが、これがヨーロッパに行くと酷かったですね。特に、フランス、オーストリアは未だにそうです。パリやウィーンの街は好きですが、人は嫌いですね。ハプスブルク家がろくでもなかったのかもしれませんが、それを革命で倒した連中の末裔もたいしたことはないと思っています」

「しかし、シラク元大統領のような親日家もいたじゃないか？」

「親日家だったのか、京都にいた愛人が好きだったのか……ですね。最近は日本のアニメやコスプレを愛好する者もいるようですが、やはり、異端の一つだと思っています」

「なるほどな……スイスとオーストリアでは、同じ永世中立国で観光立国であっても、人種差別意識は全く違うからな」

「日本人も、よく中国や朝鮮半島の人を人種差別している……という人がいますが、あれは人種差別ではなくて、単なる毛嫌いに過ぎないのだと思います。向こうは政治家が堂々と日本批判をしますし、内政が危うくなると、必ず外政の成功例として対日攻撃をして来るのですからね。慰安婦や徴用工の問題にしても、戦後七十年経っても、未だに解決しようという意識がありませんからね。挙句の果てに対馬は朝鮮のものだと言い張る田舎者まで出てくる。それをいうのなら、元寇の時に、元の片棒を担いで対馬の人々をほぼ壊滅状態に追いやったことを歴史としてどう説明するのかを聞いてみたいものです。当時の国民性は未だに日本を糾弾する人の中には根付いているのかもしれません」

「一度、支配された経験がある人たちにはそういう意識が残ることも考量してやらなければならないんじゃないか？」

「それはわかっています。それをわかったうえで、あえて言っているのです。隣国とはある程度は仲良くする必要性も理解していますが、隣国が近くて遠い国であることは、世界中で国家がある限り、どこも同じだと思います。ましてや、領土問題を抱えている以上はやむを得ないことだと思います。しかし、日本ほどテレビで韓国ドラマを放送している国はないのですからね」

「まあ、そうだな。韓国ドラマや中国ドラマの中には、確かによくできているものもあるからな。中国の始皇帝のドラマはよく時代考証ができていた。その点で言えば、日本のドラマがつまらんからだと、うちの嫁や娘が言っていた」

「せめて国営放送だけでもしっかりしてくれればいいのですが、出てくる顔ぶれは民放と変わりませんからね。日本の芸能界の実情を考えると仕方がないのかもしれませんが……」

「芸能界か……そういえば最近、そちらと政財界の不祥事を聞かなくなったな」

「とんでもないです。近々、そちらも報告致します」

「なに……まだ、あるのか？」

審議官が呆れた顔をして呟くように言うと、そのまま口をつぐんだ。それを合図のように片野坂は自ら撮影用の大型ドローンを動かした。大型ドローンの映像が審議官の手元にあるパソコンの液晶ディスプレイに映し出される。高度五十メートルでホバリングの姿勢を保っていた。

「まず、目的物を確認してきます」

片野坂がドローンを前進させた。そのスピードは香川が思った以上に速かったため、思わず香川が叫ぶように言った。

「なんだ、あのスピードは……」

「時速二百五十キロメートル程度ですよ」

「二百五十キロ……そんなに速いのか？」

「たいしたことはありません、現在の試作機は時速五百キロメートルを超えています」

「時速五百キロ？　リニアモーターカー並みの速度……ということか？」

「こちらは風の抵抗を受けることもありますから、正確な数字は出すことができませんが、計算上は超電導のリニアモーターカーを上回るスピードを出すことも可能です」

片野坂はそう言いながらもドローンの操縦を続けていた。数分後、

「間もなくターゲット付近です。与那国島の北北東方向約百七十キロメートル、北緯二十五度四十四分三十三秒、東経百二十三度二十八分十七秒。約五十メートルの急峻な崖

が東西に横断しているところから、これが尖閣諸島最大の島、魚釣島と思われます」

「これが魚釣島か……」

五十嵐審議官、香川、望月も液晶ディスプレイを注視していた。

「この百メートル沖にある、この船が今回のターゲットです」

「なるほど……相当分厚い鉄板で甲板を艤装しているな」

香川が映像を見ながら言った。

「飛行甲板は艦船で航空機を運航するための甲板で、航空母艦では最も重要なものです。その耐久性を高めるために、鋼材にアルミ、チタンの粉末をプラズマ・ジェットで一万度に加熱して吹き付ける、サーマル・スプレー・コーティングが施されています。この塗装によって、千五百度までの高温に耐えられるそうですよ」

「カタパルトならわかるが、滑走路にどうしてそこまでの耐熱性が必要なんだ？」

「先輩はハリアーはご存じですよね」

「あ、そうか……エンジン排気を下向きにすることで垂直離着陸を可能にした機種が艦載機になっているからか……」

「まさにそのとおりなんですが、最新型のF‐35ライトニングⅡの方がさらに排気ガスの温度が高く、推力が大きい分だけ排気ガスの絶対量も多いのです。このため、飛行甲板をより強化した耐熱加工が必要になった……というわけです」

「空母はますます海軍の中で高価値資産（ＨＶＵ：High Value Unit）になってきた……ということだな」

「はい、古くから空母を保有する国は空母が敵に真っ先に狙われることを知っているため、相応の防御力を持たせているのですが、その点でいえば、中国はまだその認識が甘いようです」

「そうか……空母に関しては素人に近いだろうからな。それでも、アメリカやイギリス海軍並の飛行甲板を準備したんだな」

「はい。海上自衛隊は、いずも型護衛艦に当初から垂直離着陸を想定したため、昨年、アメリカ海兵隊のＦ‐35Ｂ戦闘機が発着艦試験を行っており、固定翼機を運用できる、悲願でもある、事実上の空母を保有した証となりました」

「海自の悲願か……そうだろうな……」

香川が感慨深そうに言うと、片野坂はターゲットの座標を、特製のプロポからパソコンに送って、五十嵐審議官に向かって言った。

「審議官、では、パソコンを操作してください」

片野坂に促されて、五十嵐審議官がパソコンのカーソル位置を確認してタッチパッドで左クリックした。

一斉にドローンが起動を始めると、前方に止まっているものから順に離陸し、水面から五、六メートルの高度を維持して進み始めた。

「ほう……スタートからバラバラの方向に飛び立って行ったぞ」

「少しでもレーダーに捕まらないように、広げてターゲットに向かわせています。二十機でも固まると捕捉される虞もありますから」

「なるほど……これは全てプログラムされているのか?」

「今、目標の座標をパソコンに送った段階で、全てのドローンが目標を画像として再認識し、順次、テルミット弾を落としていくことになる予定です」

「ドローンが画像を認識する?」

「ドローンというよりも、パソコンが誘導する……というのが正確なのですが、個々のドローンがその指示に従って動くという意味です。約十分で到着すると思われます」

「ところで、周辺に中国船はいないのか?」

「すでに警察庁の衛星で動きは確認しています。こういう場面を見せるわけにはいきませんから」

「そうだろうな……抜かりはないとは思っていたが、そろそろ双眼鏡の視界からもドローンが消えたな」

「ドローンの前方映像を見ればわかりますよ。この液晶ディスプレイには先頭の一機からの映像しか映りませんが、全ての機の動画データはパソコンに保存されていますし、切り替えも可能です」

「二十機全てのテルミット弾が着弾するまでにどれくらいの時間がかかるんだ？」

「約五秒おきに着弾する予定です。投下高度は三十メートルに設定しています」

「撃ち落とされる可能性はないのか？」

「搭載カメラが敵の攻撃を予測して、かなりのスピードで動きますから、なかなか難しいのではないかと思います。今回は、ある程度トリッキーな動きをしながら投下しますので、機体カメラと上空からのカメラ映像を見比べて下さい」

ドローンは海面上空約五、六メートルを順調に飛行していたが、前方にターゲットを認めるとゆっくりと左右に揺れるように動きながら手前約二百メートル地点から急上昇し、今度は一気に下降しながら、実にトリッキーな動きでターゲットに近づき、高度約三十メートルの地点でテルミット弾を切り離した。

間もなく、ターゲットに大きな火柱が上がった。その後、正確に五秒おきに火柱が続いた。十四機目で中国の泥棒船が徐々に沈没を始めた。何発目かのテルミット弾が船倉から船底に届き、それを突き破った証だった。

「沈みますね」

片野坂が言うと、ターゲットの泥棒船はほぼ垂直に沈み始めた。しかし、これが結果的にいいデータを生むことになった。水に浸かった甲板の上に落下したテルミット弾はそのまま炎を消すことなく、沈んでいくのを確認できたからだった。

「これは対潜水艦にも十分活用できるな……」

片野坂の呟きに、五十嵐審議官も大きく頷いていた。テルミット弾は二十発全弾がターゲットに命中した。

片野坂はドローンから撮影した映像を手元のプロポに取りつけているスマホで確認していた。テルミット弾を切り離したドローンはその場から散らばるように離れて、再び出発地点に向かって航行を始めていた。

「あとは、スタート位置に無事に帰還するか……だな」

香川が液晶ディスプレイを見ながら言うと、望月は興奮気味に言った。

「戦争のやり方そのものが変わった瞬間に立ち会った気がします」

これを聞いた片野坂が笑顔で答えた。

「人工衛星画像を見れば、それがもっと鮮明にわかりますよ。ロシアのウクライナ侵攻は、そのことをはっきり見せてくれました。東京に帰ったら、それを確認しながら、次の策を構築しましょう」

七分後、二十機全てのドローンがスタート地点に着陸すると、自動的にモーターを切って、何事もなかったかのような静けさになっていた。その光景を片野坂が自ら操縦するドローンで撮影し終わると、ゆっくりと撮影用のドローンを回収した。

第十一管区海上保安本部の職員もこの光景を目の当たりにして、片野坂に向かって興奮気味に言った。

「うちも、ドローン購入の予算取りを上申します」

第四章　新人登場

東京に戻った片野坂以下の三人は今後の対策について話し合った。

望月が片野坂に訊ねた。

「中国が台湾に攻撃を仕掛ける可能性はどのくらいの確率になると思われますか?」

「習近平が権力を保持している間には必ず実行してくるはずです。そして台湾に攻撃をする時には、おそらくですが、尖閣にも何らかの行動を起こすと考えられます。そうなると、治安維持の観点から、これを阻止しなければなりません」

「なるほど……ロシアはどうなのですか?」

「ロシアの黒海艦隊は、旗艦のモスクワをウクライナが一発で仕留めてくれましたが、日本の自衛隊も極東艦隊を数時間で壊滅させるだけの力を保持しています。いくらロシア軍が偉そうに言っても、ウクライナ戦争で露わになったその能力を、世界中の軍事関係者が笑って見ているのです。『その気になれば瞬殺できる』とね。ただし、ロシア海軍の潜水艦だけは注視しておかなければなりません」

「しかし潜っている潜水艦にはドローンは対応できませんよ」

「すでに水中ドローンも開発中です。確かに速力は劣りますが、潜水艦の直近まで航空機で運べば、かなり近いところで遭遇することはできます」

「日本の警察がそんなことまで考えてよろしいのですか？」

「内心の自由は憲法で保障されていますから大丈夫ですが、考えるだけではダメです。実行準備が整っていなければならないのです。もし、ロシアが本気で日本を攻撃しようと思っても、地球の自然がある程度守ってくれます。なぜなら冬の時期にロシアは戦争をすることができないからです」

「そうか……真冬のシベリアを通らないと極東には軍隊を送ることができないのですね」

「軍隊も……ですが、兵站の輸送ができません」

「道路が凍結するからですか？」

「ロシアの極東地域への主たる輸送手段は、トラック輸送ではなくシベリア鉄道によるものです。ですから、この大動脈を止めてしまえばいいだけなのです。今回のウクライナ侵攻のようにダラダラと戦うようでは、日本を相手にするとロシアは完全に身動きが取れなくなってしまうでしょう」

「そうなのでしょうね……おまけに最後は海を渡らなければならないのですからね」

「そうですね、しかし、その前に、衛星画像技術の進歩によって、かつては軍事的極秘情報と言われていたものが、瞬時に手に取るようにわかるようになったのです。これによって、ロシアの軍事侵攻の兆候、侵攻方向、時期、攻撃のターゲットとなる場所等の特定が、シミュレーションゲームをやっているかのように手に取るようにわかるのです」

「軍事的極秘情報というのはどういうものをいうのですか？」

「空港やそこに駐機している航空機の種類、当然戦闘機や爆撃機の種類も明らかになります。さらには、戦車の運搬状況や車列、ミサイル砲の門数と種類、さらには弾薬庫の場所とそこに貯蔵されている弾薬の種類まで推測することができます」

「弾薬の種類……までもわかるのですか？」

「今はロシアについて話していますが、弾薬庫の周囲を囲む塀や鉄条網の数と種類によってある程度判断できるわけです」

「塀の高さはわからないでしょう？」

「いえ、例えば今日本国内にある乗用車に標準装備されているカーナビの中には３Ｄ化されているものがあるのをご存じでしょう？　あれは、複数の人工衛星画像をデータ化して作り上げたもので、Ｇｏｏｇｌｅストリートビューを参考にしたわけではないのですよ」

「そうだったのですか……すると、人工衛星からの画像情報だけであらゆる情報が即座にわかる……ということなのですか？」

「最新の衛星写真は三十センチメートルの解像度で、一回の撮影で一千平方キロメートルを撮影できるといわれています」

「一千平方キロメートル……ですか？」

望月が驚いて訊ねたのを見て、片野坂が言った。

「与那国島での実験を終えた時に『人工衛星画像を見れば、それがもっと鮮明にわかる』というようなことを言ったと思います。実際に、今回のウクライナ侵攻におけるロシア軍の動きを見てみましょうか」

「ここにあるのですか？」

「全てというわけではありませんが、重要な部分はありますから確認しながら検討しましょう。まず、現在の衛星画像技術はこんなものです」

片野坂がロシア軍のウクライナ侵攻前の衛星画像を見せながら解説を始めた。

「ロシアの軍事侵攻前のロシア軍施設に見られる行動兆候がこれです」

画像では戦車を中心とした部隊と中距離ミサイル砲を備えた車両がそれぞれの基地に

集結している。さらに航空基地には爆撃機を中心に出動態勢が整えられ、航空燃料運送用大型トレーラーが列をなしていた。さらに弾薬庫付近でも兵站輸送車両が集結していた。

「これを見ると、陸、空とも作戦は約二か月程度と推測されます」

「なるほど……これを見てバイデンがロシアのウクライナ侵攻を示唆した……ということか……」

「おそらくそうかと思われます。さらに、陸路も道路と鉄道を使用することから、訓練終了後の本格的作戦の侵攻方向、時期、場所の特定がある程度想定できたわけです」

「どうしてそれをウクライナに対して早めに伝えなかったんだ？」

「伝えていたようですが、侵攻前に一般市民を国外に避難させることはEU諸国も認めることはないでしょうし、『まさか本気で……』と、特にドイツを中心とした、ロシアとの貿易が盛んな国のトップは、侵攻について懐疑的だったのです」

「それで、イギリスとアメリカが早めの対応を取ることができた……ということだったのか……」

「衛星画像技術の進化によって、かつての軍事的極秘情報が手に取るように即座にわかる時代になって来たのです」

「そうなると、衛星からの情報によって、誰もが戦争に加担することができる……ということにならないか？」

「まさに、そのとおりです。世界中のＮＰＯやＮＧＯが様々な情報を独自の目線で確認することによって、ロシア軍が使用した兵器や、それによる戦争責任問題も明らかになりつつあります。いわば、オープンソースインテリジェンス（ＯＳＩＮＴ：オシント）を一般人までもが共有できる時代になってきた……ということです」

「すると、情報の検証行為も大変になるな……」

「それは否定できない面もありますが、意図的に造られた情報を精査するＮＰＯやＮＧＯも存在するわけで、悪意のある偽情報は早い時期に淘汰されている実態もあるのです」

「なるほど……画像精度に関しても、お前がさっき言っていたように、三十センチメートルの解像度、一回の撮影で一千平方キロメートルを撮影できるということだったが、三十センチメートルの解像度というと、具体的にはどこまで解析できるんだ？」

「吸っているタバコの銘柄までわかると思っていただければいいかと思います」

「そこまで解析できるのか……もし、そうとなれば、指名手配犯なんて、すぐにキャッチできるんじゃないのか？」

「費用対効果の問題ですね。中露北の独裁者の所在地なら調べる価値もありますが、つまらん事件の犯人捜しに使うというのは、捜査経済的に説得力がありません」

「なるほど……しかし、衛星写真となると曇りや雨の時のような厚い雲に覆われたところは撮影しても意味がないのではないのか？」

「個人の特定はやや難しくなりますが、戦場の霧を晴らし、夜や曇りの日に移動していたロシア軍、ロシア軍の妨害電波をキャッチして次の動きを予測するSAR衛星を併用すれば、全く問題はありません。日々の軍事活動を計画、確認することができるので戦時には有効です」

SAR（synthetic aperture radar）衛星は、マイクロ波を使って地表を観測する人工衛星のことである。マイクロ波は雲を透過するため、悪天候や夜間でも観測が可能である。

香川からの立て続けの質問にも片野坂は即答することができた。

「すると、我々はもう現地に飛ぶ必要はなくなった……ということかな」

「香川さんの言葉とは思えないですね。情報の根本になるのはヒューミントでしょう。科学技術に頼り過ぎて、一時期弱体化してしまったCIAの惨状を一番ご存じの方じゃないですか」

そう言われると香川はまんざらでもなさそうな顔つきになって訊ねた。

「またロシアにでも行ってくるかな」

「それは僕も検討中です。今度は極東だけではなく、北欧のフィンランド、スウェーデンのロシア対策の現状も確認してきていただきたいのです。もう一つ、バルト海の飛び地であるカリーニングラードも」

「それも楽しそうだな……疲れ果てたロシア軍の力量を見定めてくるとするか……しかし、それよりも問題なのは対中国だろう。前回の大騒動で、望月ちゃんも中国には入りづらくなっているからな」

香川の指摘に片野坂が頷いて答えた。

「実は望月さんの外務省時代の同僚で、適任者がいらっしゃるようなのです。僕も先日、望月さんからお話を伺って、外務省での評価も優れているようでしたので、通常よりも厳重なFチェックをした結果も大丈夫でした」

Fチェックとはファイルチェックのことで、警察があらゆる個人情報を確認するだけでなく、通常は対象者の四親等まで、さらに広げて、前科前歴や反社会的勢力と関わりがないかどうかをチェックすることをいう。しかし、今回のケースでは、片野坂は肉親だけでなく、六親等まで対象を広げ、渡航歴、海外の反資本主義機関とのつながり、海外保有資産状況などまで調べ上げた。

「国会議員並みだな。いつ面接をするつもりなんだ？」

「一応、皆さんの意向を伺ってから……と思って、今、ちょうどいいタイミングでしたのでお話ししたわけです」

「なるほど……望月ちゃん、本当にいい奴なの？」

望月が二度頷いて答えた。

「私と同じ、外交官試験ではなく国家公務員試験で合格した者で、バランス能力がある優秀な人物だと思っています。特に、中国は北京の大使館と、上海、瀋陽の領事館で勤務していますから、それなりのネットワークは持っていると思います」

「歳は幾つなんだ？」

「私の二期下になりますから、今年三十二歳だと思います」

「外務省で三十二というと、一等書記官なのか？」

「そうです」

「やはり東大か？」

「はい。総合職は毎年三十人程度の採用ですが、出身学校別としては、六割が東大で、京大、慶應で九割です」

「完璧な東大閥だな」

「そうですね。私のような海外大学出身の総合職は滅多にいないのが実情なんです」

「そうだろうな……」

「そんな中にいて、省内の派閥関係として語学研修部門別の『アメリカ・スクール』、『チャイナ・スクール』、『ロシア・スクール』等がありますが、その中でも『チャイナ・スクール』のエースと目されていた男なんです」

『『チャイナ・スクール』のエースが、外務省を去る気があるのか？」

「彼が『チャイナ・スクール』に入ったのは敵を知るためだったそうです」

「孫子の兵法か……。そんなに中国嫌いだった男にとっては辛い十年だったのだろうな」

「それだけ肝が据わっているんです。しかし、それを外務省内で活かす場がないのも事実です」

これを聞いて香川が片野坂に言った。

「早く会ってやってくれよ。本物の国士ならうちとしても欲しい人材だろう？」

これを聞いて片野坂が笑顔で望月に向かって言った。

「そうですね、望月さん、連絡を取って下さい」

三日後、片野坂は都内のホテルの一室で外務省アジア大洋州局北東アジア第二課勤務の壱岐《いき》雄志《ゆうじ》と会った。

「お呼び立てして申し訳ありません。うちの望月からお話を伺ったものですからご連絡差し上げた次第です」

「お気遣いいただき申し訳ありません。望月さんとは北京の在中華人民共和国日本国大使館で二年間ご一緒させていただいていました」

「望月は壱岐さんを高く評価されていました。外務省内でも認められていると聞いていますが、本当にお辞めになるおつもりなのですか？」

「国家のため……というよりも、世のため人のためになる仕事をしたいと思い、今のままではいけないと思っております」

壱岐のゆっくりと言葉を選びながら話している様子が、片野坂には誠実な人柄に思われた。

「外務省では、その思いを叶えることができないということですか？」

「省内でその仕事ができるまでには、まだ相当の時間を要するでしょうし、その頃、日中間がどうなっているかを考えると、全く無意味な仕事をしているようなジレンマに襲われてしまうのです」

「今の日中関係が大きく変化してしまう……ということですか？」

「そうです。中国が台湾に武力介入した段階で、日中関係は根底から変わってしまうと思います」

「日中間にも、武力衝突が起こるということですか？」

「今のままではそうならざるを得ないと思います。なぜなら、日本がアメリカの安全保障の傘下に入っていることが一番の原因です。アメリカはトランプの四年間で大きく外交を揺るがせてしまいました」

「その真似をして、日本でも『〇〇ファースト』という言葉が流行りましたからね」

『ファースト』という言葉は『自分がトップ』という意識があるからこそ出てくるわけで、周りは気にしなくていいという思想が根底にあります。『よそはどうでもいいから、自分のところだけ儲かればいい』という発想ですね。しかし、そのために最も大事なことを否定しなければならなかったのです。例えば、地球温暖化の問題もそうです。全世界的に科学に基づいたデータも信用しない、馬鹿げたことを平気で言えるのです」

「その姿勢が外交、特に、対北朝鮮問題にも現れましたよね」

「アメリカ大統領が、ならず者国家の独裁者と会談して、本当に上手くいくと考える方が尋常ではないのに、これにノーベル平和賞を持ち出す人まで出てくる始末でしたからね。外交のガの字も知らない人たちの単なるパフォーマンスに付き合わされる外交官はもっと悲惨です」

「そうでしょうね」

片野坂はこの時点で壱岐雄志の外交に関するバランス感覚のよさを感じ取っていた。

するとと、壱岐の方から片野坂に質問があった。

「ところで片野坂さんは、警察庁警察官でありながら、警視庁で自ら動いて仕事をされていらっしゃると伺いました。警察こそ組織プレーだと思っていたのですが、そういうことも許されるようになったのですか？」

「そうですね。警察は仕事の幅が広いですからね。しかも、世の中がもの凄いスピードで動いている中、旧態依然とした決裁方式では仕事は進みません。海外からの情報もそうです。自分の目で見て、その場で解決しなければならないことも必要です。そうかといって、全ての人にその権限を与えるわけにもいきません。そんな中で、僕の提案を受け入れてくれた上司がいたのが幸運でした」

「幸運の一言で片付くのですか？」

壱岐が笑いながら訊ねた。

「たまたま六年間アメリカに派遣してくれた結果、今のポジションを得ることになったのですから、幸運以外の何ものでもないと思っています。アメリカのＦＢＩの公安部門と言われるＮＳＢ（National Security Branch; 国家保安部）に三年いたことで、ＣＩＡとも連絡を取ることができるようになったことも大きな理由の一つです」

「ＮＳＢにいらっしゃったのですか……、どうりで……。トルコで拉致された望月さんを救出されたのも片野坂さんと聞いています。あのような救出劇は外務省では到底無理でしょうし、専門のネゴシエーターを採用するだけでも数か月はかかったと思います。ちなみに、どうやって中東の猛者連中と付き合ってこられたのですか？」

壱岐が恐る恐る訊ねたので、片野坂は笑顔で答えた。

「実は、あまり表立って言ってはいないのですが、アメリカ留学中に向こうで日本の空手家の方と再会したのです」

「空手……ですか？」

「僕の父が心酔していた空手家の一番弟子だった方で、僕も子どもの頃に少しだけ遊んでもらったことがあったのですが、折角の機会だったのでどうしても会いたくなってご連絡したのです。僕がＦＢＩに入った年にお亡くなりになってしまったのですが、その方は、現役時代、アメリカ、イギリス、オランダ、ヨルダンなどに空手の指導で歴訪の旅に出られ、その後、中近東地区連盟も設立されたのです。そして、ヨルダン王室に招かれ、フセイン国王はじめ、ムハンマド皇太子など王室に空手の指導をされたので、未だに人脈があったのです。更にその先生のお弟子さんもアメリカでは有名な方で、今でも中東に生徒さんがいらっしゃって、紹介を受けていたのです。しかし、その方も僕が帰国した年に亡くなってしまいました。何の恩返しもできないままでしたが、望月さんを無事救出できたことで、一方的ではありますが恩を返せたような気がしていました」

「そういう人間関係もあったのですか……しかし、留学の機会に、そのような方とお会いできたこともご縁なのでしょうが、それを実戦で活かすことができるのは才能だと思います。望月さんは学閥社会の外務省では決して恵まれたポジションには就かれませんでしたが、一緒に仕事をさせて頂いた私にとっては、誰よりも優れた人格とバランス感覚に富んだ上司でした。そんな望月さんが心酔されただけあって、片野坂さんは、お会いしてまだ数十分にもかかわらず、人を引き付ける力があることに驚いています」

「それは、同じ公務員であっても、違う世界で奔放に生きているように見えるからでしょう。僕だって、一行政官であることは自覚していますよ」

片野坂が笑って答えた。

「行政官……確かに、一般の公務員は行政官という立場にあるのでしょうが、外務省と法務省では、どうしても外交官と検察官という立場が優先されてしまいます」

「そうか……そうでしたね。事務次官がトップでないのは外務省と法務省だけですからね。確かにそれは僕たちのような一般の公務員とは違う世界なのかもしれませんね」

「外務省の場合、かつては外交官試験という全く別の採用資格試験があったわけですが、その弊害も大きかったんですよね」

「それは聞いています。公務員試験でありながら世襲が堂々とまかり通っていたわけですからね」

「それで大きな勘違いをされた方も多かったと聞いています。そのため、逆に私たちのような一般の国家試験による職員は見下されてしまうようになったのです」

「現在のキャリア外交官は国家公務員Ⅰ種試験に合格して外務省に入省した職員から選ばれるわけでしょう？　その任免権は未だに旧外交官試験合格者にあるわけですよね」

「実はそこが笑い話のようなところで、現在でも依然として外務省職員を親族に持つ入省者は少なくないのが実情なんです。外務省職員の子弟は、幼少期から海外経験が豊富で、在外公館での生活環境に慣れており、そこで培ってきた人脈も豊富で、当然ながら外国語も堪能ですから即戦力と思われているようなんです」

「即戦力……確かにどんな業界も新人としては最も欲しい人材ではありますが……。しかし、壱岐さんも在学中に英語や中国語は通訳業務資格を取っていらっしゃるようだけど……」

「私の場合は父が商社マンだったこともあって、イギリスと中国が長かったんです。幸い、両方にしっかりとした日本人学校もあったおかげで、英語と中国語同様に、日本語と日本の歴史を学ぶことができたので、大学受験には問題ありませんでした」

「高校は都立高校でしたね？」

「父の勤務の都合上、高校入学時に帰国することができず、私もあまり気にはしていなかったので、高校二年からの編入になりました。時期的な問題で私立は無理でしたが、都立では伸び伸び生活できました」

「基礎能力がある人に高校は関係ありませんよ。そして、都立で伸び伸び過ごすことができた……ということは人間関係も良好だったということですね」

「恵まれました。いろいろなことを教えてもらいましたし、今でも、高校時代の仲間は私の人生の宝だと思っています」

「なるほど……壱岐さん、親友はいらっしゃいますか？」

「三人います。一人は中学一年のイギリス時代からの友、二人目は中三から高一まで中国で一緒だった友、そして都立高校からの友の三人です。都立高校時代の仲間はたくさんいて、今でもよく連絡を取り合ったり、結婚式にも多く出席したりしていますが、特に一人を親友として挙げたのは、おそらく一生涯付き合うことができると思っている人物だからです。その点で言うと、残念ながら大学と社会人でそこまでの友はできませんでした」

「まあ、そんなものでしょう。僕も社会人になってからできた親友はいませんし、大学では運動会に入っていなかったためか、そこまで深い付き合いができる友人はいませんでした」

「今の警視庁のお仲間はどうなのですか？」

「親友というより戦友……という感じですね。中でも望月さんとはまだ三年余のお付き合いですが、スタートから戦場でしたからね」

「戦友ですか……私もその仲間に入ることができるといいのですが……」

「私どもとしてはウェルカムです。壱岐さんが外務省を円満退職できる状況になったら、改めてご連絡下さい」

「円満退職……ですね」

「はい、外務省が壱岐さんのような人材をそうやすやすと手放すとは考えにくいのは重々承知しておりますが、くれぐれも円満に離職していただきたいと思います」

「そうですね、今後も海外で仕事をする機会もあることでしょうし、力を借りることもあるやもしれませんからね」

「そうですね。敵にする必要はない……ということです」

「承知しました。円満に解決して参ります」

壱岐が笑顔で答えた。そこで片野坂が訊ねた。

「ところで、最後に一点だけ伺いたいのですが、壱岐さんは中国という国をどう考えていらっしゃいますか？」

「あれだけの人口をまとめるには、ある程度、迅速な政治判断が必要であることは認識しています。しかし共産主義国家ですから、民主主義の敵であることは明白です。まず、『敵を知る』孫子の兵法の考えを実践しているだけのことです」

壱岐の明快な回答に片野坂は笑顔で頷いていた。すると、壱岐が続けた。

「私は通じて中国に六年間おりましたが、近年、共産党員だけでなく、一般市民の中にも習近平に対する嫌悪感が出てきていることを肌で感じるようになりました」

「嫌悪感……ですか？」

「一九八二年に指導者の個人崇拝を禁じているにもかかわらず、官製メディアが『核心』と並んで『最高領袖』『最高統帥』という呼称を頻繁に使用していることに対して、習近平はこれを否定しないばかりか、父親である習仲勲《しゅうちゅうくん》の巨大な陵墓を建て、記念切手まで発行されるなど個人崇拝も強められています」

「個人崇拝か……旧ソ連系のトップがことごとく失敗して滅んで行った歴史を学習していないのでしょうね」

「中華人民共和国の人民の中でそういう歴史を知っているのは旧香港の人たちだけですから、どうしても粛清の対象になってしまうのでしょう」

片野坂は二度大きく頷いて壱岐と握手をして、「ご連絡をお待ちしています」と伝えて別れた。


翌日、片野坂が香川と望月に結果を報告すると、望月が嬉しそうに言った。

「良かったです。彼は外務省よりもうちに向いている人材だと思います」

「警視庁の公安専科を受けるよりも、はるかに高度な理論武装ができていますね。中国共産主義の勉強もほぼ完璧にできているようです」

これを聞いて香川が訊ねた。

「理論上の即戦力なのはいいが、外交官と警察の最大の違いは武器等の使用だ。そちらのトレーニングはどうするんだ？　俺や白澤のねえちゃん同様、アメリカの傭兵訓練を受けてもらうのか？」

「それはやってもらわなければ一緒に仕事はできません。外務省内の個人記録を見た限りでは、趣味はマラソンらしく、各地での市民マラソンに参加して、ほとんど二時間台で完走していますから、基礎体力はあると思います」

「二時間台は凄いな。機動隊のマラソン特練並みだな。望月ちゃんもそれくらいで走るんだろう？　外務省にはそういうマニアが多いのか？」

「海外では割とランニングコースが整備されているところが多いのです。日本のようにアスファルトではなく、最低でもアンツーカーが敷かれていますから、足、腰への負担が少ない配慮がなされているのです。東京の皇居ランナーのように、下はアスファルトで、しかも排気ガスの中で走るなどという自殺行為をしながら非健康運動をする先進国はまずないと言っていいでしょう」

「それは管区学校の体育教授からも言われたな。『警視庁もいい加減で皇居一周駅伝大会は止めた方がいい』とおっしゃっていた」

「ランニング・アディクションの健康被害を訴えるのは日本人と中国人だけ……という話もありますからね。健康スポーツ活動に関しては、日本はまだまだ後進国です。厚生労働省と文部科学省のタイアップが取れていない典型のような問題点ですね。そもそも、日本は市民マラソン大会が多すぎるんです。環境を整備することなく、単なる客寄せ目的で開催する地方自治体が如何に多いか……地方自治体の企画力の低さがよくわかりますよ」

「なるほど……確かにそれは言えているな……ちなみに望月ちゃんは、中東では砂漠を走っていたの？」

「足腰の鍛錬には、砂漠は最高なんですよ。もちろん、真昼に走ると死んでしまいますけどね」

香川の問いに望月が笑って答えた。

壱岐から片野坂に、円満退職ができる旨の連絡が入った。片野坂は直ちに民間軍事会社訓練所の短期集中訓練の申し込みと、サンフランシスコ行きの航空券の手配を行った。

「短期集中訓練が三か月間か……初めての者だときついだろうな」

香川が片野坂に言うと、片野坂は平然と答えた。

「そうですね。基礎体力はあるとはいえ、格闘からサバイバル訓練、そして、射撃と爆発物取り扱いまで、ズブの素人が身体で覚えなければならないのですからね。相当応えると思います」

「お前はＦＢＩアカデミーで鍛えられたのか？」

「本格的な訓練はそうですね。でも警察大学の時に、警視庁機動隊の新隊員訓練にも参加しましたが、厳しい訓練を楽しくやる発想も学びましたよ」

「マル機の新隊員は厳しいだけじゃなかったのか？」

「真夏に完全装備でジュラルミンの大盾を持って走らされるのですが、掛け声が『いち、いち、いちに』の後に『ビジネス』が入るんです。確かに、金を貰って身体と心を鍛えることができる……と思うと、その自虐が楽しくなってしまうんです。おまけに、訓練中に補給される水分は熱い麦茶で、塩分は見事に酸っぱい梅干しでしたからね」

「確かに、『ビジネス、ビジネス』と言って走っている奴らがいたな……」

「あのおかげで、仕事上の発想の転換ができるようになったのですから、ＦＢＩアカデミーの訓練も楽しかったですよ」

「そういう思考回路がお前を育てたんだろうな」

「その点で言えば、訓練の成果で最たる例が白澤さんだと思いますよ。『パソコンのキーボードを正確に打つスピードはショパンの曲を弾いていると思えば楽しいものです』という言葉には驚きましたし、プログラミング専門用語の英語も『新しい言語を覚えているようで、ワクワクしました』でしたからね」

「あのねえちゃんも相当変わっているからな……本物のお嬢様というのは、ああいうものなのかもしれないと思うようになったよ」

「確かに、相当なお嬢様ですからね。香川さんも、子爵家の系列で、お殿様の末裔であ

ることは存じておりましたが、白澤さんは、華族授爵の詔勅による叙任者で『そうろう
ーこうしゃく』の侯爵の末裔ですからね」

「俺の過去をどうして知っているんだ？」

「先輩のような特殊な方は、警察庁の人事記録にも登録されていますよ。おじいさまの戒名が『院殿……大居士』の十三文字で、院殿号、道号、誉号、戒名、位号が全て整っていた……と聞いています」

「まあ、小藩とはいえ、ご先祖様は殿様だったそうだからな。しかし、何でも調べるものだな」

「採用時には菩提寺にも参りますからね。調査した県警の担当者も、さぞ驚いたことでしょう。警察職員の中でも、旧華族会、現在は霞会館と呼ばれていますが、そのメンバーは数人で、うちお二人が、うちの部署にいらっしゃるのです」

これを聞いた望月が驚いた顔をして香川に言った。

「香川さん、本当のお坊ちゃまじゃないですか？」

「ただし、小学校の時は『神童』と呼ばれたものの、高校卒業時には『落ちこぼれ』と言われるようになったがな」

香川が笑って答えると、望月が片野坂に訊ねた。

「そうなると、白澤女史はどんな家系なのか気になりますね」

「侯爵ですから、まあ大変なお家だったのでしょうね。子どもの頃からの海外生活も一般企業の海外赴任とはちょっと違ったようですからね」

「そうなんですか……」

「でも、彼女のあの性格の良さは、本当の育ちの良さからきていると思います」

「本当の育ちの良さ……それと海外留学が絶妙にマッチングした結果でしょうが、よくご両親が就職先に警視庁を認めたものだと思います」

「警察をバカにする人たちは、所詮《しょせん》、それなりの育ちだと思えばいいんですよ。どんなお偉いさんでも、不正をすれば警視庁警部補、巡査部長から被疑者として、徹底した取り調べを受けるわけですからね」

「そういう人をたくさん見て来られたのでしょうね。僕より香川さんがよくご存じだと思いますよ。いかがですか香川さん」

　片野坂にふられた香川が笑いながら答えた。

「一番わかりやすいのが、国会議員だな。選挙民にはとことん頭を下げるが、役人と飲み屋では実に偉そうにしている。そして金には実に弱い。こんな野郎が取り調べで落ちた瞬間、できの悪いガキ大将がちょっと強い奴にいじめに遭った時のように、ビービー泣きやがるんだ」

「泣きますか？」

「泣くな。自分の人生が終わった……という後悔の念と、塀の中の生活を同時に思うんだろうな。いくら育ちが良くても志がない奴はダメだ。悪い奴らの話はここまでにして、白澤のねえちゃんの『育ち』を感じたのはスイスのジュネーヴのホテルだったな」

「どういう点ですか？」

「あの時、オーナーは不在だったが、恰幅のいいバトラーが白澤のねえちゃんを『marchioness（侯爵）』と呼んでいたんだ。おまけにあの時の料理といったら俺も思わず唸ってしまった。しかし、あのホテルを予約する話を白澤のねえちゃんは『レマン湖畔の安い、こぢんまりしたホテル』と言ったんだぜ」

「確かに後から聞いた値段の割には実に素晴らしいホテルでしたが……」

「おそらく、相当安くしてもらっているんだよ。そうでなければ、あれだけの建物と庭を維持できるはずはないからな」

「そういうことでしたか……それにしても、偶然とはいいながら、うちのチームは面白いメンバーですよね。新参者が言う言葉じゃないでしょうが、居心地がいいんです」

「それは片野坂の人柄なんだろうな。俺も相当な数のキャリアと付き合ってきたが、こいつの人間性は間違いなく五指に入るな」

それを知らん顔しながら聞いていた片野坂が笑って言った。

「香川さん、何も出ませんよ」

香川にしては珍しく照れたような顔つきになって望月に訊ねた。

「ところで、以前あった外交官試験合格者が大学を中退して外務省入りしていた理由はなんだったんだ？」

　これに望月が即答した。

「一言でいうと、勘違いですね」

「勘違い？　どういうことだ？」

「旧外務公務員採用Ｉ種試験は二十一歳から受験可能で合格の有効期限が一年だったのです」

「旧国家公務員採用Ｉ種試験合格者の名簿は三年有効だったよな」

「そうです。合格者の中には大学三年時に合格する者もいて、彼らの多くが中退して入省していたようです」

「あと一年遊べたのに、もったいないことをするもんだな」

「その中退者が、入学同期よりも一年早く入省することで、これを『飛び級的名誉』というようになり、これが悪しき伝統になっていった……ということです。大学の本分である専門分野の単位を取得することなく卒業する愚行なのですが、まあ、単なる勘違いなんですよ」

　望月があざ笑うように答えると、香川は返す言葉がなかった。

これを聞いていた片野坂が言った。

「最近は公務員名簿に『中退』を記さなくなった人も多いようですが、これ見よがしに記載している人は、東大以外の出身者が多いと、同期生が言っていました」

「おや、それは東大病か？」

香川がからかうように言うと、片野坂も笑って答えた。

「入省の東大率が一番高いのが外務省だそうです」

「ほう、財務省じゃなかったのか？」

「財務省は結構、私学も多いんです」

「そうなのか……やはり東大生は権威が好きなんだろうな」

すると望月が答えた。

「しかし、在外公館の大使と言っても先進国はわずかなわけで、途上国を数か所経験する必要があるのです。アフリカ、中南米、東南アジア、西アジア、旧東欧諸国……なかなか悲惨ですよ」

「それもそうだな……どこに配置されるのかは上次第だからな」

「はい。所詮、人事は『ひとごと』ですから」

「だよな。それを考えると、警視庁なんか可愛いもんだよな。島を除けば、どんなに遠いといっても、奥多摩からでも二時間あれば東京駅に来ることができるんだからな。北海道警察は五つの方面に分かれているとはいえ、旭川方面は、宗谷岬から占冠《しむかっぷ》まで、直線距離で約三百キロメートルだからな。東京から新潟までの距離だぜ。日本警察でも大変なところはたくさんあるというのに、それがアフリカの途上国となれば、想像を絶するな……」

「水の確保で大変な国も多いのですからね」

「なるほど……一口に外交官と言っても、国家公務員採用総合職、一般職大卒程度、外務省専門職員等に分かれているんだろう？　旧外交官試験の現総合職の外交官は辺鄙《へんぴ》な場所には行かないんじゃないのか？」

「まあ、そうですけどね」

「警察庁から大使で出る者もいるが、決していい所じゃないな。警察庁長官経験者がギリシャじゃ可哀想だろう？」

「スイスもあったかと思いますが……」

「まあそうだけど、Ｇ20とは言わないが、もう少しいい国でもよかったんじゃないか？」

「それは、警察庁と外務省の友好の度合いではないか……と思います」

「厳しい言い方になるが、外務省からは二年出向で三人ずつくらい来ているようだけど、全員、県警ナンバーツーの警務部長だったと思うけどな。警察庁キャリアと全く同等の警視正待遇だぜ」

「それは理解していますが、それなりの国の大使となると結構大変なんですよ。どちらかと言えばお客様的な場所を選んでいると思いますけど……」

「スイス大使は民間人でも就任しているくらいだからな……」

「野球チームの元オーナーのことですね……それにしても、よくそんなことまで知っていますね」

「まあな……。ところでなぜ、外務省は警察を嫌うんだ？」

「警察を嫌っているのではなく、東京地検特捜部と警視庁を嫌っている……というのが本音かもしれません」

「理由は？」

「この二つの捜査機関だけ、大使館を通さずに勝手に捜査をして勝手に帰って行くからです」

「どうして大使館に報告しなければならないんだ？」

「パスポートを発行しているのは外務省です。特に外交特権を許可するグリーンパスポートは警察庁からの依頼で発行しているのです。それにもかかわらず、インターポールを通さず、現地の警察と直接取引をして被疑者を捕まえ、帰国の段になって、ようやく大使館に連絡をしてくる。警察と犯人が帰国してから、大使館は当事国の政府と交渉をしなければならないんです」

「尻ぬぐいか……それは嫌われるかもしれないな。しかし、警察はだいたいどこの国も同じだろう？」

「いえ、警視庁は警察というよりも諜報機関のような行動を取る……といわれていますからね」

「まあ、誉め言葉として受け止めておこう」

「前回、一緒に行動して、私は理解できましたが、本省の皆さんにとっては、全く理解の範疇を超えていると思いますよ」

「しかし、日本の領事館や大使館には全く迷惑をかけていないだろう？」

「前回はそうでしたが、その前の上海浦東空港では相当混乱したようですよ。外交特権享受者に対して、関税を通過した後に現地の警察官が発砲したのですからね」

「まあな。あの時は俺も誰が味方で、誰が敵なのか全くわからなかったからな」

「中国で味方は、大使館員しかいないのですよ。いくら警察庁からの出向者であろうと、中国政府にとっては、皆、日本国外務省が認めた大使館職員なのですから」

「なるほど……これからは気をつけることにしよう」

　二人の会話を聞いていた片野坂が言った。

「二〇〇一年に施行された中央省庁等改革以来、省庁はどこもいろいろな問題を抱えているのですよ。外務省は改革の対象にはなりませんでしたが、一府二十二省庁から一府十二省庁になって省庁規模が大きくなったため、海外出張枠が増えたと聞いています」

「そんな背景もあったのか……」

「他省はわかりませんが、個人の資質にやや問題があって、管区警察局長にもできない者を、在外公館の大使として赴任させたこともあったものの、やはり現地でも問題を起こして強制帰国させた例もあったほどです」

「体のいい追い出し人事に利用された方もたまらんな。外務省は迷惑も受けていたんだな……」

香川がため息交じりに言うと望月も俯き加減になって、

「私みたいに、拉致されて戦闘員になった者を救出していただいている事例もありますから、警察庁とは良好な関係を維持したいのも本音だと思います」

「そうすると、今回のような新たな人材の引き抜きは問題にならないのか？」

「おそらく、辞表提出時に何らかの内部調査が行われますから、恒常的なパワハラの実態も表面化されることになるかと思います。再就職先の斡旋をせずに済んで、しかもその受け皿になってくれた……ということになれば、上層部はホッとするかもしれません」

「なるほど……しかし、警察庁にはどういう立場で入庁するんだ？」

「特別専門官……でしょうね、この立場は随時入庁していますから」

「警部採用か……それでいいのか？」

「国家公務員総合職合格者ですから、数年後、適性を考慮したうえで年次に合わせた人事を行うことになると思います」

「それなら安心だな……早く一緒に仕事をしたいものだな」

「外務省はプロスペクトを失うことになるのですけどね……」

片野坂がポツリと言った。

プロスペクトとは、見通し、予測、可能性などを意味し、アメリカのスポーツ界では、将来有望な若手選手を表す言葉としてよく使われている。

それから一か月後、壱岐雄志は警察庁警部を拝命して警視庁出向となると同時に、早速、サンフランシスコに向けて三か月間の傭兵研修に旅立った。

第五章　合流

この年の夏は世界的に異常な暑さだった。特にヨーロッパでは六月後半から猛烈な熱波が襲い、スペインとポルトガルだけでも高齢者ら一千人が死亡した。中でもポルトガルの最高気温は四十七度を記録し、イギリスでは猛暑による「非常事態宣言」が発令されていた。

「白澤ちゃん、猛暑らしいねぇ」

「香川さん、猛暑どころか酷暑ですよ」

「スイスに脱出すればいいじゃないか？」

「スイスはどこのホテルもいっぱいで、友人の別荘にもお客様がヨーロッパ中から避難してきているようなんです」

「しかし、今年に始まったことじゃないんだろう」

「気候変動の兆候はあったものの、今年は異常です。去年までは最高に暑くてもせいぜい三十三度くらいで。それも、ひと夏に五日くらいのものだったんです。それでも夜になれば涼しくなるのがドイツらしい気候で、熱帯夜などありえなかったんです」

「熱帯夜がないの？」

「だって、緯度で言えば西ドイツの首都だったボンは、サハリンの真ん中辺りですよ。夏は夜の九時過ぎまで明るいのが普通なのですから」

「そうか……ちょっと田舎に行けば、クーラーがない家なんかあるのか？」

「軽井沢よりも涼しいところがたくさんあるのですから、クーラーなしの家は多いですよ。一般的ドイツ人の現実生活は、この酷暑を想定していません」

「想定外か……」

「それで、急に摂氏三十八度……多くのドイツ人の身体が暑さについていけないんです。友人の家の近くでは、スーパーマーケットの冷蔵室で、三分間三ユーロで涼ませる商売をやって盛況だというのですから、感覚がわかるでしょう？」

「スーパーの中じゃなくて、その中の冷蔵庫か……確かに信じられない、笑い話のようだな」

香川は笑うに笑えない雰囲気になったので、電話を望月に替わった。

「替わりました、望月です。暑い中大変だと思いますが、白澤さんのお宅はどうなのですか？」

「うちは、一応メイドインジャパンのエアコンを付けていたおかげで、何とかしのいでいますが、それでもベランダのファンが回り過ぎると、ファンからの熱風でお隣さんに迷惑がかかるので、時間制限をしながら生活しています」

「でも、日本のようなジメジメした暑さじゃないのでしょう？」

「カラカラ過ぎて山火事が起こるほどなんです。乾きすぎた暑さも肌を直撃すると痛く感じますから、外に出る時は薄手の長袖を着ています」

「ドイツのイメージが変わってしまいますね」

「そうか……望月さんは砂漠の民だったことがあるから、少々の熱さは大丈夫なんでしょうね」

「そうですね……摂氏五十度くらいなら何度も経験していますから、夏の暑さは、ほぼ大丈夫になりましたね」

「ところで、何かご用件があったのではないですか？」

白澤香葉子《かよこ》の問いに、望月が片野坂と電話を替わる旨を伝えた。

「白澤さん、暑い中大変ですが、くれぐれも健康維持にご留意ください。実は今度、新しいメンバーが加わり、白澤さんも体験したカリフォルニアの訓練センターでの修業を終えます」

「えっ、そうなんですか。早くお会いしてみたいです」

「実は望月さんからの推薦で、僕はお会いしましたが、香川さんもまだ会っていただいていないんです」

「望月さんのご推薦……ということは外務省の方だったのですか？」

「はい、外交官だった方です」

「優秀な方なのでしょうね」

「英語と中国語は同時通訳資格を持っているほど堪能です」

「同時通訳……さすがですね。英検一級以上の専門用語の知識が必要だと聞いたことがあります」

「そうなのでしょうね。特に中国語に関しては、中国の師範大学でも学んだようです」

「エキスパートですね。香川さんがもう中国に入ることができないとおっしゃっていたので、そういう方がメンバーに入られるのは心強いですね」

「そうですね。望月さんもムスリムの活動家として目を付けられてしまった経緯もあって、望月さんがリクルートして下さったのです」

「その方は間もなくご帰国……と伺いましたが、この猛暑の中で、あの香川さんもギブアップ寸前だったトレーニングをされているのですね……可哀想な気がします」

「僕も、まさかここまで酷暑になるとは思っていませんでした。しかし、訓練担当責任者からの報告では、『スマートにこなしている』ということでしたから、よほどの基礎体力があったのでしょう」

「まだお若いのですか?」

「うちでは最年少の三十二歳です」

「まあ、年下の男の子だ」

白澤が嬉しそうな声を出したので、外部スピーカーで聞いていた香川が口を挟んだ。

「白澤のねえちゃんも、古い歌のタイトルを口にするようじゃ、もうおばさんだな」

「生まれる前の曲でも、キャンディーズは永遠のアイドルなんです」

「生まれる前? そうか……そんなに昔の歌になってしまっていたのか……」

そこで再び片野坂が言った。

「そこで、新メンバーと香川さん、望月さんの三人で訪欧してもらおうと思っています。その日程調整をしてもらいたいのです」

「そうなんですか。嬉しいです。今、私はドイツとEUの、対ロシア政策について調査をしているので、ブリュッセルに行く機会が増えています。ウクライナ情勢も一進一退で年内の休戦、停戦はなさそうですから、私も調査方法を改めようと思っているところです」

「了解です。ロシアがウクライナ侵攻を続けている間は中国も台湾侵攻ができないのではないかと考えています」

「やはり中国とロシアは連携している……と思ってよろしいのですか？」

「僕はそう考えています。これに北朝鮮も裏で繋がっていると考えた方がいいかとも思っています」

「似た者同士の三独裁者ですね」

白澤の的を射た言葉に片野坂が頷きながら答えた。

「当面、我々はロシアの原子力潜水艦の動向だけは注意している状況です」

「中国の潜水艦はどうなのですか？」

「今、東シナ海や南シナ海を中心に動いているようですが、日本海には進出していない様子です。ただ、台湾侵攻をする際に潜水艦だけでは役に立ちませんから、揚陸艦や中国陸軍の上陸用舟艇の動きを注視しています」

上陸用舟艇は上陸や揚陸作戦の際に兵員や車両を輸送するための船で、接舷ないし直接海岸に乗り上げて兵士や装備を上陸させることができる。

「海軍ではなく、陸軍なのですか？」

「中国人民解放軍では、揚陸艦は海軍が、上陸用舟艇は陸軍が運用しているのです」

「私は軍備のことには疎いので、これから勉強したいと思っています。ところで、次回の訪欧には片野坂部付はいらっしゃらないのですか？」

「僕はどうしてもアメリカに行かなければならない用件がペンディング中なので、確約できないのです」

「相変わらずお忙しいのですね」

「台湾情勢に関してアメリカが注目しているのは、香港が一九九七年に英国から返還された際、中国が香港に対して交わした『外交・防衛を除く分野で高度の自治を五十年間維持する』という約束を破棄して、『香港国家安全維持法』を導入したことにあるわけです」

「そうですよね。一国二制度のおかげで、香港はアジアの経済拠点、観光地の地位を得たのですからね。習近平はどうして、そこまで強引なことをしたのでしょうか？」

「複雑な国内経済事情の目を外に向けさせる狙いが一番だろうと思います」

「国民の経済格差の問題ですか？」

「それが一番大きいでしょうね。共産主義国家でありながら富裕層の多くが不動産投資で利益を上げているという矛盾が農工民を過分に刺激している点だと思います」

「部付は中国による台湾侵攻をいつ頃だとお考えですか？」

「ロシアの動向からも、何とも言えないのが実情です。ウクライナ侵攻が冬まで続けば年内は苦しくなります。また、プーチンが核兵器の使用まで口に出してしまった関係で、NPT関連諸国まで敵に回してしまった感があります」

ＮＰＴとは「核兵器の不拡散に関する条約」のことで、米仏英中露の核保有五か国以外の国の核兵器保有を禁止し、核兵器の拡散を禁止することを目的とした条約である。

「未加盟国のインド・パキスタン・イスラエル・南スーダンの四か国はともかく、日本にとっては脱退国の北朝鮮の動向が気になりますよね。その北朝鮮と中国、ロシアが手を組んでいるようなので、地政学上最も危険な当事国は日本ということになると思いますが……」

「まさにそのとおりなのです。しかし、日本は憲法上交戦権を認めていませんから、軍隊である自衛隊が戦うことは難しいのです」

「自衛権をもってしてもダメなのですか？」

「日本の領土内ならば自衛権は認められるでしょうが、さらに進んだ攻撃はできません」

「そうですよね……」

白澤が困惑した口調で答えていた。これを聞いた香川が言った。

「日本国憲法の新たな解釈を片野坂部付殿が考えているから怖いんだよ」

「何ですか？　その新解釈……というのは……」

「自衛隊による自衛権は行使できなくても、対日有害活動の排除という警察権で勝負しようという、とんでもなく面白い発想だ」

「えっ……」

　白澤が驚いた声を出した。

「それに関しても、今度会った時に説明するが、着々と準備が進んでいるから面白いんだ」

「この前の、日本海の中露軍事演習事件にも驚いたのですが、今度は何をなさるおつもりなのですか？」

「スーパーコンピューター・ドローン作戦だよ」

「スーパーコンピューター……ですか？」

「おっと、それにプラスアルファで、eスポーツ共闘作戦まであるんだ」

「全く意味がわかりません」

「だろうな……俺も半ば呆れているんだが、実に面白いんだ」

「香川さんは、先ほどから『面白い』ばかりおっしゃっていますけど、本当に日本警察が他国、それも、中国、ロシアという大国を相手にしようと思っていらっしゃるのですか？」

「それしか、当面国家を守る手段がないのだから仕方ないだろう。近々、新人さんとお邪魔するから、その時に丁寧に説明するさ」

　そこまで言って、香川が片野坂に手のひらを上に向けて後を続けるように促した。

「まあ、そういうことで、ロシア軍と中国人民解放軍の詳細な動向調査が喫緊の問題となりました。白澤さんも、その点を踏まえて四人で協議して下さい」

九月に入って壱岐が帰国した。

「初めまして、壱岐雄志と申します」

「最近の外務省外交官は随分ガタイがいいんだな」

真っ黒に日焼けして、一目で新品とわかる白色ボタンダウンの半袖シャツに黒色スラックス姿の壱岐を見上げて香川が言った。

「高校時代、真剣に長距離をやっていたものですから、基礎体力だけはあると思っていましたが……」

「百八十はあるだろう？」

「いえ、百七十八センチメートル、七十五キログラムです」

「どうだった、傭兵訓練は……」

「高校時代に三千メートル障害をやっていた仲間の苦労がやっと理解できました」

「わかるな……あの壁越えは死にそうだからな。おまけに暑かったろう？」

「これまでの人生で一番きつかったのですが、片野坂さんに『心の中でビジネス、ビジネスと言っていればいい』と言われて、それを実践していたら、いつの間にか気楽になりました。この訓練が終わったら、いつでも傭兵として活動することができる……と思いながら初めての銃とライフルの実弾訓練も楽しみました」

「そう。金を貰って身体を鍛えて、美味い物食って、酒飲み放題で、滅多にできない訓練と資格を取ることができるんだからな。通常なら一年で千五百万円の金がかかる訓練なんだ」

「そうらしいですね。軍曹から『お前は四万ドルをタダでもらっている』と言われました」

「軍曹ね……あそこでの訓練はウエストポイントの陸軍士官学校生とほぼ同じメニューだそうだから、指導官は軍曹と呼ばれているらしい。訓練が終わった段階で、生徒が上官になってしまうのが常なのだそうだ。ああそうそう、自己紹介を忘れていた。おそらく階級では一番下の香川潔だ」

「片野坂さんから伺っておりました。警視庁公安部のエースと言われていたとも……」

「大昔の話だけどな」

「心強いです」

「警察官として何かわからないことがあったら聞いてくれ。片野坂も階級こそ警視正だが、下々の経験がほぼないから、組織の使い方をまだ知らないからな」

「ありがとうございます。本当にまだ警察のことは何も知らないうちに、傭兵訓練に行ってしまいました」

「大学は法学部なんだろう？」

「はい、一応法律学科……ということになります」

「それなら、刑訴法を理解しているから大丈夫だ。ただし、公安の世界はデュープロセスだけでは生きていくことはできない。デュープロセスを理解したうえで、いかにイリーガルを実戦するか……が重要なんだ」

「なるほど……常時超法規的事案に直面する……ということですね」

「そのとおりだ。いいねぇ。賢い者と話をするのは……」

そこに望月が口を挟んだ。

「壱岐、香川さんは既に私の命の恩人にもなっているんだ。この方の人脈の広さは驚くべきものがあるから、一挙手一投足をつぶさに見ておいた方がいいぞ」

「命の恩人……ですか？」

「香川さんがいなければ、私はロシアの地で骸《むくろ》になっていたかもしれないんだ」

「そうだったのですか……。今後ともよろしくご指導お願いいたします」

「もう仲間なんだから、そんなに堅苦しくなる必要はない。ただ、今は実戦をゆっくり少しずつ覚えていく時じゃないので、そこだけは理解しておいてくれ」

「承知しました」

「それから、二週間以内にまたしても出張が入ることになると思うが、最初にドイツ経由でロシア軍の最前線を確認することになる。その後、壱岐君は単身、中国に入って人民解放軍の動きを見てきてもらいたいんだ」

「それは中国の台湾侵攻を踏まえてのことですか？」

「そう、君の専門分野だろう？」

「どのタイミングで仕掛けてくるのか……全く、予断を許さない状況であるとは思っています。アメリカの下院議長の在任中にやってしまう可能性もありますから……」

「確かに中国にとっては、ロシア軍のだらしなさを目の当たりにして、攻撃のチャンスを逃していることには変わりないからな」

「それと、習近平にとっては、プーチンが核兵器使用も辞さないという、全く馬鹿げたことを口にした段階で、ロシアなしでも台湾侵攻が可能かどうかを探っている状況だと思います」

「すると、朝鮮半島も相手にせず、台湾侵攻を行う……ということなのか？」

「ロシア海軍あっての北朝鮮です。台湾侵攻に際して北朝鮮を見捨てる可能性はあると思います」

「単独でやるか……」

「習近平は北朝鮮に関しては腹をくくっているのではないかと思います。しかし、ロシ

ア と共同戦線を組まなければ台湾侵攻は現実的ではないと思います」

「今、中国が単独で台湾侵攻をやれば負ける……ということか？」

「負けますね。それから運悪くスリランカが破綻したことで、再び中国によるいわゆる『債務の罠』に引っ掛かった……という話も出てきていますが、これは明らかに事実に反します。スリランカの経済破綻を誘導とする見解もあるようですが、スリランカの対中国の債務は、債務全体の一割程度しかないのです。中国はむしろ親中的なスリランカの政権を支えたかったのではないかと思います」

「ほう、それは初めて耳にすることだな」

「中国だって馬鹿じゃありません。ただ、中国から金を借りたアフリカや太平洋諸国の為政者に無能な人材が多かったのは事実です。決して中国は日本の反社会的勢力がやっているような闇金ではありませんし、得た利権を維持するだけでも大変な出費が必要となるのです」

「なるほど……こういう国民に対する教育ができていない国家として、今後も第二、第三のスリランカがいくら出てきてもおかしくない状況なんだろうな」

「そう思います。しかし、日本国内でも様々な不正を長期間にわたって行っている企業が潰れないのと同様に、国家も経済破綻したといっても、なくなってしまうことはないのが実情です」

「近隣国家が国の制度や国民を引き取りたくない事情もあるのだろうけどな」

「老老介護と同じで、貧貧合併ほど厳しい現実はありませんからね。スリランカはたまたま島国だったから、隣国との争いが起こらなかっただけで、これがアフリカ諸国間の問題になると、直ちに内戦状態になるのが常です」

「そういう国家に対しても中国は経済的支援をしていたのだろう？」

「どんな国であっても、国連では一票ですから、共産主義国家でなくても当座の味方は増やしておきたいのが中国の立場です」

「そういうことか……しかし、金でつかまえ続けているのは大変だろう？」

「ですから、国家に貸し与える……というよりも、独裁者個人に貸すような形をとっているのです。そして、後は為政者としての資質の問題で、今回のスリランカはその点が全く足りなかった……ということです。親子そろってできの悪い零細企業に金を貸してしまった……ということで、融資担当者は処分されると思いますよ」

「処分か……それで済むんだからな……」

「中国としては現地の港湾利権だけ押さえて、港湾労働者は中国から連れてくればいいのです。さらに中国利権を守るためには人民解放軍の派遣もいとわないのです」

「国民の暴動は起こらないのか？」

「暴動は為政者に向くでしょうし、もし、中国に向けたところで勝てる見込みはありません。何らかの仕事を求めようとしても中国側の条件を百パーセント呑むしかないでしょう」

「それは債務の罠ではないのか？」

「港湾利権に関してはそう言われても仕方のないところなのですが。先ほども言ったように、中国からの投資は債務の一割しかないのですから、中国側の抗弁は立つのです」

「そうだよな……話を台湾に戻すと、台湾が国交を結んでいる国は世界で十四か国しかないんだろう？」

「そうですね。台湾は国際社会の中で信用はあるのですが、国際機関への加盟を自由と民主主義の価値を共有する国家が今こそ共同して積極的に支援していかなければならないのです。特に半導体の生産は世界でもトップクラスです。当面はまずＴＰＰへの加盟を進めていくのが最も有効的な手段かと思います」

環太平洋パートナーシップ協定（Trans-Pacific Partnership Agreement）はＴＰＰ協定と略され、二〇一六年にオーストラリア、ブルネイ、カナダ、チリ、日本、マレーシア、メキシコ、ニュージーランド、ペルー、シンガポール、ベトナム、アメリカ合衆国の間で締結された経済連携協定である。

「ＴＰＰか……アメリカが離脱したままだからな……。ＣＰＴＰＰでやって行くしかないんだろうが……」

ＣＰＴＰＰとは「包括的及び先進的な環太平洋パートナーシップ協定（Comprehensive and Progressive Agreement for Trans-Pacific Partnership）」の略で、離脱したアメリカを除く十一か国の間で二〇一八年に発効した経済協定のことである。

「トランプの出現で、世界的に自国優先主義が主張されるようになりましたからね。その結果として、国内の経済格差も大きくなったのですけど……」

「中国はどうなんだ？」

「中国もこの傾向が強まったため、習近平が焦り始めたのです。その結果、利益の再分配方針が打ち出されたのですが、新型コロナウイルス感染症の影響で、人民の生活はいよいよ苦しくなってきたのです」

「習近平の失政か……」

「新型コロナウイルス感染症に関しては習近平も想定外だったと思いますが、そもそも、新型コロナウイルスを作ったのが中国政府だったことは世界の医学界では暗黙の了解になっているため、習近平も何もできないのです」

「ＷＨＯも新型コロナウイルスの発生が武漢であったことを忘れたかのように、本質をすり替えているからな」

「誰も触れたくない事実なのでしょう。そもそも、この原因を野生のコウモリのせいにしてしまっている世界中の感染症学会の学習不足にも呆れてしまいます」

「ＷＨＯそのものが中国の手先になってしまっているのだからどうしようもないんだけどな。先ほどの話ではないが、習近平の焦りが、どうしても台湾侵攻に向かざるを得ない状況になっているのだろうが、その時期を壱岐はどう考えている？」

「中国は台湾を攻めたくて七十年間準備してきたわけです。習近平が国の法律を曲げてまで国家主席にしがみついているのも、そのためと言って決して過言ではありません。しかし、そんな中で暗黙の共犯関係にある、プーチンがダブルパンチの失敗を犯してしまったわけです」

「ウクライナ侵攻のミスと核使用発言の二つだな」

「はい。これで、プーチンは世界中の民主主義国家を完全に敵に回してしまったわけですが、この自由と民主主義を守ろうとする国際社会が五年後、十年後にどうなっているかが問題です」

「果たして、国際社会が一枚岩になっているかどうか……ということなんだな……」

二人の元外交官同士の話をジッと聞いていた香川が訊ねた。

「外交官の分析は面白く聞かせてもらった。しかし、十年後の話をするのは如何なものかと思う。今の世の中、三年先もわからないのが実情なのではないのか？　しかも、プーチン政権が三年後まで続いているという想定をするなら、ＵＮが崩壊している方が早いと思うんだが」

これに望月が答えた。

「その仮説は、当たらずといえども遠からずだとは思います。しかし、国家というものはそう簡単になくなりはしないのが今の世界であることも事実です。プーチンがどうなろうと、その後釜は旧ソ連のノーメンクラツーラ以外にはないのです。同様に、習近平が潰れてもその後は中国共産党の幹部以外にいないのです。唯一、アメリカ大統領に再びトランプのような人物が現れると、世の中が激変してしまいます。ロシア、中国のカードは替わってもたいしたことはありませんが、アメリカの指導者に自由と資本主義を本気で守る意志があるかどうかに世の中はかかっていると思います」

「UNはどうなんだ？」

「UNは事務総長自身が言っているように機能不全であることに変わりはありません。UNがなくならなくても、そこから離脱することは、どこの国も容易なのです。特に国連に旧敵国条項が残されている限り、ドイツ、日本には加盟していることには何のメリットもないのは何十年も前からわかっています」

「機能不全か……すると、中国が台湾侵攻を行ってもUNは手も足も出せない……ということか？」

「当然です。ロシアに対しても何もできないのですから」

「そうなると、中国がもし、台湾と同時に日本を攻めたらどうなる？」

「同じです。日本は自力でこれに対抗するしかありません。ですから、片野坂部付は今回のような作戦を考えられたのではないのですか？」

　これを聞いた壱岐が望月に訊ねた。

「部付の作戦というのはどういうものなのですか？」

　望月は簡単に説明をした。壱岐が驚愕した顔つきで、これまで黙って三人の会話を聞いていた片野坂に訊ねた。

「部付、それは本気なのですか？」

　片野坂は表情を変えることなく答えた。

「本気です。他になにかいい手だてがあれば言って下さい」

　壱岐は数秒間、片野坂の顔をジッと見て答えた。

「日本警察の一員というよりも、警視庁公安部の一警視正が、超大国を相手にすることで済む話ではないようにも思いますが……」

「そうでしょうね。では、どこの誰が日本を救ってくれるのですか？　平和ボケした政治家や多くの国民の目を覚まさせるのを他国の者に任せるのですか？」

「日本国民が目を覚ますでしょうか？」

「日本が中国共産主義の支配下に入ってしまうことを『仕方がない』と発言する、馬鹿げた学者をテレビに出しているようなマスコミを相手にしている暇はないのです。その時になって回し車の中で慌てるハムスターのような政治家でも困るのです。僕は五・一五事件や二・二六事件の時の青年将校とは違います。日本国を取り返しのつかない状況に持ち込もうなどとは考えていません」

「そうですか……私には、青年将校とは全く異なるとは思いますが、取り返しのつかない状況に日本を向かわせてしまうのではないかという思いもあります」

「僕がやろうとしているのは、あくまでも中国やロシアが台湾侵攻をする際に、我が国に対しても威嚇もしくは攻撃をしてきた際にこれを阻止しようとするだけのことです。自衛隊が出動できればそれでいいのです」

「自衛隊が動いた際には部付は動かないのですか?」

「それは当然です。国防は自衛隊の仕事ですから……ただし、日本国憲法を正確に読むと『日本国民は、正義と秩序を基調とする国際平和を誠実に希求し、国権の発動たる戦争と、武力による威嚇又は武力の行使は、国際紛争を解決する手段としては、永久にこれを放棄する。前項の目的を達するため、陸海空軍その他の戦力は、これを保持しない。国の交戦権は、これを認めない』となっています。さらに『自衛隊は軍隊ではない』『交戦権と自衛権は違う』というのが、現在の憲法解釈です。『自衛隊は軍隊ではない』という、世界中のどこの国も認めない身勝手な理論で政府は切り抜けようとしています」

「確かにそうですよね……既成事実を作ってしまえば先例になりますが……、その行為そのものが違憲と評価されてしまう可能性もあります」

「自衛戦で負けることはないはずですが、その後はどうなると思われますか？」

「中国が一方的に香港の一国二制度を破棄して、民主主義勢力に不当な圧力と制裁を加えたことが始まりですから、台湾に対してこれを守るとは、世界のいかなる国も常識として理解するはずがないのです。しかも、同じようなことをやっているプーチンを支持している以上、中国が主張する『一つの中国』に台湾を含めるか否かの判断をＵＮがしなければならない状況になるやもしれません」

「自ら機能不全を認めているＵＮが……ですか？」

「実質的に機能不全に陥っているのは安保理ですから、台湾案件は安保理ではなく緊急特別総会を開催してしまえばいいのです」

「緊急特別総会といっても、加盟国への拘束力が生じるのは、安保理決議のみで、総会決議は勧告的効力に留まるだけですよ。現にイスラエルとパレスチナの紛争である『ヨルダン川西岸地区とガザ地区をめぐる紛争』についての緊急特別総会は一九九七年に初めて招集され、現在なお継続中で、しかも休会中なのですよ」

　これを聞いていた香川が腕組みをしながら言った。

「さすがに外務省出身だけあって、ＵＮの虚弱性をよく知っているな。しかしＵＮを『国連』と訳したのは外務省の役人だろう？　ＵＮのどこが『国際連合』なんだ？」

「それは国際連盟当時の訳をほぼ踏襲したからでしょう。国際連盟の時には第一次世界大戦の戦勝国として、パリ講和会議で日本はイギリス、フランス、アメリカ、イタリアと五大国に入っていましたからね」

「そうだったな……第一次世界大戦は日本にとってはのどかな戦いだったからな」

「のどか……ですか?」

「例えば、ドイツ人捕虜との関係とかな……」

第一次世界大戦中、日本の陸海空軍は戦時下にあっても、日露戦争時と同様に国際法を遵守し、ドイツ人捕虜を丁重に扱った。特に、大日本帝国陸軍とイギリス陸軍の連合軍がドイツ東洋艦隊の拠点であった中華民国山東省の租借地である青島と膠州湾の要塞を落とした際、青島で捕虜となった約四千七百人は、日本国内の六つの収容施設に送られ、丁重に扱われた。

「あれは特異な例に過ぎません。ドイツ人捕虜から、ドイツ料理をはじめ、数多くのドイツ文化が日本に伝えられましたし、ベートーヴェンの『交響曲第九番(第九)』はこのときドイツ帝国軍捕虜によって初めて演奏され、さらには、菓子職人のカール・ユーハイムが日本初のバウムクーヘンを焼き上げたりしたのですからね」

「神戸人の俺にとっては、実にのどかに感じられるわけよ」

「それはユーハイムだけでしょう」

思わず壱岐も笑った。

「まあな。しかし、あの時の大隈重信が取った軍部軽視の姿勢が、その後の第二次世界大戦への道を作って行ったんだからな」

「それは言えると思います。そんなことよりも、現在のUNには中国、ロシアの変節だけではなく、アメリカ合衆国、フランスの国民の中にある人種差別意識も大きな影響を及ぼしていると思います」

「確かにな……アメリカのイーストエスタブリッシュメントの中に差別主義者が多いのは有名だし、フランスも人種別統計を取ることが禁止されているが、近年難民の流入や、テロ事件の発生等によってこのデータ取得を認めるべきかどうかという議論が再燃しているようだからな」

「フランスは観光立国という一面を持ち合わせていながらも、かつての日本人や最近の中国人富裕層の爆買い等に対して露骨な嫌悪感を示しているからな。団体旅行者によって街を荒らされている……という被害者意識を持つ気持ちはわからないではないが、一流と呼ばれているホテルでの人種差別はフランスは露骨だ」

「香川さんも経験されましたか？」

「ああ。メインダイニングに有色人種は入れてくれなかったな。あれで一気にフランスに対する好意が失われたよ。今でも我慢して口に入れるのはブランデーとシャンパン、それにジャン＝ポール・エヴァンの栗のコンフィだけだな」

「ワインは違うのですか？」

「ワインはナパ産で十分だ。ナパもアメリカだが西だからな。サンフランシスコは好きじゃないが、ナパの人はほぼほぼ善人が多いな」

「サンフランシスコはお嫌いですか」

「大阪市の吉村洋文《よしむらひろふみ》市長が行った姉妹都市関係解消は実に勇気ある行為だった。日本人として高く評価できるな」

「慰安婦問題ですね……まあ、それはよしとして、話を戻せば、資本主義社会というのは弱肉強食とまでは行きませんが、能力ある者が勝ち残る世界です。そして、勝ち組の中で十分な資産を形成した者が、ようやく慈善事業や寄付行為によって弱者を助けようと動き出すのです」

「そうだろうな。『天は自ら助くる者を助く』の姿勢と同じだからな」

「サミュエル・スマイルズの『Self-Help』ですね」

「おお、その名前が出てくるか……博識だな。他人の力に頼らずに自らの努力によって日々精進している者には、天が救いの手を差し伸べて幸福をもたらしてくれる。逆説的には、人の力に頼り切って努力を怠っている者には幸せは訪れないという戒めだな」

「たとえ時代が変わっても、資本主義でも共産主義でも必ず勝者と敗者が生まれるのは自然の法則と同じだ。これは自分では優れている人種だと思っている白人の中にも当然に出現する。そして、その敗者の白人たちを救おうとしたのがトランプだったのだろう」

「確かに、共和党の中のトランプ支持者の中には中流より下の白人が多かったのは統計で現れていたようです」

「だろうな……共和党も落ちたものだ。しかも、議会に乱入までするとは、民主主義の恥以外の何物でもない。そんな国の民主主義を手本にしようとしていた日本国のそれも怪しくなるのは当然かもしれないな」

「根本が揺らぐとそうなってしまいますね。そんな国の大統領がいくら『自由と民主主義を守る』と声高に叫んでも、寧ろ哀れにさえ思えます。頼みの綱のアメリカも頼りにならず、阿呆な中国とロシアが覇権を争うようになった際の当事国となってしまった日本は、本気で外交と防衛に力を入れなければならない時に、憲政史上最弱の内閣なのですから、五年先の国の行く末がわからなくなってしまいます」

「ついこの間まで外交官だった人物の言葉とも思えないな」

香川と壱岐の会話をジッと聞いていた片野坂が、話をまとめるかのように言った。

「現在のロシアに中国の片棒を担ぐ余裕はないと思います。当然ながら北朝鮮も単独行動をできる状況ではなくなりました。そうなると、如何に早く中国に台湾侵攻を思いとどまるように仕向けるか……だと思います」

「チンピラが思いとどまるかな?」

「現在が最後のチャンスではないことに気付かせればいいのです」

「宇宙軍まで作っているチンピラだぜ」

「仮に中国が報復として超高速ミサイルを宇宙から日本の国土に撃ち込むような暴挙に出たならば、その時は第三次世界大戦と同様の図式になると思います。あの程度のミサイル攻撃に対する反撃など、日本のロケット技術があればいくらでも対応できるのです」

「なるほどな……プルトニウムの保有量から言えば、日本は世界のトップクラスだからな。それをチョチョッといじるだけで、核弾頭なんぞ簡単にできてしまう。日本に核を持たせることを断念させる外交能力を中国が持つことができるか……ということなんだな」

「僕はそれをあえてすることなく、ドローンで抑止しようとする意図を、世界がどう見るか……」

「なるほど……それで今回のミッションだが、いつ出発するんだ？」

「来週後半で如何でしょうか？」

「パスポートは今回も二つ持つのか？」

「その方が便利かと思います。特に望月さんは中東の分も保有されているわけですから、現地での使い分けが可能かと思います」

「先方の大使館には連絡済みなのか？」

「いえ、今回は現地での動きが煩雑になる可能性もあり、白澤さんの行動を制限してもいけませんから通告しておりません」

「白澤のねえちゃんの行動制限？　どういうことだ？」

「実は、先般のスイス入国に際して、複数の諜報機関が動いていたようなんです。たまたま、ジュネーヴのホテルのオーナーが白澤さんの身元を保証してくれたのと、彼女は陸路でドイツに帰ったのでよかったのですが、我々がツェルマットからミラノ経由で帰国したため、列車内での入国検査結果が余計な所に報告されていたようです」

「余計な所？」

「バチカンです」

「バチカン……スイスとの傭兵の関係で情報網でもあるのか？」

「ドイツでの中国人スパイ自殺事件はモサド経由で、諜報機関の一部には広まっていたようです。時をほぼ同じくして、アジア系の怪しい男三人組がスイスからイタリア経由で帰国したのですから、報告されたのでしょう」

「白澤のねえちゃんと俺たちが一緒だったところの映像も残っていたわけだな……」

「そうですね。ジュネーヴ空港で出迎えてもらっていますから、空港の監視カメラには映っていて当たり前ですね。しかも、我々三人は噂のベルリンから飛んできていたのですから」

「そうか……それにしても白澤のねえちゃんの身元を保証してくれたホテルのオーナーもたいしたものだな」

「というよりも、日本の華族は、皇室のおかげでヨーロッパでは高く評価されているのです」

「なるほど、そういうことだったのか……その情報もドイツ連邦情報局（Bundesnachrichtendienst; BND）経由か？」

「はい、ドイツ国内での我々の足跡は完璧に消してくれたのですが、ベルリンから乗ったLCCのイージージェットの搭乗客情報がMI6に流れてしまっていたようです」

「なるほど……確かにイージージェットの本社はイギリスだったな……」

「MI6は国際テロに対応するため、LCCの国際線搭乗名簿は全て確認しているそうです。僕も甘かったのですけどね」

「するとお前さんの移動状況も筒抜けだった……ということか？」

「僕はアメリカからベルリンに入りましたから、ベルリンからミラノまでの動きがバレていた……ということかと思います」

「おそらく、モサドは、望月さんのコードネームを知っているはずですから、今後、ヨーロッパ国内で中東のパスポートを使用する際は、ムスリム社会に限定した方がよさそうです」

これに望月が笑顔で答えた。

「ムスリムは世界中で嫌われていますから、私もそのようにしています。でも、ムスリムの中にも敵がいるので、あまり使い勝手はよくないですね。ただ、サウジアラビアでは大歓迎されるはずです」

「サウジアラビア？」

香川が訊ねると、望月は笑いながら答えた、

「『バドル』はサウジアラビアでは非常に縁起がいい言葉なのだそうです。そして軍隊幹部の間では当時『悪魔』と呼ばれていた『バドル』の名は知れ渡っているんです。まさかそれが当の本人だとは思ってはいないでしょうが、人気者になるんです」

「人気者か……実にお気楽でいいな。お前の救出には、こっちは大変だったんだぞ」

「それはいつも感謝しています。私自身、もう二度と日本の地は踏むことができないと覚悟を決めていましたから」

望月の言葉に壱岐が反応した。

「中国の新疆ウイグル自治区でも『バドル』は伝説の人物になっているのですよ。その

伝説が望月さんだったなんて、今の今まで、考えもしませんでした」

「そうか……外務省内では単なる間抜けの厄介者だったからな……組織として、私をクビにすることはできなかったところに、私自らが辞表を書いたので、省としては嬉しくて仕方がなかったような対応だったよ。中途退職者に満額の有給休暇を許してくれたんだからな」

「今、アジア局では中東情報が入手できなくて困っているようですよ」

「お役所仕事では情報は入ってこないよ。私よりちょっと年上だけど、やはりジョンズ・ホプキンズ大学の中東研究所で学んだ女性がいて、その方のお父さんはイギリス大使だったんだ。彼女は優秀で、人脈も豊富だから、彼女の情報に頼り切っているような話をきいたことがあるよ」

「中東という場所は難しいところなのでしょうね」

「ムスリム世界の貧富の差と、大別したスンニー派とシーア派、さらに原理主義に走ったグループの内戦状態と考えればいいんだよ。これに加えて、他宗教に対する攻撃を加えるものだから、より複雑になるし、その最大の問題がイスラエルとパレスチナにつながっているからね」

「どうして他宗教を認めようとしないのでしょう？」

「日本の仏教の中にだって『折伏《しゃくぶく》』という言葉を使う宗派があるじゃないか。ある意味で、これは仏教の中の原理主義なのかもしれないと私は思っているけどね」

「キリスト教だってさんざんに殺し合いを繰り広げてきたのですからね」

「地球が回っていると、科学的な真実を口にしただけで、殺されそうになったのだから、過去の反省を宗教者は明確にしておくべきだと思うよ。人間が土から生まれた……といった笑い話は、もうやめてもいいんじゃないかと思うけどね。それもまた宗教者の責任だと思うけどね」

「宗教者の立場に私たちはなかなか立ち入ることはできません。しかし、普通の信者であっても、科学と宗教は頭ではわかっていても、どうしても切り離して考えてしまわなければならないものなのでしょうね」

「宗教をどこまで本気で考えているのか……私も一度聞いてみたい気がするのは事実なんだが、切り出すタイミングは実に難しかったな」

望月がため息交じりに答えると、片野坂が言った。

「科学では解明できない様々なものに対して、過去の人はこれを神の仕業にしてきただけのことだと思います。現在の科学をもってしても同様です。多くの宗教の信仰の対象である太陽一つとっても、現在の通説となっている太陽のエネルギーが核融合反応によるもの……となったのは一九三八年に解明されてからのことですからね」

「現代科学を以てしても『お日様』がわからないんだから、真実の解明の難しさというものは、仕方ないと言えば仕方ないのかもしれないいな」

香川が頷きながら答えると片野坂がさらに言った。

「トカゲの尻尾切りや、プラナリアの再生能力も未だに明らかになっていないでしょう？」

「自切か……俺たちもそうならないようにしなければならないな」

「そうならないように、常に最善の手を打っていくしかありません」

片野坂の表情は変わらなかったが、いつもよりやや強い口調だった。

第六章　調査活動

翌週、香川、望月、壱岐の三人がドイツに向かって旅立つと、片野坂は警察庁警備局担当の五十嵐審議官に報告を行ったうえで、公安部長の許可を取ってワシントンD.C.に飛んだ。

NSBの上席調査官で、片野坂の元同僚であるレイノルド・フレッシャーがワシントン・ダレス国際空港まで出迎えに来てくれていた。

ワシントンD.C.周辺には、三つの空港がある。ロナルド・レーガン・ワシントン・ナショナル空港はバージニア州アーリントン郡にあり、D.C.のダウンタウンからポトマック川を渡ったところにある。二つ目の空港はボルチモア・ワシントン国際空港でメリーランド州アン・アランデル郡にあり、D.C.から約五十キロ北東に位置している。ホワイトハウスの西三十七キロに位置するダレス国際空港は、アイゼンハワー政権時代に国務長官を務めたジョン・フォスター・ダレスにちなんで名づけられた。なお、ダレスは鞄の「ダレスバッグ」で有名である。

「ハイ、ロン。わざわざお出迎えまでしてくれてありがとう」

「たまにはいいじゃないか。俺もこっそりアキラと話をしたかったんだ。アキラは相変わらず厳しい仕事をしているようだな」

「そんなに厳しいことはやっていないつもりだけどな」

「ベルリンからこっそりスイスに飛んだのは何だったんだ？」

「そんなことまでよく知っているな。ＭＩ６ルートの情報だな」

「中国人民解放軍のスパイ自殺事件と何か関係があったのか？」

「ＢＮＤが自殺だと発表していたじゃないか」

「それを鵜呑みにするほど俺たちは甘くないさ。しかも、当時のＢＮＤのチームリーダーは俺たちのお仲間じゃないか。あれから人民解放軍のコールサインが激変しているんだ。相当のタマが殺られた……ということだろう？　しかも、在ドイツ中国大使館の幹部も総替えになっているからな」

「そうだったのか……そういう情報は届いていないな」

「ふーん。これの影響があったかのように、ロシアと中国の間に不協和音が出てきている。もちろん、ロシアのウクライナ侵攻も大きな原因の一つなんだろうが……。アキラの動きをＭＩ６の分析主幹が気にしているようなんだ。ただし、日本警察が非合法なことを行うことはないと断言はしているようなんだが、アキラが元ＮＳＢ捜査官であるのはごく限られた情報機関の間では知られているからな」

「それはいかんな……余計な疑いは早めに払拭しておかなければならないな」

「関係がないのなら、放っておいてもいいのだろうが、ここ数年の中では稀有な事件だったからな」

「自殺したのは人民解放軍のスパイに間違いはなかったのか？」

「それをロシア対外情報庁が認めているというんだ。ロシアと中国との間に何かが起こっていたとしか考えられない」

　ロシア対外情報庁はロシア連邦の諜報機関である。

「ロシア対外情報庁のトップ、セルゲイ・ナルイシキンが盟友プーチンに黙って公表するはずはないからな」

「そうなんだ。だから、ドイツのＢＮＤも強気に情報を流しているのだと思う。さらに言えば、ＭＩ６だけでなくイギリス政府そのものが対ロシア同様、中国共産党に対しても厳しい態度を取っているからな。今回の人民解放軍のスパイ自殺事件に関しては重大な関心を持っているのだろう」

「日本はロシアとの関係で、エネルギー部門におけるサハリン２問題が新たな火種になっている。これもプーチンが政権の座に座っている間だけのことなんだが、北方領土問題同様にナイーブな問題なんだ」

「日本は資源がないだけでなく、原子力発電に関しても国内の締め付けが強いからなおさらだな……ドイツのようにフランスから原子力エネルギーを購入していても、ロシアからの天然ガスが完全に止まってしまうと、一般家庭ではお湯も沸かすことができなくなってしまう。おまけに、今年の猛暑ではエアコンがない家庭では大変だったんじゃないか？」

「警視庁のドイツ駐在員もそう言っていたようだ」

「ほう、警視庁は海外にも駐在員を置いているのか？」

「大使館や領事館の二等書記官や警備官として派遣されている」

片野坂は白澤の存在については秘匿を徹底していた。

「そうか……大使館の警備官は警察出身者だったな。公安出身が多いのか？」

「原則として外事担当からの三年出向が多いんだが、三年のうち、初めの二年が悲惨な勤務地で、残りの一年がご褒美の観光地……というパターンが多いようだな」

「ご褒美か……気持ちはわかるな。例えばどういう勤務地なんだ？」

「最初の二年間がチュニジア、最後の一年がスイス……とかだな」

「それは面白い。というよりも、日本人らしい気遣い……というところなんだろうな」

ロンが笑いながら言ったので、片野坂が訊ねた。

「ところでロン、何か言いたいことでもあったのか？」

「ああそのことか……実はＮＳＢの中では話しにくいこともあってな」

「上席調査官の君でもそんなことがあるのか？」

「ＮＳＢといっても、所詮は組織だ。組織中には共和党支持者もいるからな」

「ＮＳＢでも、そういう時代になってしまったのか……」

「トランプによる国民の分断は、どこの分野にも広まってしまった。おまけにバイデンの人気が今一つだからな」

「バイデン政権に対する審判が示される十一月八日の中間選挙まで残り二か月か……。バイデンの支持率が四十パーセント前後と低迷する中、連邦議会の上下両院で与党の民主党が過半数の勢力を維持できるかが問題だな」

「そういうことだ。民主党が両院で多数派を失えばバイデンは厳しい。何とかトランプが息を吹き返さないようにしなければならないんだが、共和党に有力な候補者がいないのが問題だ」

「アメリカ国内世論ではプーチンのウクライナ侵攻に関して、どう捉えられているんだ？」

「正直なところ、対外的な課題よりも国内問題を優先すべきだという、米国内の孤立主義的な傾向がウクライナ問題にも反映されている形だ」

「関わるべきではない……というところか……」

「そうだ。特に無党派層の六割以上がそう考えているようで、共和党支持層の五割強を上回っているのが実情だ」

「アメリカファーストか……」

「一般市民にとって、大規模な対ロ制裁がガソリン価格の上昇を招き、これが国内世論の不満につながっている。さらには小麦価格も上昇していることを考えると、『勝手にやらせておけ』ということになる」

「アメリカがそうなると厳しいな」

「これは下層だけの話じゃないんだ。中間層の投資家たちも、株価の下落で四苦八苦している者も多いからな」

「日本政府も『貯蓄から投資へ』などと言っているが、多くの国民にはその余裕がないのが実情だ。たいして税金を払っていない者に限って、安くて飲用できる水道、無料の救急車、比較的守られた治安、そして整備された交通網を当たり前のことと考えている」

「世界一の共産主義国家のような国だからな……日本は。しかしどこの国も、納税義務を果たしていない者に限って、権利を主張するから始末が悪い。非納税者に選挙権は与えなければいいんだが……」

「そうなると、民主党は苦しくなるんじゃないか？」

「それは昔の話だ。今や富裕層の六割以上が民主党支持者だ」

「そうなのか？」

「政党のイメージというよりも、政党そのものが変わりつつあるからな。特に民主党内ではサンダースのように、自ら『民主社会主義者』と呼ぶ左派を代表する議員が台頭してきている」

「確かに二〇一六年選挙では、中西部インディアナ州やオハイオ州などの『ラストベルト』と呼ばれる地域がトランプ支持に回ったんだったな」

「かつては、鉄鋼業や重工業が盛んでアメリカ経済を支えていた地域の労働者が民主党から共和党に回ったからだ。しかし、結果的にトランプ政権下では期待していたような恩恵が得られなかった」

　共和党の失敗を語りながら苦悩するロンの顔つきを見て片野坂が訊ねた。

「NSBは何かをやろうとしているのか？」

　片野坂の質問が何かの核心を突いたのか、ロンが驚いた顔つきになって片野坂を振り向くように見て訊ねた。

「アキラ、それはお前さんの得意のファーストインスピレーションなのか？」

「というよりも、君がわざわざ僕を空港まで出迎えてくれたからだ」

「そうだったな……実は……」

そこで一旦口ごもったロンが、思い直したように口を開いた。

「『一・〇六事件』の再捜査だ」

「えっ」

片野坂をもってしても、一瞬、言葉が出なかった。

一・〇六事件。各州から招集された約三千人の過激派集団がワシントンD.C.の連邦議事堂を襲撃した事件のことで、二〇二〇年十一月の選挙で敗北したトランプ大統領が「選挙違反」「バイデンの当選は無効」と根拠のない主張を繰り返したことから起こった。暴徒は発煙筒、角棒、盾などを携え、窓やドアを壊して議事堂に侵入、議員席や下院議長室などを一時的に占拠した。

この事件が二〇二一年一月六日に発生したことから「一・〇六事件」と呼ばれるようになった。この日、大統領選挙人による投票結果の最終確認が議会の合同会議で行われることになっており、過激派グループは暴行、拉致などによってバイデン氏の当選を妨害しようとしたのである。

議会警察隊、ワシントンD.C.機動隊が暴徒たちに三時間半応戦した後、最後にはバイデン氏の当選が正式に宣言された。この結果、警察官百三十八名を含む八百五十名が負傷し、五名の死者を出し、九百五十名が逮捕されるという、米議会史上最悪の惨事となった。

　その後、下院は「暴動の煽動」を理由にトランプ大統領を弾劾し、上院は共和党議員七人を含む過半数がこれを支持したが、有罪判決に必要な三分の二の賛成は得られず、最終的には「無罪」となった。

　さらにその後、下院は「一・〇六特別委員会」を設置、過激派グループのリーダーやトランプ大統領の側近、共和党議員のスタッフなど千人以上を証人喚問、事件の真相究明にあたった。

「中間選挙前にやるのか？」

「そうでなければ意味がない」

「意図的な捜査……という汚名を着せられなければいいが……」

「トランプを再び大統領にしてしまう方が、将来のアメリカ合衆国に対する原罪になってしまう」

「原罪か……西方教会の主張だな」

「それを言うと教会の東西分裂まで遡ってしまう。俺は単に罪を不可避的にする状態を言っているだけだ」

「そうか……それは他国の者がどうこう言う問題ではないだろう。僕はアメリカ合衆国に過去のような世界の警察的な立場になってもらいたいわけではないが、せめてUNを解体する主導権を持ってもらいたいんだ」

「UNを解体か……過去のトランプの発想に似ているが、現在の世界情勢を見る限りでは、あれがニューヨークに本部を置くこと自体、俺としても不愉快だ。ところでアキラは今回、何の用件だったんだ？」

「台湾情勢だ」

「中国共産党による台湾侵攻か……」

「アメリカの方針はウクライナと同様なのだろう？」

「武器供与のみ……ということか？」

「アメリカはロシアや中国と直接対決する意思はないのだろう？」

「そうだと思う。ウクライナにしてもNATOというよりもEUの問題だからな」

「仮に、中国が台湾侵攻をする際に、突発的にでも日中間で日本にとっての防衛戦になった場合に、アメリカはどうすると思う？」

ロンは片野坂の問いに、彼なりに推測して答えた。

「日本には交戦権がないため、自衛隊が自衛権を日本国憲法の中でどう運用するか……ということだな」

「それもあるが、僕が聞いているのはアメリカの動きだ」

「日本とは安全保障条約を二国間で締結しているし、日本にはアメリカ軍の基地もある。万が一、日本が防衛戦を実施しなければならなくなった場合には、空、海軍と海兵隊が出動することになるだろうが……」

「沖縄の基地からスクランブルをかけるのか？」

「当然そうなる。仮に、中国が宣戦布告をしなくても、日本領海に戦闘準備態勢が整った軍隊が進出した場合にはそうなるだろうな。後は、どちらが先に一発目を撃つのか……に、かかっていると思う」

片野坂は言葉を選びながら慎重に訊ねた。

「僕たちの分析では、現時点で中国が単独で動く可能性は低いと思っている。当初はロシアと北朝鮮を巻き込んだ連合軍が日本海を南下する可能性を検討していた」

「ロシアの極東艦隊の主力は原子力潜水艦だろう？　この前の合同演習大パニック事件以来、ロシアの潜水艦は修理のためにドック入りが続いているようだが、性懲りもなく出動するかな……」

「ドック入りはスクリュー音の調整がメインなんだろうが、日本は彼らが動いたと同時に完全に捕捉できるシステムを構築してしまったから、その気になれば日本海を南下させず、宗谷岬経由の太平洋で沈めることも容易だ」

「そこまでやっていたのか……そうすると、ロシアは動けないんじゃないか？」

「ロシアも今、本当に頼りにできる国は中国しかないにもかかわらず、中国人民解放軍スパイ問題で揺れている。しかも、ウクライナ侵攻が想定以上にもたついているし、スウェーデンとフィンランドまで敵に回してしまったことで、完璧な八方ふさがりになってしまっている。しかし、中国のご機嫌をこれ以上悪化させないためにも、形だけの行動でも取らざるを得ない状況になっているはずだ」

片野坂の言葉にロンが首を傾げて訊ねた。

「アキラは中国の台湾侵攻を待っているのか？」

「いや、ないに越したことはないが、習近平がトップの座に就いている間には必ず行動を起こすはずなんだ。その時期読みを正確にしていたいだけなんだ。僕もいつまで今の仕事を続けているのかわからないからね」

「そうだな……お互い公務員だから、上が替わればポジションだって変わらざるを得ない時が来るからな」

そこまで言ってロンが片野坂の顔を正面から見て聞いた。

「アキラ、本当は何か考えているんだろう？」

「まあな。実はそのシミュレーションをロンに見てもらいたいと思って相談に来たんだ」

「シミュレーション？　動画でもあるのか？」

「いくつか実験をした結果と、新しいシミュレーションゲームだ」

「ゲーム？」

「ゲーム感覚でウクライナでの戦い方を作っている。これを陸上戦ではなく海上でやるだけのことだ」

ロンの目が玩具を買ってもらう前の子どものように輝いて、前のめりに身を乗り出してきた。

「本当はロンのデスクでワイドスクリーンを使って見せたかったんだが、とりあえず、この車の中で見せよう」

片野坂は車をパーキングエリアの隅に停めさせ、後部の荷物置きに入れたRIMOWA Originalアルミニウム製スーツケースの容量百五リッターTrunk Plusを広げると、鍵を開けて、さらにその中にある小型のスチール製アタッシェケースとスーツケースの中にある別のスチール製ボックスをコードでつないだ。

「このRIMOWAは特製なのか？」

「いや、別ロックをもう一つ取り付けただけだ」

「指紋認証の別ロックか……」

「指紋とカードの併用だ。指紋だけだと、指を切られた時に開けられてしまうからな」

「そのシステムはメイドインジャパンなんだろうな」

「メイドバイジャパンポリスだ」

「なるほど……そのボックスはバッテリーなのか？」

「これはハードウェアに二万個のコンピュータ・アーキテクチャ、ARMv8.2-A SVE 512bitのマイクロプロセッサを搭載したミニスーパーコンピュータだ」

「なに？　二万個のARMv8.2-A SVE 512bit だって？」

「そう。本体なら千三百億円するんだが、その八分の一の容量だ」

「そんなものまで持ち歩いているのか？」

「これがなければ解析できないからな」

「早く見せてくれ」

ロンは片野坂が電源を入れる前からせっついた。

片野坂がパソコンとミニスーパーコンピュータの電源を入れて液晶ディスプレイに映像を映し出した。

「まず、これが四か月前実験を行った、ドローンによる敵空母を想定した攻撃映像だ」

片野坂が沖縄で行った二十機のドローンによるテルミット攻撃の映像を見せた。

息もつけないようにジッと液晶ディスプレイを見ていたロンが唸るように言った。

「こ、これは……日本独自の特殊爆弾なのか？」

「いや、昔から使われていたテルミットだ」

「テルミット？　焼夷弾のことだろう？　水中に入っても燃え続けるのか？」

「この場合の温度は摂氏三千百度と推定される」

「三千百度が燃え続けるのか……空母の甲板は穴だらけだ」

「搭載機に当たれば、おそらく空母ごと沈むだろうな」

「これは航空自衛隊の武器なのか？」

「いや、うちのチームで開発したものだ」

「アキラのチーム？　このドローンを動かしているのもアキラのチームのメンバーなのか？」

「いや、全てコンピュータが操縦している」

「なんだって……これを中国空母に使おうというのか？」

「対日有害活動の抑止であって、攻撃ではない」

「そういう理論が国際法上まかり通ると思っているのか？」

「理論は理論だ。まさか日本警察がやりましたなどと公表する必要はないだろう？」

「すると、極秘のうちにやってしまおうというのか？」

「公安警察なら当然だろう？　ＮＳＢがやった場合でも知らん顔をしているだろう？」

「そりゃあそうだが……恐ろしいことを考える……いや、やろうとするものだ……」

ロンは片野坂の顔をまじまじと眺めながら呟くように言って、もう一度、再生を頼んだ。

ロンは二度目の映像を眺めながら、今度は細かな質問を始めた。

「ここには二十機のドローンがあるようだが、最大ではどれくらいのドローンを同時に飛ばすことができるんだ？」

「あればあるだけできるだろうな。ただし、見てのとおり、アメリカ軍がやっているようなミサイル型のドローン兵器ではなく、帰還型運搬ドローンだから、離着陸の場所が必要となるんだ」

「例えば五百機同時に……はできるのか？」

「すでに五十機は実験済みだから、その十倍なら簡単だな。今、うちのチームではスズメバチ作戦と言っているんだが、そこまで数が増えるとアフリカミツバチだな」

「アフリカミツバチ？」

「そう、アフリカミツバチの働きバチは攻撃能力が強く、夜中に象を集団で襲うことだってあるんだ」

「象か……共和党を倒すみたいでいいな……。しかし、アキラ、この作戦は実に素晴らしいとは思うが、NSAならばともかく、NSBでは一般的なテロ対策の道具にはあまり使うことができないのではないかと思うんだが。もし実戦で使うとすればアレックスに話をした方がいいんじゃないか？」

ＮＳＡはアメリカ国家安全保障局（National Security Agency）、アメリカ国防総省の情報機関のことである。

「〝ビッグヘッド〟アレックスか……ただ、軍関係にはあまり伝えたくないのが本音だな……。うちでは国際テロ組織のアジト襲撃用にも、これを使う予定でいるんだ」

片野坂が言うと、ロンが驚いた顔をして訊ねた。

「アジト襲撃か……そういう使い方もあるのか？」

「日本にもＳＡＴが組織されているが、以前のように警察組織を直接攻撃するような根性の据わった連中がいなくなっているのは事実だ。ただし、中にはマニアックに爆弾や迫撃弾を作っている組織もあるからな。そういう所に対して、これまではガサを入れて押収し、組織実態を解明することを目的としてきたが、労力の割には実効性が伴わないのが実情だった。それならば一気に破壊した方が抑止力にもなるだろうという発想だ」

「日本警察がそれを認めるとなると、国際テロ組織の対応も変わってくるだろうな」

「もし、それで国際テロ組織が報復に出てくるならば、さきほど同様、対日有害活動に対する排除として、あらゆる拠点を徹底的に摘発するだけだ」

「日本警察がその気になると国際テロ組織も恐れるだろうな」

「それが我々の狙いだからな」

ロンがゆっくりと頷いて言った。

「アキラの存在が日本の警備公安警察の意識と姿勢を変えていくのかもしれないな」

「それを教えてくれたのがNSBだろう」

片野坂が笑顔で答えたのを見て、ロンが再び子供のような顔に戻って言った。

「ところで、アキラ、もう一つのシミュレーションゲームも見せてくれないか？」

「この液晶ディスプレイでは小さすぎると思うんだが、まあいいだろう」

片野坂が再びパソコンの操作を始めた。間もなく画面にロンも見たことがある光景が現れた。

「こ、これは……」

ロンは愕然とした顔つきになって液晶ディスプレイを注視して唸った。

「数週間前のウクライナの現場画像だ」

「ロシア軍の動きは実際のものなのか？」

「ロシア軍自身がプロパガンダ映像として公開しているから、これとSAR衛星と光学衛星からの画像を組み合わせると、実際の場所とその状況が明らかになるからな」

「SAR衛星か……リモートセンシングだな……」

リモートセンシング（remote sensing）とは、センサーを使って遠隔地からセンシング（感知）する手法・技法・手術のことである。

「この攻撃は誰がやっているんだ？」

「主に青少年だ」

「青少年？」

「ゲームが一番上手いのは彼らだろう」

「シューティングゲームか……。彼らたちはここが実際の戦場とわかってやっているのか？」

「まさか、そこまで彼らを悪人に仕立て上げる必要はない。彼らは敵が宇宙人だと思って戦っている」

「それを画像処理しているのか？」

「実際には画像を元に戻しただけのことだ」

「罪悪感は覚えなかったのか？」

「最近の青少年がやっているシューティングゲームはもっと激しいし、弾も撃ち放題なんだぜ。それを考えると、弾の数、使用する武器も限定的で、狙撃銃だって一千二百メートルに制限している」

「シューティングゲームはわかるが、これを実際の現場では軍人がやるんだろう？」

「とんでもない。みんなロボットだよ」

片野坂があまりに軽く言ったのでロンは啞然とした顔になって訊ねた。

「そんなロボットが実際にあるとでもいうのか？」

「所詮ロボット、見てくれなんか関係ない。現在ある様々なロボットを加工すればいいだけのことだ」

「それじゃあ、この狙撃ロボットの元の形は何だったんだ？」

「これは現在、日本の空港や公共施設で使われているお掃除ロボットの改造版だ」

「お掃除ロボット？」

「相手を見つけて距離を測り、撃つだけのことだろう。実に単純で確実なロボットだ」

「この地雷敷設ロボットの原理はなんなんだ？」

「これは月面探査に利用されるだろうロボットの応用で、十個の地雷敷設をトカゲの尻尾切りの要領で行ったら、元の場所に自分で戻ってくるものだ」

「それじゃあ、この低い位置から射撃している兵士は？」

「これは犬型ロボットの応用だ。敵をＡＩが認識した段階で、数百発撃つことができる。市街戦向けの奴だな」

「実戦配備可能なのか？」

「量産体制に入る準備はできている」

「メイドインジャパンなのか？」

「武器の部分はインド製、レンズ関係はカールツァイスの下請けがあるアフリカの某国製だ。最終組み立ては日本で行っている」

「この設計図は誰の手によるものなんだ？」

「ゲーム機器メーカーの研究員だ。彼らは、実際に使うことができるものを念頭に機械の設計をやっているからな。ＭＩＴやスタンフォード出身者も多いんだぜ。日本人の若者の中には、まだまだ骨がある者がいることがわかって安心したよ」

「それじゃあ、ドローンはどこ製なんだ？」

「中国に決まっている。安価で量産しているのは中国だけだからな。まさか人民解放軍の連中も自国の製品にやられるとは思っていないだろうな」

片野坂が笑って答えた。これを見たロンが呆れた顔で訊ねた。

「中国との海戦のシミュレーションゲームはできているのか？」

「現在制作中だ。ちょうど先日、中国が本格的な軍事演習をやってくれただろう？」

これを聞いてロンが驚いた顔つきになって訊ねた。

「訪台したうちの下院議長の件だな」

「あれに合わせて、事前に全ての衛星の軌道修正をする実験は終えていたからな」

「なんて奴だ……中国が本気でやらないと確信していたような口ぶりだな」

「今はまだその時期じゃない。ただ、習近平としても面子《メンツ》がある、いくら引退直前の八十歳を超えた女性の訪台であっても、アメリカ大統領も使用するアメリカ空軍機で、下院議長が上陸したことには過敏にならざるを得なかっただろう」

「アキラらしい冷静な分析だな。下院議長は根っからの中国嫌いで有名な女性だからな」

「最近の中国の広報は『難くせ』を付ける傾向があるから、言うことの半分を聞いていればいい感じだ」

「あれはやはり、国内向けアピールなのか？」

「そうだな、おそらく世界中の対外部門は、中国外務省広報を笑いながら聞いていたことだろう」

「日本もそうなのか？」

「日本の近隣諸国がどこも正面から話をしても通じない状況だからな。可哀想なのは、いちいち呼び出しを受ける現地の大使や領事クラスだが、それも仕事だから仕方がない。ところで、下院議長の訪台は大統領も認めていたことなのか？」

「空軍機二機を使用した以上、そう考えるのが普通だろうな。最後のお土産のような海外訪問だったからな」

「日本も最大級のおもてなしをしたが、また中国が騒いだからな」

「ところで中国の男性報道官のヒステリックな態度をどう思う？」

「外交部報道局副局長に就任し、報道官として記者会見を行っている趙立堅《ちょうりつけん》のことだな。日本のアダルトビデオ女優のファンらしく、我々は、彼が堅物で生真面目な態度を取れば取るほど、薄ら笑いを浮かべながら見ている状況だな。五十近くにもなって、可愛いもんだよ」

「そうなのか？」

ロンが初めて声を出して笑って、その笑顔のまま訊ねた。

「中国が単独では台湾侵攻を起こさないことを想定しながらも、なぜアキラは先ほどの映像のような実験を行っているんだ？」

「それは警備公安警察の基本だ。何事に関しても悲観的に準備をしておくことが大事だ。そして、いざ本番となった時には決して失敗は許されない」

「あのドローン作戦は成功と言っていいんだろう？」

「そう思っている」

「それなら、今のシミュレーションゲーム同様、アレックスに見せてやった方がいいと思うんだが……」

「もう少し考えさせてくれ。もしアレックスがこれを見たら、彼が実践したくなるのは目に見えている」

「確かにそれはあるな」

片野坂はＮＳＢと一緒にさらにシステムをグレードアップすることを考えていただけに、防衛よりもさらに戦闘行為としてのレベルが低い、対日有害活動の排除という本来の目的とは異なる外部の分野にシステムの存在が漏れることを警戒していた。なぜなら、この対日有害活動の排除は日本の防衛省にも伝える内容ではなかったからだ。

片野坂の迷いを見透かしたかのようにロンが言った。

「このシステムを貴国の防衛省は知らないのか？」

「いや、防衛省に警察から出向している幹部は知っている」

「情報本部か……」

「まあ、そんなところだ」

「ペンタゴンのカウンターパートはどうしても防衛省になるだろうからな……独自の連絡ルートを組むことができれば話も変わってくるだろうが……」

「アレックスにそれだけの権限があるのか……だが、まだ難しいだろうな」

「うちの幹部に会ってみるか？　アキラは直接は会っていないが、アキラがニューヨークにいた当時の特殊部門のトップだった人だ。もちろん彼はアキラのことを知っている。アキラの留任を日本政府に依頼した本人だからな」

「ＮＳＢの幹部にそんな人がいたのか……」

「今はホワイトハウスにも出入りするほどの力を持っている」

「わかった。ロンに任せよう」

その日、片野坂はＮＳＢ本部に行くことなくホテルに入った。

ロンの動きは早かった。二日後、片野坂のスマホにロンから連絡が入った。

「明日、朝一でホテルに迎えに行く」

ＮＳＢ本部はワシントンＤ．Ｃ．ペンシルベニア通り九三五番のジョン・エドガー・フーヴァービル内に本部を置く。ジョン・エドガー・フーヴァーはＦＢＩの初代長官を務めた人物で、カルヴィン・クーリッジからリチャード・ニクソンまで八人の大統領に仕えた。彼の名を冠したビルにＦＢＩ本部があり、その一角にＮＳＢ本部もあるのだ。

ロンが片野坂を紹介したのはＮＳＢ長官のウィリアム・クラークと次長のスタンレー・アダムスだった。クラークはＦＢＩテロ対策・防諜担当エグゼクティブ・ディレクター出身、アダムスはＣＩＡのテロ対策センター長出身だった。

クラークが言った。

「ハイ、片野坂、日本に帰ってもさらにキャリアを積んでいるようだな」

「相変わらず、現場に出ています」

「ところで、今日は面白いものを見せてくれるそうだが」

「中国が台湾侵攻を行う際に、日本に対しても何らかの行動を起こすことを想定して、その対策を考えています」

「自衛隊ではなく、警察が行わなければならないのか？」

「自衛隊の防衛権が交戦権の限界を超えない程度で納まるのか……そこが非常に問題に

なってしまうのが現在の日本の防衛上の問題です」

「日本という国は憲法を金科玉条のように奉っているからな……何でも解釈で乗り切ろうとする悪しき慣例が七十年以上も続いている珍しい先進国家だ」

「そういう憲法の草案を作ったのはアメリカです」

「当時は日本に共産主義が蔓延ることを想定していなかったのだろう。ようやく日本も憲法改正への道が開けそうじゃないか」

「改正手続きの変更が第一なのですが、どうも政治家はそこを論じようとしないところに、本気度が感じられないのです。憲法は時代に応じて改正するのが真の法治国家だと思うのですが……」

「法律を勉強する政治家が少ないのだろう。日本の三権分立は司法が弱すぎるような気がする」

「最高裁判所はまだしも、下級裁判所になればなるほど、世間を知らない裁判官が多いのが問題になっています。このため、訴訟手続きに膨大な時間を要してしまうのです。さらに歴代内閣も法務大臣を軽んじているところがあり、そこもまた憲法改正手続きに時間がかかる原因になると思います」

「なるほど……そこで、今回、君が中心となって自衛権ではなく対日有害活動の排除の観点から作ったシステムというものを是非見せてもらいたいと思ったんだ」

「今回、持ってまいりましたのは東シナ海での中国人民解放軍空母の日本への軍事作戦を想定した対策と、対ロシア、北朝鮮の軍事行動を想定したシミュレーションゲームです」

「ロシアのウクライナ侵攻対策……と聞いていたが……」

「確かに、現在制作しているのは、ウクライナ侵攻対策と、今後対処しなければならなくなるだろうシリア、アフガニスタン対策用で、これをさらに対北朝鮮、ロシア用にアレンジしたいと考えております」

これを聞いた次長のスタンレー・アダムスが片野坂に訊ねた。

「ウクライナ侵攻対策は現在進行形であるため理解できるが、どうして日本警察がシリア、アフガニスタン対策を研究できるんだ？」

「アメリカ軍は撤退しましたが、様々な戦闘を研究し、対応する武器の開発研究をする必要性からです」

「なるほど……ロシア軍が北海道に侵攻する可能性も考えておかなければならないからな……それを警察がやらなければならないのは可哀想な気もするが……」

アダムスの気持ちを片野坂はありがたく感じながら、プレゼンの準備を始めた。

「まず、対空母のドローンによる対応策です」

大型モニターに映し出された映像を見た二人のＮＳＢ幹部は唖然としていた。質問は後でまとめて受けることを伝えて、次にウクライナ侵攻に対するシミュレーションゲーム、そしてシリアとアフガニスタンにおける同様のシミュレーションゲームのプレゼンを行った。

プレゼンが終わると、満を持してアダムスが口を開いた。

「まず、驚いた。ここまで完成度が高いシミュレーションを初めて見た。ゲームというよりも、まさに実画像だし、それをここまで巧みに使用しているとは思わなかった。そして、なによりも、どうしてシリアとアフガニスタンの反政府組織の軍事活動がこれほど詳細に作られているのかを知りたい」

「これは、現地で実際に活動していた反政府組織が撮影した現場データを入手していたからです」

「なんだって？　ＣＩＡも入手していなかった画像を、どうして日本が、それも日本警察が入手できたんだ？」

「最大の理由はハッキングですが、彼らが使用していたパソコンと複数のハードディスクを独自に入手できたからです」

「独自に入手……そんなことができるのか……誰かが潜入でもしなければ……しかも、相当の幹部とのコンタクトがなければ到底知り得ない情報が数多くある。もし、日本警察に反政府勢力と何らかのパイプがあったとなると、これは同盟国アメリカに対する冒潰にもなりかねない事案だが」

「おっしゃることは理解できます。次長はＣＩＡの分析局にもいらっしゃったようですから、中東問題にもお詳しいと思います。当時、反政府勢力の中に、政府軍から『神業を使う男』と恐れられる存在だった『バドル』という異名のリーダーをご記憶ではありませんか？」

「『バドル』……ある時、忽然と姿を消した男だな……どうしてその存在を知っているんだ？」

「実は彼は密かに亡命したのです」

「亡命？」

「脱出……という方が正確かもしれませんが、その手助けをしたのが僕たちだったのです」

「な、何だって……」

「ただ、本件に関しては当時の警察庁長官と警備局長しか知りませんし、亡命者のその後の動向につきましてはトップシークレットです」

「日本警察の意思決定方法がよくわからないのだが、外務省は知らないのか？」

「話が広まるのが最も怖いのです。相手はイスラム原理主義者たちですし、シリア政府の背後にはロシアが付いています。組織の意思決定は警備局長に一任していました」

「驚いたな……」

　アダムスが腕組みをしたのを見て、クラーク長官が訊ねた。

「シミュレーションゲームという発想は実に面白い。ロンの話ではこのゲームのモデルプレーヤーは青少年だということだったが、その決定はどういう経緯だったんだ？」

「いわゆるeスポーツの応用です。eスポーツに関してはIOCも注目していると聞きますし、次回、中国で開催されるアジア大会では正式種目に入っています。このため、中国ではeスポーツ競技者を国家として積極的に育成しているほどです。子どものゲーム対応能力は素晴らしいものがあります。また、使用する武器の選択に関しても驚くべき発想があるのも事実です。既成概念を打ち破るような発想を子どもに求めた……というのが本音です」

「なるほど……。それにしてもこれほど完成度が高いゲーム、というよりも実践シミュレーションができるとは、相当なクリエーターを育成しているのだな」

「民間企業とタイアップしております」

「民間企業？　そうすると、将来的にはこのシミュレーションゲームを商品化するということか？」

「これからはリアルゲームの時代だと思います」

「リアルゲームか。もし、それが現実のものとなった場合に、必要もない人を戦争に巻き込むようなことにはならないか？」

「それは一応考慮にいれましたが、現実問題としてプレーヤーは戦争の愚かさを感じる方が大きいような気がしています。戦争は必ず人の生命身体を奪います。それによって将来、どれくらい社会、経済、文化に対する損失が生まれるか……これを数値としてもシミュレーションできるゲームに仕上げるつもりなのです」

「複合的な意味合いを持つゲームか……」

「そうです。現在のｅスポーツは目先だけの結果を求めるゲームです。本来のスポーツは身体と心を育てるものですが、ｅスポーツにはそれがありません。結果的にｅスポーツの勝者は、本人の将来になんの目標や価値も見出すことができないような気がしているのです」

「それはユーチューバーにも言えることだな……」

「似て非なるものかもしれませんが、一部の狭い世界の人たちに迎合する目的だけのユーチューバーは、短期の利益を得ることはできても、長期的な展望は全くありません」

「そうすると、君がやろうとしているリアルシミュレーションゲームは違う……ということなのか？」

「さきほど長官がおっしゃったように、戦争と経済等の損失を学ぶ複合的なシミュレーションゲームですから、常に経済と文化を中心に考えなければなりません。そのためには一部の戦争地域だけでなく、世界全体を見ながらゲームを進める必要があるのです」

「なるほど……戦争を選ぶか経済を選ぶか……という選択もできる……ということなのか？」

「戦争がこの世の中からなくなることはないと思います。それでも戦争は続き、多くの国がこれに関わってきます。アメリカや中国のような超大国も当事国に武器を供与することで戦争を長期化させているとも言えます。いわば武器商人の手助けをしていることはあまり表には出てきません」

「耳が痛いな」

「これは日本も同様な道を選ぼうとしています」

「ドローン作戦やリアルシミュレーションゲームをNSAではなくNSBに見せた理由を聞きたいものだ」

「それは元同僚のロンにも話したことですが、NSAに見せると、直ちにウクライナで利用される可能性もあります。そうなれば、僕の立場も武器商人と同じようになると考えたからです」

片野坂の言葉を聞いて長官も腕組みをして考えるような素振りを見せた。再び次長のアダムスが訊ねた。

「このシミュレーションゲームだが、FBIアカデミーの教材としても十分に活用できると思うし、NSB研修でも同様だと思う。FBIアカデミーのスタッフにも見せて、様々な展開をしてグレードアップしていくことも検討していければいいと思うのだが……」

「それはありがたいご意見です。ただし、僕たちは民間企業の協力も得ています。その点をご考慮いただけるのでしたら幸甚です」

「もちろん、FBIアカデミーで使用している教材もアメリカの民間企業と共同研究した結果だ」

「今や、その教材の多くが世界中の民主警察の教材にも転用されていますね」

「日本の警察大学校でも使用されているようだな」

「はい。SATやSITの教材になっています」

「なるほど、FBIアカデミーの教材が役に立っているのなら、警視庁が作ったこのシミュレーションゲーム教材がFBIアカデミーで使われても問題はないだろう。もちろん、制作に協力している民間企業に対してはギャランティーだけでなく、新たな技術や情報も出すことは当然だ」

「いい話だと思います」

片野坂が答えると、次長のアダムスが再び口を開いた。

「ただし、最初のドローン部隊だが……あれはぜひNSAにも見せてやりたいとおもうのだが、どうだろうか？」

「さきほども申しましたようにペンタゴンが関わってしまうと、僕たちのカウンターパートではなくなってしまいます。日本警察の『対日有害活動の排除』という理論が日本の防衛省に理解されるのかどうか、はなはだ疑問です」

「しかし、日本でも警察のSATは自衛隊との合同訓練も行っているそうじゃないか？」

「訓練と実戦は違いますし、さらに相手が中国、ロシア、北朝鮮となると、防衛省として『全く関知していない』と突っぱねることができるのかが問題となります。もちろん、警察庁警備局のカウンターパートであるCIAのエージェントが、日本の防衛研究所で自衛隊等と一緒に研究していることも存じ上げています」

片野坂の言葉にもアダムスはなかなか引き下がらなかった。

「防衛省にはペンタゴンのトップシークレットとして『こういう作戦もある』程度の情報提供でいいのではないか？　日本警察の存在は表に出させない……という条件ではどうだ？」

「そこまでしてNSAに見せたい理由はなんですか？」

「ウクライナにどれだけの金がかかっているか……アメリカ国民の多くはインフレに喘いでいるにもかかわらずだ。最近は最新式のHIMARS《ハイマース》（High Mobility Artillery Rocket

System；高機動ロケット砲システム）まで投入しているんだ」

「HIMARS本体はともかく、これに使用する『M26』『M31』といったGPS誘導ロケット弾の価格だけでも大変でしょうね……」

「最近は中東諸国が開発しているカミカゼドローンの運用も計画しているようなんだが、要は信頼性の問題だな」

「ドローンそのものを弾頭として使用して、敵に体当たりさせる戦術が用いられることが多くなっているのは知っていますし、実際に『キラードローン』と呼ばれていたMQ－9リーパーは、イスラム革命防衛隊のガーセム・ソレイマーニー司令官の殺害に使用されていますからね。ただ、これに『カミカゼ』と命名するのは日本人としては如何なものかと思いますけどね」

「『カミカゼ』は当時のアメリカ軍を心の底から恐れさせたシンボルだからな。決して悪い意味で使っているのではないことは理解してもらいたいものだ」

「善意解釈しておくしかないですね。しかし、そのキラードローンもまた完全なる消耗品であることには変わりがないわけで、そこで次長は僕たちが開発した帰還型ドローンに注目されたわけですね」

「帰還型はもちろんなんだが、攻撃の正確さと俊敏さ、そして何よりも使用する発火装置のユニークさに注目したんだ。我々はテルミットという極めて単純でありながらも、高度な破壊力があるモノの存在を忘れていた。確かに焼夷弾としてテルミットは使われているのだが、どちらかと言えば照明弾と同様な意識しか持っていなかったんだ。これをあれほど正確に目的物に着弾できるとは思わなかった」

「確かにＨＩＭＡＲＳのような八十キロメートルという射程距離と速度では足元にも及びませんが、対空母や対潜水艦に使用する手段としては効果的だと思います」

「いや、私が考えたのは、現在のロシア軍のウクライナ侵攻を見ると、第二次世界大戦当時の軍備の活用と全く変わっていないところなんだ。我々はウクライナに侵攻する前からロシア軍の動向を確認していたため、『何月何日に一斉侵攻が始まる』と確実に予想することができた。そして、彼らの動きも、我々が想定したとおりの戦術で、時代遅れのポンコツ戦車に加え、在庫一掃セールでもやっているかのように信じられないほどの弾薬を使っている」

「まだまだ軍備はあるぞ……とでも言っているようですが、所詮、ウクライナも侵攻してきた軍を叩いているだけで、ロシア本国に対しては何の攻撃もしていないわけですから、プーチンもその点に関してはまだお気楽でいられるわけですね」

「しかし、侵攻を始めて半年以上経っても、まだ何も得ていないばかりか、一万五千人以上の戦死者を出していることを考えると、決してお気楽とは言えないのではないかと思うけどな……」

「その戦死者も出身地、人種別にみると、大きな偏りがあるようですね」

「そこがロシア軍の小狡いところで、少数民族地域の死者が突出していて、ソ連時代の共産党幹部が多くを占めていた人種はほとんど死んでいない現実がそこにある。しかも、先ほど君が言ったように、ロシア本土には何の被害もないのだから、モスクワの富裕層以外は、さほど生活レベルの低下を感じていないのが実情だろう」

「ただし、陸軍は相当疲弊しているはずですし、対スカンジナビア半島に駆り出される連中は、駐屯地さえない現地で、この冬を越すのに大変だと思います」

「そうだな……そういう状況になれば、新たに極東に兵力を投入するのは難しいだろうな……そうなると、中国の台湾侵攻のタイミングは中国の都合次第……ということになるが、現時点で、アメリカの対応は対ウクライナ同様、軍備は送っても軍隊の派遣はしないと言われている」

「結局、台湾は見捨ててしまう……ということなのでしょうか？」

「台湾という地域の認識が、アメリカ国民にはほとんどないのだ。世界地図で日本の位置を知らないアメリカ国民は大多数と思っていい。それがアメリカの教育の現状だからな。特に地理に関してはアメリカ人の教育程度は日本の小学六年生以下と思っていい。なにせ、自分の国が世界地図でどこにあるかも知らない大人が数十パーセントいるのだからな」

アダムスが自嘲気味に笑って言ったので、片野坂も笑いながら答えた。

「それがアメリカの格差そのものなのでしょうね。日本のテレビ番組にもバカな国民を笑う番組がありますが、それを見ていると、日本の将来が如何に暗い状況かがよくわかりますよ」

「日本人の場合、テレビに出てくる若い芸能人の知性が低すぎるようだが、これはアメリカ人に限ったことではなく、日本が欧米でFar East（極東）の国と呼ばれる由来を考えてもわかると思う」

「そうなると、台湾は推して知るべし……ということですね」

「そういうことだな。トランプが大統領になって以来、アメリカが他国のために戦争をすることは否なのだよ。それも極東の地となればなおさらだ。アメリカは過去のレッドパージ以来、学校教育で共産主義について学習する必要性を認めていないからな。ソ連と東欧の崩壊以降、共産主義は自滅するものだという意識が無意識に国民に根付いてしまっている」

「共産主義はともかく、同時多発テロ事件以後に新たなテロリズムが引き起こされました。アメリカ合衆国は一八一二年の米英戦争以来の自国本土に対する直接的な攻撃を受けて、全国民の間でヒステリックなほどにナショナリズムが一時的に高揚してアフガン戦争が始まりました。そしてベトナム戦争の時とはかなり違ってはいますが、結局は負け戦に近い形で引き上げざるを得なかったわけです」

「あれは負け戦というよりも、ウサーマ・ビン・ラーディンを排除した段階で実質的な対テロ戦争は終わっていたんだ。ただ、その後もアルカイーダはＩＳＩＳとは対立していたが、中東、特にシリアからの難民がＥＵ諸国になだれ込む恐れがあったから、必然的に残っただけのことだったんだが、結果的には元の木阿弥になってしまった……ということだ。アメリカ合衆国とすれば、初期の目的は達成されたことで『よし』とするしかないだろう」

「そういう見方ですか……ちょっと、国際社会の感覚とは違っているような気がしますが……」

「よそがアメリカ合衆国をどう思おうが、まず、自国民の審判を仰がなければならないからな」

「その結果がトランプの敗北なのですか？」

「地球温暖化を認めないような者にこれからの国家を任せるわけにはいかないだろう。日本のように国民全員がほぼ同じような教育を受けている国ではないからな。しかし、それが原因となって、日本では政治で健全野党を育成できない結果になっているのではないのかな」

「政治の話をされると、何も言うことはありません。国政、地方選挙の結果を見ても、将来を担うような政治家をほとんど知りません」

「どうして日本はそういう国になってしまったんだろう」

「二大政党制を目指した最初の政権交代で失敗し、二度目で相手が自爆してしまったからです。野党を一本化しようにも、そこに革命政党や、それに準ずるような政党が入っていれば、まとまるものもまとまらなくなりますからね」

「そういう情勢の中で、君のような人材が育っていてくれるのはありがたいものだ」

「これから徐々に、何人もの有志を集めるつもりです。まだ五人だけの笑い話のような小さなチームですが、すでに世界中でいくつもの結果を出しています。もし、極東で中国、ロシア、北朝鮮が結びつくような事態になれば、真っ先に動くのが僕たちのチームであると自負しています」

「そこであのドローンが登場するんだな。君が言った極東における三国軍事同盟はほぼ固まっていると思っている。そこにインドだけは加えてはならないんだ」

「インドはBRICSだけの付き合いだと思っています。インドが本気で中国を支援するとは考えられません」

「ところが、インドの人口問題は切実なんだ。中国の人口が減少傾向にある中、インドは未だに増え続けている。そうなると、中国が放棄するアフリカの利権を目指してくることは自明の理なんだ」

「なるほど……」

「インドは優れた国民をインドに残すのではなく、海外に送って、そこから本国を支援させる政策に出てくるはずだ。かつての中国の海亀族のように送り出すが、本国に帰すのは利益だけ……という図式なんだ。今、政治的に最も信用ができないのがインドなんだよ」

「アメリカがそういう分析をしているとは知りませんでした」

「植民地にされた国家にとって、宗主国はいつまでも憎い存在で、それは植民地にされたことがない国民には到底理解できないことなんだ。だから日本も、周辺国家との間で苦しんでいるのだろう？」

「確かにそうです……」

「さて、本題に戻そう。極東制覇を狙う中ロ北にとって、一番厄介な国が日本だ。もし、中ロ北のならず者独裁国家が一丸となって極東制覇の実現に向けて動き出した時、アメリカが自国の軍隊を出動させると思うかい？」

「第三次世界大戦を避けることを考えれば、対ウクライナ同様に武器の供与ということに留まる可能性が高いと思っています」

「ほう……日米安保条約があり、沖縄を始めとして多くの基地を日本国内に置いているにもかかわらずか？」

「その代わりに中距離核弾頭ミサイルを即座に開発して、日本に持ち込む可能性は否定できないかと思います。日本国が侵略されることが現実になった時に金科玉条の如く称えられてきた『非核三原則』などという虚構の美学は、日本人の意識の中から木っ端みじんに吹き飛んでしまうでしょうから」

「日本の警察官僚の言葉とも思えない発言だな」

「平和呆けもほどほどにしておかなければ、国家がなくなってしまいます。先ほど次長もおっしゃったようにならず者トリオが本気で極東制覇を考えた時には、三国以外の国家は確実に滅ぼされます。その時、国家のリーダーたらん者は虚心坦懐に相手を殲滅《せんめつ》させるほどの行動を即座に取ることが必要です」

片野坂の言葉を聞いてアダムス次長が驚いた顔つきになって訊ねた。

「そんな国家のリーダーが日本には存在するのかい？」

「少なくとも数人はいます。そういう人材がクーデターを起こしてでも行動を起こすべきで、その時、アメリカがどのような姿勢を取るのかにかかっていると思います」

「君こそがそのリーダーになるのではないのか？」

「一介の警察官にそんな力などあろうはずはありません。ただし、僕も警察官としてその姿勢だけは保っていたいと思っています」

「それが虚心坦懐……ということか……」

虚心坦懐とは、心の中に偏見や先入観を持たず、冷静な態度で状況に臨むことである。

「平素から、最低限度の準備はしておく必要があるということです。今回のドローン部隊もその一環です」

「中国の空母対策はわからんでもないが、対ロシアはどうなんだ？」

「僕たちはロシア軍の唯一の輸送ルートであるシベリア鉄道を瞬時に停めることができる準備も整っています」

「シベリア鉄道を瞬時に停める？　どういうことだ？」

「ドローンです。シベリア鉄道の四か所をちょっと破壊するだけで、シベリア鉄道は機能不全になるのです」

「そうなのか？」

「ただし、ロシアにも一発くらい日本に攻撃をさせてやらないと、北方領土を返還させる大義名分がありません」

「本気でそんなことを考えているのか？」

「それが日本の公安警察なんです」

「公安？」

「公共の安全を守るのが公安警察です」

片野坂が穏やかな顔のまま説明するだけで周囲も「確かにそのとおり……」という雰

囲気になってくるのを感じ取ったアダムス次長は、二、三度首を振ってからさらに訊ねた。

「君は本気でやろうとしてるのか？」

「現在制作しているゲームソフトは、実際の中国、ロシア、北朝鮮が日本に対して攻撃をしてきた際の、防衛と治安維持のシミュレーションゲームなのです。そしてその最大の目的は第三次世界大戦の抑止です。敵の攻撃を如何にかわして、ピンポイントでどのように排除するか……さらには、どのような手法で一般ピープルを傷つけることなく、敵の作戦を諦めさせるか……です」

「ピンポイント攻撃で敵の一般国民を傷つけない……そんなことができるなら、今、ウクライナを始めとして、世界中で行われている紛争などすぐに終わるのではないのか？」

「すぐに終わってもらいたくない武器商人がこの世の中にはわんさかいますからね。航空会社一つとってもそうでしょう？　かつて日本の政治家や企業人がロッキード事件というアメリカが引き起こした罠にはまって身を持ち崩してしまったように、国家ぐるみで他国の政治に介入しているのが今の世界中の紛争の実態です。当事者はいい迷惑で、その象徴となっているのがウクライナでしょう。あれだけ一方的に攻められて、ウクライナはロシア国内に一発のミサイルも撃ち込んでいない。そして表面的にウクライナ支援をしているように見せかけているNATOというよりもEU首脳国やアメリカ合衆国も、モスクワに届くミサイルや武器の供与はしていないではないですか」

「それは第三次世界大戦という愚だけは犯してはならないという意識があるからだ」

「実につまらない言い逃れですね。ロシアもウクライナ侵攻をして、一時期は首都のキーウを攻撃しながらも、途中から戦略を変更しました。あれはロシアの軍事作戦参謀が無能だったからでしょう。そしてウクライナもロシア軍の主要部隊がキーウに侵攻しないことを知っていたと思われます。もし、ロシアや北朝鮮が東京に一発でも砲弾を撃ち込んだ時、我々のチームは即座にモスクワや平壌《ピョンヤン》に相応の攻撃を仕掛けますよ。もちろん、ピンポイントでトップのタマを取りに行きます。その方が戦争は長引かないでしょうし、戦闘行為の短期終結という大義名分が立ちます」

「それも、ドローンでやるのかい？」

「ドローンにも種類がありますよ」

「平壌はともかく、モスクワまでドローンを飛ばすつもりなのか？」

「北方領土に行けば、ＭＩＧ‐35は何機もありますからね。ロシア国内でも『スーパーフルクラム』の愛称が用いられることもある第四＋＋世代ジェット戦闘機を自動操縦すればいいだけのことです」

ＭＩＧ‐35は、ロシア空軍が誇る最新鋭ジェット戦闘機である。最高速度は毎時二千八百キロメートル、航続距離は二千キロメートルである。

平然と答える片野坂にアダムス次長は、呆れた顔つきで言った。

「それが、君たちが制作しているシミュレーションゲームの中にある……とでもいうのか？」

「敵の戦闘機を自動操縦できてドローン化してしまう。これがこれからの戦争です。アメリカ合衆国だって、ロシアのウクライナ侵攻を戦争だとは思っていないのではないですか」

アダムス次長は言葉を失っていた。二人の会話を聞いていたクラーク長官がおもむろに口を開いた。

「ミスター片野坂、君の言わんとすることはよく理解できる。しかし、今回のロシアによるウクライナ侵攻によって、中ロ間にも微妙な空気が流れ始めたことは明らかだ」

「それはロシア軍のあまりの弱さが露呈したからでしょう。習近平はプーチンが一気呵成にウクライナを制圧して一国のロシアが成立するのを信じていたから、当初は様々なリップサービスを行っていましたが、次第にロシアの正体が見えてくると、手を組む相手ではないのではないか……という疑念が湧いてきたのだと思います」

「さすがの分析力だ。ＮＳＢだけでなくＣＩＡもそこまでの分析をするのに相応の時間を要していた。おそらく、ＮＳＡも同様だろう」

「アメリカ国防総省の情報機関を以てしてもその程度の分析ですか?」

「イギリス以外はEU各国の情報機関も似たり寄ったりだっただろう。それほど、ロシア軍の戦闘能力をアフガニスタン紛争以来目の当たりにしたことがなかったからだ。さらには、アメリカ合衆国がロケット開発を一時中断したことで、ほとんどの国の人工衛星をロシアのロケットに託していたことも大きな理由の一つだった」

「なるほど、そういう背景までは考えていませんでした」

「その状況の中で、中国と日本だけは自前のロケットを上げ続けていたからな。中国と日本がどれだけの人工衛星を天空に散らせたか、正直、ほとんどの国が正確な数を把握していないのが実情なのだ」

「日本は全て公にしていますよ」

「そうであって欲しいとは思っているが、日本の情報衛星の精度は群を抜いている。おそらく地球全体を俯瞰できるほどの精度だろうと我々でさえ考えている」

「しかし、アメリカ合衆国はNASAが寝たふりをしている間でも、民間が積極的に宇宙事業に取り組んできたではないですか。それを考えると日本の企業はあまりに弱すぎる。日本企業はお上に逆らうことができないというのが最大の問題だと思っています」

「そのお上という役所の中にもあなたのような興味深い人材が、自由に研究開発し、さらに独自に実験ができるというのは、アメリカ合衆国でも考えにくいことだ」

「日本の民主主義はまだまだひ弱なんです。これは政治だけでなく、経済、それも企業にもいえることだと思います」

「なるほどな……確かに日本企業に不祥事が多いのは、企業内民主主義の不成立が大きいからかもしれないし、未だに旧財閥系が金融と総合商社、重工業を寡占しているところにあるのだろうな」

「それもあるかと思います。護送船団方式が戦後日本の経済を支えてきたのは事実でしたから」

「ところでミスター片野坂、君の発想方法はどこで生まれたものだったんだ。私が知る日本人とはだいぶ違うような気がするが……」

「一つは、僕が日本の中でも一種独特な思考回路を持つと言われた鹿児島出身だからかもしれません。侍の時代から、近代日本を築いた原動力の多くは鹿児島出身者によるものだという自負があります」

「西郷が生まれた土地だな？」

「そうですね……ただ、西郷さんは壊すのは上手かったが、創るのは下手だったと言われています」

「なるほど……デストロイヤーか……しかし、ある時期までは人と人をつなぐ能力に極めて優れていたと聞いているが……」

「彼こそ、清濁併せ呑む力を持っていたのでしょう。それを見た勝海舟が『清濁併せ呑んで尚且つ清波を漂わす。汝、海の男たれ』と詠んだとも言われています」

「勝海舟か……日本海軍の創始者だな」

「日本海軍も途中まではよかったんですが……そう、あの東郷平八郎もまた鹿児島出身なのです」

「おお、トーゴー。ロシアのバルト海軍を殲滅した英雄だな」

「日本ではバルチック艦隊と呼ばれていますが、負けた艦隊も可哀想な人たちだったと思います。それを思うと、今のロシア陸軍を思い出してしまうのは僕だけではないと思います」

「なるほど……それは面白い意見だ。日本人にしかわからない感覚かもしれないな。そのおかげで革命が成功してソヴィエトができたのだからな。日本が世界史の中で大国として認められたスタートだったろう」

「しかし、その後が悪かった。終戦前最後の国葬となった連合艦隊司令長官山本五十六は海外留学までさせてもらったにもかかわらず、太平洋戦争を始めてしまったのですからね」

「日本人がアメリカで『ジャップ』と言われる原因を作った男だな」

「天皇を神に仕立て上げた連中が最も悪いのですが。あの敗戦が良くも悪くも日本を大きく変えたことは事実です。そしてその体制だけでなく、多くの日本人の意識を変えたのは他でもないアメリカ合衆国です。僕は鹿児島人独自の気風を忘れないようにしようと思いながらも、アメリカがもたらしてくれた恩恵を最大限に生かそうとして、その双方を身に付けたかったのだと思います」

「面白い考え方だ。だから、私もミスター片野坂の批判にも似た意見を素直に聞くことができるのだろう。そこで……だ。もう一度相談だが、君のドローン部隊を是非NSAにも紹介してくれないだろうか。ロシア陸軍に引導を渡す、最も有力な作戦ができると私は信じて疑わないんだ」

あまりに真摯に告げるクラーク長官の言葉にほだされるかのように、片野坂は静かに頷いて答えた。

「わかりました。僕も次第にNSAの反応を見たくなってしまいました」

「それはよかった。きっとNSAも大きな興味を示すと思うよ」

クラーク長官はすぐに秘書官を呼ぶとNSAの責任者に連絡を入れた。クラーク長官本人からの連絡にNSAの動きも実に素早かった。

「迎えを寄こすと言ったが、こちらから向かう方が早いということで、すぐに出発しよう。NSAの驚く顔が目に見えるようだ」

二時間後、三人はNSAのVIP会議室に座っていた。片野坂はすぐに装備品の接続と設定を自ら行い、プレゼンの準備を終えた。準備が完了したことをＮＳＡの担当官に告げると、幹部が続々と入室してきた。クラーク長官が片野坂をＮＳＡの副長官に紹介し、早速プレゼンが始まった。片野坂がドローン部隊の創設目的と概要、さらにコンピュータ制御システムについて説明を行い、二つ同時に映し出される動画の確認方法を伝えて再生が始まった。

ドローンが順次出撃していく様には誰もが驚嘆の声を上げた。全ての機の出撃角度が異なっているのだ。しかも全てのドローンに取り付けられている位置確認装置で、どの機がどのルートを飛んでいるのかが地図上に示される。

最初のドローンが目的物にテルミット弾を投下すると、目的物から瞬時に数メートルの高さの炎が上がると共に、分厚い金属板で明らかに高温燃焼の反応が起こっていることが確認できた。その攻撃が五秒おきに続けられる。しかも、目的物への進入角度がすべて異なっているため、目的物からの迎撃は誰しも不可能に思われた。目的物が海中に沈み始めたが、テルミット弾は燃え続けていた。

「これを一発喰らっただけでも、空母の甲板は使用不能になる可能性があるな……」

ざわめきが広がり始めた。

「目標物の甲板部分はアメリカ海軍の空母ジェラルド・Ｒ・フォードと同じ仕様にしていますが、船体は日本国の一般艦船と同様の厚さに艤装しています」

「最新鋭空母ジェラルド・R・フォードも沈む可能性がある……とでもいうのか？」

「沈むとは申しませんが、甲板の下に燃料を積んだ航空機があったとすれば、大爆発を起こす可能性もあります」

片野坂の答えにNSA幹部の間に一瞬の沈黙が流れた。攻撃を終えたドローン全機が無事に帰還したのを確認して、改めて質疑が始まった。

最初に口を開いたのは、この場にいるNSAのトップである副長官のジョセフ・スミスだった。

「実に興味深い映像だった。例えばの話だが、ロシア陸軍の戦車部隊の隊列にこのドローン部隊を出動させて、一機で一台の戦車を狙うことも可能なのか？」

「もちろんです。先行ドローンから送られてくる画像から、その地図上の座標が特定されますし、先ほども申しましたように誤差は三十センチメートルですので、戦車の大砲を狙えというのは難しいかもしれませんが、戦車の本体の概ね重要な部分に投下することは可能です」

「すでに実験は行われているのだな？」

「着弾点は全て半径五十センチメートルの間隔を開けています。五十メートル上空から五十発の散弾が入ったショットガンを撃った……というイメージでよいかと思います」

「このドローンはどこ製なんだ？」

「ドローン本体は中国製です。ただし、カメラ、レンズ、通信機器は全て日本製です」

「なるほど……もしこれが対中国海軍を想定しているとすれば、中国は自分たちが売った武器で攻撃されている……ということなんだな」

「先進国の技術を盗むのが中国の得意技ならば、たまにはお返しをしてやるのも一興でしょう」

「今回、この映像を我々に示した……ということは、『試しに使ってみるか？』というアプローチと考えていいのか？」

「解釈はご自由です。保証を含めた貸与は考えています」

「契約は日本警察と行うのか？」

「いえ、民間企業との契約になります」

「民間企業？」

「ドローンの操縦に関しての特許と本体の保管は一般企業に任せております」

「日本警察も粋なことをするようになったのだな」

「民間活力の導入は日本でも喫緊の課題です。何せ現実にロシアによるウクライナ侵攻は継続中なのですから」

「このままでは一年以上続く戦いになることだろう」

「越冬ですか？」

「間違いないな。ところで、このドローンシステムを契約するに際して、日本警察の名前はどこにも出てこないのだな?」

「表向きにはそうなっています」

「承知した。我々としても、急ぎ検討することにしよう」

その後、細かな質問も出たが、片野坂はまるで想定問答でも準備していたかのように、立て板に水の如く答えていた。

第七章　ヨーロッパ入り

その頃、香川、望月、壱岐の三人はフランクフルト経由でEU入りし、白澤香葉子が待つケルン・ボン空港で合流していた。

空港内の小さなバーで顔を合わせた四人は、まず、新人の壱岐を白澤に紹介した。

ドイツビールが分厚いガラスの大ジョッキでテーブルに運ばれ、乾杯をしたところで壱岐が白澤に向かって言った。

「有能な女性警察官とうかがっておりましたので、緊張しておりましたが、こんなにもチャーミングな女性で、内心驚いてしまいました」

壱岐が真顔で言ったため、香川が笑いながら横やりを入れた。

「外交官の社交辞令というのは、そういう歯の浮くような台詞なんだな」

「いえ、本音を言っただけです。他意はありません」

「ふーん。まあ、いいか」

白澤は笑顔で壱岐に挨拶をすると、いつもどおりの明るく弾むような声で香川に訊ねた。

「今回は逆ルートでロシア入りされるんでしたよね」

「逆ルートねぇ……前回は悲惨な旅だったからな」

「そうだったのですか？　ウラジオストクでは相当楽しかったような話をされていたじゃないですか」

「誰がそんなことを言ったんだ？」

「えっ？　覚えていらっしゃらないのですか？　ツェルマットでは相当酔っていたからなぁ。あれは確かに本音だったはずなんだけど……おまけに、ウラジオストクのことはご自分が話さない限り、誰も知らないはずなんだけどなぁ」

白澤にしては珍しく、香川をからかうような口ぶりで言った。

「何が楽しかったって？」

「サウナで会ったロシア美人が日本に行きたいと勉強していた……って言って鼻の下を伸ばしていましたよう」

「なにっ、鼻の下を伸ばしていた……ねえちゃん、それは記憶にないな」

「どちらが記憶にないのかな？　ウラジオストク？　鼻の下を伸ばしていたこと？」

白澤は面白がって香川を挑発していた。これを見ていた望月が口を挟んだ。

「白澤さん、今日はどうされたんですか？」

「えっ、何がですか？」

「いや、私でも、香川さんにそういう言い方はできないものですから……」

「公安警察で長く仕事をされた方が、女性蔑視的な発言をしたからいけないんです」

これを聞いた香川が反論した。

「女性蔑視？　俺がそんなことをするはずがないだろう。家では母ちゃんと娘にしいたげられて、何の反論もできない俺が、どうしてそんな事を言えるんだ？」

「それは反作用ですね。今度、香川さんの奥様とお嬢様にお会いする機会があったら、『私はいつもねえちゃんと呼ばれているんです』って言ってみようかしら」

「ま、待て、白澤ちゃん。うーん、確かにウラジオストクでは多少の楽しさはあったが、その後の、この望月の野郎と接触するようになってからが大変だったんだ」

「ヘリコプター工場爆破の事ですか？」

「あれは俺じゃないと何度も言っただろう？」

「ちょうどその時、アフリカの反革命勢力が来て爆破した……とかいう話ですか？」

「そうだ。そのとおり。ちゃんと覚えているじゃないか」

「でも、そんなグッドタイミングのような話、誰も信用しないと思うな」

「バカ、それは本当だったんだ。俺はたまたま、そこに居合わせただけのことだったんだ」

「へえ。香川さんは上海浦東空港銃撃事件なんかも経験されているし、私みたいなひよっこには理解できないことをたくさん経験されていらっしゃいますからね」

白澤にしては珍しく一歩も引かないような態度だった。すると香川が一度深呼吸をしてから穏やかに言った。

「あのなあ、白澤ちゃん。君も知ってのとおり、公安警察には絶対に他言できない話もあるんだ。それは、相手が上司であれ、同様なんだ」

「片野坂部付に対しても……ですか？」

「そうだ。片野坂にだって言えないことはある。しかし、これは隠し事というレベルの低いものではない。やってもいないことを『やった』と言うのと同様に、やったことを『やっていない』と言うのも誤りだ。それはその後の情報分析に齟齬《そご》をきたす恐れがあるからな」

「確かにそうですね……」

「さらに言えば、情報収集の手法は個々によって違うだろう？　その一つ一つを話す必要はないということだ。そして、何を報告するかは情報を収集した者が判断することなんだ」

「その点も理解できます。香川さんのそういうところは私も学ぶ点だと思っています」

白澤が素直に言ったため、香川は返す言葉を失っていた。これを見て望月が言った。

「警察社会だけでなく、香川さん世代ではハラスメントに関する認識が割と薄いのですよ。そして特に異性の同僚に対する親愛の情の表現に関しては、まるで小学生か中学生のような感じですからね」

「こら望月、誰が小学生だって？　それに、異性の同僚というと、この白澤のねえちゃんだけじゃないか。いや違った、白澤さんだけしかいないだろう？」

「香川さんの場合、仕事の話をしている時と、白澤さんをからかっている時のギャップが大き過ぎるんですよ」

「ギャップ？」

「そうです。『ねえちゃん』という呼称は、一般社会では間違いなくハラスメントの範疇に入りますよ」

「ハラスメントなあ……日頃の恨みを晴ラスメント……なんてな」

「受けない親父ギャグの押し付けもまたモラルハラスメントと言われる場合があります」

「世の中、いつからそんなにハラスメントだらけになってしまったんだ？」

「社会の多様化に従ってハラスメントは増えていきます。今、法的に知られているハラスメントの種類だけでも三十九種類あると言われています」

「三十九？」

「ハラスメントというのは、相手の意に反する行為によって不快な感情を抱かせることで、いわゆる『嫌がらせ』を意味する用語だろう？」

「そのとおりです。ただし、行為者がどう思っているのかは関係なく、相手が不快な感情を抱けばハラスメントとなるのです」

「それじゃあ、ひと昔流行った『カラスの勝手でしょう』みたいなものだろう？」

「それが現実なんです。『そんなつもりではなかった』といった、行為者自身がハラスメントを行っている意識が全くないケースも少なくありません」

「そういう時代か……白澤さん、私のあなたに対するどういう点がハラスメントになると思うのかな？」

香川が白澤に言った途端、望月が言った。

「その質問の仕方自体がハラスメントに該当するのですよ」

「なんでだよ！」

香川が望月に強い口調で言うと、望月が笑いながら答えた。

「相手に対する態度の豹変は相手に不安を抱かせる可能性があります。これはパワハラの一類型に挙げられます」

「俺が何を言ってもハラスメントになるのか？」

「そうではなくて、例えば今の場合なら『白澤ちゃん、俺のどういう点がハラスメントに当たるのか教えてくれよ』くらいで丁度いいんです」

「なるほど……それくらいなら言えないわけじゃないな……どうなんだ、白澤ちゃん？」

白澤が笑いながら答えた。

「私は香川さんのことは尊敬していますし、どちらかと言えば好きな部類に入る方ですから、普段どおりでいいのですが、時々、私をからかう時や、ちょっとご自分に都合が悪くなった時に、悪魔くんになってしまうんです」

「それは好意を素直に出すことができない、俺たち中高生によく見られる悲しい男の性だよ」

「悲しい……まあ、そうですね。ところで、今回の目的はロシア情勢の分析ですよね」

「そうなんだ。プー太郎がどこまで呆けてしまっているのかを確認しなければならない」

「私は、単なる独裁的権力者の末路のような気がしていますけど……。中国の習近平も同様です」

白澤の指摘に望月が頷いて答えた。

「確かに二人の共通項である、究極的な共産主義権力者の姿なのかもしれない点は否定しませんが、あまりに初期の目論見から外れてしまうと、二人の間に温度差が出てくると思います。おそらく、習近平にとって、今回のロシア軍の不甲斐なさは想定外だったに違いないと思うのです」

「そうですね……イギリスとアメリカの分析どおりになりそうな気がしますね」

白澤の言葉に香川が反応した。

「イギリスもそんな分析をしていたのか？」

「イギリスの中国嫌いは、あのエリザベス女王が習近平を嫌ったことで決定的になっています。香港の現状を、イギリス国民の誰もが苦々しく思っていますから。その中国とタッグを組むように動いたプーチンに対しても同様の見方になっています。もともと、イギリスは他のＥＵ諸国とは異なって、ロシアのエネルギーにはあまり頼っていませんし、伝統的に不仲であることもその根底にありますから」

「なるほど……その潜在的な意識が分析を誤らせていることはないのか？」

「イギリスは今でも世界の株式を動かす力を持っています。世界情勢の分析、特に食料危機に関する分野については極めて冷静な情報収集と分析を行っています」

「食料危機？」

「ロシアとウクライナだけで、世界の小麦やトウモロコシの生産の何割を占めているのかご存じではないのですか？」

「小麦とトウモロコシか……あまり考えていなかったな……。パンもシリアルもあまり食べないからな……」

「香川さんらしくないですね」

白澤がやや冷たく言い放った。これを聞いた望月が補うように言った。

「ロシアとウクライナの小麦とトウモロコシの輸出が止まると、世界的な飢餓が発生することは間違いありません。特に、アフリカや中東では食料パニックになりかねないほどです。おそらくロシアがウクライナ侵攻の重点を東部から南部に移行しようとしている背景には、ウクライナ産の小麦の略奪を考えているふしも多分に見て取れるんですよ」

「ロシアの略奪は今に始まったことじゃないからな……ソ連の時と何も変わっていないな……」

「プーチンは寧ろ今のロシアをソ連時代に戻したいのではないかと思っています。そこで中国の一帯一路に便乗して、西アジアに広がる旧ソ連の共和国を再編成しようとしているのだと思います」

「その思いも、今回のウクライナ侵攻でぶち壊し……ということか……」

「その色が濃厚になりつつある現状で、中国の海洋進出の夢も壊しかねません。特に、台湾問題に関する一国主義も破綻しかねない情勢になってきているのを、習近平も危惧しているのだと思います」

「そう考えると、片野坂は去年のうちからそこまでを見越していたかのようだな……」

香川が言うと、望月が思わず腕組みをして答えた。

「私も、最近になって片野坂部付の思考回路の深さに鳥肌が立ちそうになる時がよくあります。あのドローン部隊についても、部付が動き出したのは春先の事ですから」

「対日有害活動の排除か……。警察だけで世界第二位の軍隊と闘おうというのだから、常軌を逸していると言っていいところなんだろうが、あいつの話を聞いていると本当にできそうな気がしてくるから怖いんだよな。そして、陸上戦というものが、これまでの戦闘に関する常識が全く通用しなくなったことも、ロシア軍のざまを見て世界中が認識してしまったからな」

「戦争にeスポーツを導入するという発想も鳥肌ものでした」

「あいつがアメリカで誰に対してどれだけのプレゼンをしてくるのか知らないが、あの動画を見れば誰もが漫画の世界ではない現実を知ることになるだろうな」

三人の会話が途切れた時、やっと新人の壱岐雄志が口を開いた。

「現在の政権がスタートした時は、憲政史上最弱の内閣で、その期間もわずか三十八日間という最短命内閣だったわけですが、解散総選挙後の現第二次内閣も決して盤石とは言えません。外務大臣も、頭脳的にはいい方でしょうし、音楽はできるようですが、爆弾を抱えていますからね」

「まあな……今の内閣で元首相亡き後の整理をできる人材が見当たらないことだけは確かなのだが……そうかといって、政権与党内にもなあ……情けない国家になってしまった感は否めないな……」

「香川さんは日本国のあるべき姿をどのようにお考えなのですか?」

「これは片野坂の受け売りになってしまうかもしれないし、俺の考えもほぼ同じだったんだが、分相応の国というか、身の丈を知る国であればいいと思う。資源もねえ、食料もねえ、人材もなくて子どももねえとくれば、将来は見えているだろう。スローダウンをしておかなければならないんだよ。G7なんて浮かれていても仕方がない」

「具体的にはどうなのですか?」

「世界で三十番目の国でいいんじゃないか? UNの存在意義がなくなってしまっている以上、そんなところに金をつぎ込む必要もない……ということだ」

「三十番目で、世界の中で何をすればいいのですか?」

「これ以上国力を上げることなんてできないんだから、せめて、国家の存続を維持できる程度の第一次産業を育てる努力が必要だな。幸いなことに、日本は自然にだけは恵まれている。水はタダのようなものだし、インフラも他国を上回っているだろう? 観光立国の代表であるスイスやフランスよりも綺麗で優れた公衆便所もある。これをできる限り長くキープしていればいいんだよ」

「中国、ロシア、北朝鮮からの挑発に対してはどうなのですか？」

「まあ、そこに韓国も入ったとして、領土問題に関しては一歩も引きさがってはならない。ただし、北方領土に関しては、決して積極的ではないな」

「北方領土は日本固有の領土ではないのですか？」

「地理上は日本の領土だろうが、第二次世界大戦最終局面でソ連が日本との不可侵条約を一方的に破棄して参戦した結果として奪われたものであることは十分理解している。しかし、あの時、スターリンに参戦をけしかけたのは、イギリスのチャーチルであり、アメリカのトルーマンなんだ。もし、北方領土がソ連に奪われたと主張するのなら、イギリスやアメリカに対してもこれを厳しく言わなければならない。しかし、日本はアメリカに対して宣戦布告することなく、奇襲攻撃をしてしまったことを忘れてはならない」

「そういう理論ですか……」

壱岐が寂しげな声で言った。これを聞いて香川が穏やかに答えた。

「末期の大日本帝国というのは、馬鹿な軍人に支配された帝国主義末期の国家だったわけだ。この事実を歪曲することは許されることではない。日本が世界唯一の被爆国となった背景もそこにあるんだ」

「確かにおっしゃるとおりです。しかし、現在のロシアの異常さをどうお考えですか？」

「ロシア国民が望んでいるのなら仕方がないだろう。所詮その程度の国民なんだが、最近の日本のテレビ局や、これの影響を受けている多くの青少年を見ていると、決して、そんなロシア人を否定できないのだから仕方がない」

「テレビ局……ですか……」

「BSなんて、韓国ドラマと中国の歴史もどきドラマばかりじゃないか。あの歴史を歪曲したドラマにはまる日本人のなんと多いことか……ロシア人並みの知性に、日本人として情けなくなる」

「しかし、中国ドラマでも『始皇帝』なんかはよくできていますし、『ディリラバ』こと『ディルラバ・ディルムラット』が出るドラマは私もつい観てしまいますよ」

「ディリラバか……彼女は新疆ウイグル自治区出身だから応援してもいいんだが……」

　これを聞いていた白澤がようやく口を開いた。

「香川さんは美人に弱いんですよね……ウラジオストクでもそうだったんでしょう？」

「美しいものは芸術なんだよ。そこに政治を持ち込む必要はない。まあ、中国人は人種が入り混じっている部分があるから、上海にも美人は多いな。しかし、北京はダメだ」

「何を言っているんだか……韓国ドラマだって綺麗な女性や、カッコいい男性も多いでしょう？」

「韓国の俳優なんて整形ばかりで、男も女も皆、同じような顔をしているじゃないか」

「以前、冬ソナの『チェリン』は可愛い……とか言っていなかったかな……」

「あれは、まだ韓流ドラマのハシリの頃で、整形女優はそんなにいなかったんだ。それが日本でもバカ売れしたんで、それに似せた女優がゾロ品のように大量に出てきたんだよ。日本で売れない女優が整形して韓流ドラマの端役になっているのもいるそうじゃないか」

「いいじゃないですか。今やハリウッドよりも韓国映画の方が力があるとまで言われている時代ですから。日本の映画産業の衰退を考えると、世界を目指すなら近道かもしれませんよ」

白澤の言葉に香川は「うっ」とだけ言って言葉に詰まった様子だった。

これを見た望月が笑いながら香川に向かって言った。

「香川さんにここまで言えるのは白澤さんしかいませんね。たまに私たちもこういう現場に居合わせるのはいいことかもしれません」

「なに？　望月ちゃん、日頃、俺に遠慮でもしているような口ぶりじゃん？」

「遠慮はしませんが、香川さんのことはいつも立てているつもりです」

「しかし、言い負かされるところにも興味があるということか？」

「おっ、負けを認める姿も潔いですね。さすがだなあ」

白澤が満面の笑みを浮かべて、優しげな声で香川に言った。

「そういう素直な香川さんって、可愛いんですよね」

「バカ、何が可愛いだ」

そうは言った香川だったが、苦虫を嚙みつぶしたような顔つきになっていた。香川が思い直したように白澤に向かって言った。

「まあ、今日はハラスメントの勉強もさせてもらったし、新人の壱岐君の顔合わせも終わったところだから、軽く飲みながら今後の方針を決めようじゃないか。白澤ちゃん、この近くでどこか気楽に飲める店はないかい？」

「ボン市内には、ドイツの元首都らしく、本物のドイツ料理を堪能できるレストランもありますよ」

「そうか……そこまで我慢するか」

ケルン・ボン空港からボン市街地までは鉄道で移動した。

「ドイツの鉄道はようやくフランスやユーロの他国を意識してか、まともになってきたな」

「電車の発祥地なのに、自動車が主体になった結果ですね。道路網は完璧に整備されているのに比べて、鉄道は衰退の一途でしたから……。それが、フランスでTGV網が張り巡らされ、EU各国でインターシティーの国際列車、高速列車が広まり、ついにはスウェーデンとデンマークが鉄道で結ばれるに至って、ドイツはようやく、これまでの道路中心の交通網から鉄道に力を入れるようになったんです」

「乗り鉄の俺としては実に喜ばしいことだが、確かに、スウェーデンとデンマークの距離は近いからな……どうして今まで繋がっていなかったのかが不思議なくらいだ」

「そうですね。デンマークの首都であるコペンハーゲンがユトランド半島ではなく、間にもう一つの島を挟んだシェラン島にあることを知らない人も多いですからね」

「そうだな……コペンハーゲンからだと、ユトランド半島よりもスウェーデン国境の方が、目と鼻の先ほどに近いからな。コペンハーゲン空港からスウェーデンは見えるからな」

「スウェーデンが中立国だった……ということもあったのかもしれません。スウェーデンにとってスカンジナビア半島の隣国であるノルウェーとフィンランドはどちらもロシアと国境がある国ですから」

「なるほど……そういうことか……だからスウェーデンの首都のストックホルムは第二次世界大戦で攻撃を受けることなく、古い建物が残っているのだったな」

「さすが香川さん、何でもよくご存じですね」

白澤の言葉に壱岐が反応した。

「香川さんはどれくらいの国に行かれたのですか？」

「しがない地方公務員だから、たいした海外旅行はしていないが、学生時代に、今でいうバックパッカーのような旅を半年していたな」

「半年……ですか？」

「四年の時は三科目だけ単位を取れば卒業できる状態だったから、時間がもったいないだろう？　だから、大学では学ぶことができない世界を自分の目で見てきただけのことだな」

「主にどういうところを回られたのですか？」

「一応ヨーロッパを先に目指したな。アフリカは病気が怖かったから、南アフリカとモロッコと今のエジプト、昔はアラブ連合という名前だったかな。東南アジアはあまり好きじゃなかったから、インドのアジャンタとエローラの遺跡は回った。中国も敦煌と雲崗の仏教遺跡は一応見てきた。南米はイグアスの滝と南の果てのパタゴニアには行ってきた……そんなもんかな」

「北アメリカには行かれなかったのですか？」

「アメリカ合衆国はほぼ全部知っているな。ロスとニューヨークに親類がいたからな。フロリダとハワイもそれぞれ楽しんできた」

「まるで、お坊ちゃまのようですね」

壱岐がため息交じりに言うと、香川はおどけて答えた。

「俺はお坊ちゃまなのよ」

望月がさりげなく言った。

「香川さんのご実家は神戸でも有名な料亭だったんですよ。灘中、灘高出身ですしね」

「店は阪神淡路大震災で潰れてしまったけどな」

「そうだったのですか……でも、やっぱりお坊ちゃまなんでしょうね」

「これは先天的要因だから仕方がない。それでも警察という道を選んでしまった自分をまだ後悔していないことだけは自負している」

「香川さんが警察を目指した理由はなんだったのですか？」

「目指したわけじゃないが、嫌いな組織ではなかったし、高校時代の落ちこぼれが大学に進んで世界を見ることができた時に、国家の重要性というものに気付いたからだろうな。当時でも、現在でも、日本という実に間が抜けた国に生まれたことは幸運以外の何ものでもないと思っている」

「『間が抜けた国』、確かにそうかもしれませんね。こんなに平和な、何もかもが整っている国は世界中探しても他にないでしょうからね。ただ、海外を知らない人にとっては、そのありがたさが理解できない……」

「そこなんだよ。日本国内、どこに行っても水をタダで飲める。そんな国はまずないだろう？　救急車を呼んでもタダな国、誰でも医者に診てもらえる国がどこにあるんだ？　そんな国が共産主義国家にあったか？　北欧の一部の国のように収入の四十五パーセントを税金に支払うことに満足している国民は別として、運があれば豊かになることができる国というのは少ないんだよ」

「運ですか……」

「運だな。北欧の国を羨む日本人の多くは北欧の自然を知らないからだし、人種差別というものを知らない人だ。北欧の一般的に裕福だと言われる国民だってＥＵ以外の他国を訪れる機会が少ないみたいだからな」

「北欧も人種差別は酷いですからね」

「そんなことも知らずに、やれ北欧だ、やれオーストリアだ……と言っている、単なる旅行好きのお年寄りが多い日本は、やはり『間が抜けた国』なんだよ」

「しかしＩＭＦが発表している世界の豊かな国ランキングでは、日本は三十七位で、デンマークを含む北欧四か国は全て日本より上位ですし、ノルウェーは八位ですよ」

「豊かな国か……それは、ある意味で数字のマジックだな。その数字というのは、一人当たりの購買力平価（ＰＰＰ）ＧＤＰのことで『一人当たりのＧＤＰ＝ＧＤＰ÷人口』で示されるものだ。つまり日本のように購買力平価は世界四位であっても、人口が多い国はそういう低い数字になるだけだ。豊かな国の上位にある中には産油国が多いし、君も知っているとおりの貧しいベルギーだって二十一位に位置しているだろう？　日本よりもチェコが豊かだと思う人はEUの中にもまずいないだろうな」

「確かにそうですね……日本は地方に行っても、電気、水、ガスといったインフラは都会と変わりませんよね……そうか……数字のマジックか……」

「三位に入っているはずのアイルランドがアメリカより豊かだと思っているアイルランド人はまずいないと思うが、アメリカだって国民がそんなに豊かか……といえばそうでもない。豊かさの定義は使える金の大小だけじゃないことをIMFの連中は知らないのさ」

「考えてみればそのとおりですね……香川さんって、本当に何でもよくご存じなんですね」

白澤が感心した顔つきで香川に言うと、香川は平然と言った。

「UNやその内部機構、その他の国際機構が発表する数字は一応目を通すが、そこにある矛盾と嘘を見極めるのも情報屋の大事な仕事の一つだ。最近、ウクライナがアメリカだけでなく、EUの中からも賛同されなくなった理由の一つは、ウクライナの改善されない経済状況にあるからな。これは主にゼレンスキー以前の大統領の責任なんだが、それをさせていた国民にも問題があることを日本人も知っておかなければならない」

「確かにそうですね。ロシアのウクライナ侵攻以降、ロシアは中国との貿易を拡大しているみたいですし、もともと貧しいことに慣れている中高年のロシア国民は、プーチン政権に対してモノを言うことを考えない体質になっていますからね」

「得をしているのは何とか言っても中国だけだろう。そこが習チンピラの独裁力の強さなんだな」

「香川さんはどうして『チンピラ』などという言い方をするのですか？」

「習近平の『近平』は『チンピン』と発音するんだ。だが、『平』の字を『ピン』と読むことを多くの日本人は知らないだろう？　だから『チンピラ』と呼んでいるんだよ」

「『近』を『チン』と読むのも知らない人が多いと思います」

「まあな、いずれにせよ、やっていることはチンピラと変わらない。香港で使った嘘を台湾でも使う気満々だからな。台湾の半導体と故宮博物院のお宝が欲しいだけのことだ。特に故宮博物院に保存されているものは、教育を受けていた蔣介石だから世界の宝として本土から持ち出したまでのことで、もし、それをやっていなかったら、毛沢東の手下だった紅衛兵の馬鹿どもに、孔子の墓同様、粉々に壊されて、存在を否定されていたことだろう」

「確かにそうですね。習近平も文化大革命を完全否定はしていませんからね」

「未だに天安門に毛沢東の肖像がかかっているのは、決して中国共産主義に対して是々非々ではないということだ。そんな国に生まれなくてよかった……という運があって、しかも、そんな国が台湾をどういう形であれ侵略しようとしているんだ。許せるわけはないだろう。ロシアのウクライナ侵攻を見てみぬふりをすれば、中国は必ず同じことを早い時期にやりたがる。しかし、地政学上、日本はそれを傍観していてはだめなんだ。中国共産党による台湾侵略は、その延長線上として必ず日本にベクトルの方向が動いてくるんだよ」

香川の言葉に白澤は何もいうことができずにいた。これを見て望月が言った。

「香川さんは今回のロシア対策の出張で、最大の目的はなんなのですか？」

「ロシア極東軍が態勢を立て直すのを防ぐことだ。できうればプーチンによる独裁体制を崩壊させたいところなんだが、今の情勢を見てロシアが自ら瓦解することはなさそうだ。そうなると、ウクライナではコテンパンに負けてもらわなければならない。別にロシアに攻め込むのではなくて、ウクライナに全軍をおびき出して叩くことによって、核以外の軍事力をズタズタにしてやらなければならない。すでにロシアの黒海艦隊は旗艦を失っただけでなく、戦意をも失っている。もう二、三隻、フリゲート艦と潜水艦を沈めてしまえば、ロシア海軍は実質的に極東の潜水艦だけになることだろう。先般の『海亀ちゃん大作戦』で、極東のロシア海軍は大きなダメージを受けただけでなく、通信系統の全面切り替えを余儀なくされている。そこにプー太郎のウクライナ侵攻が失敗となると、軍部の離反は大きくなるだろう」

「予備役で出陣させられた数十万のアマチュア兵士までもが、すでに命を失ったという話もありますからね。若い人材の国外流出も、今後のロシア政治にとって大きな問題になりそうですね」

「そうだな、海外逃亡組が海外で反政府運動を拡大することができるかどうか……なんだが……そこまで勇気がある者がいるかどうか……そしてそれを支援する組織ができるかどうか……だな」

「トルコに逃げる者も多いときいています」

「そのトルコの動きが実に不自然なんだ。エルドアンの本心を誰もわからないのが本音だ。彼はヨーロッパとアジアの架け橋を演じながら、自国の優位を示そうとしている。しかもトルコはシリアの難民を多く抱えているからな。これがまさに大きな爆弾と同じになっている」

「そこなんですよね。トルコの存在をEUだけでなく、アメリカもロシアも無視できなくなっています。しかし日本としては、過去からのトルコとの友好関係が今なお続いているとは考えにくい状況だと思います」

「民間レベルでは未だに友好的ではあるんだが、問題は政治家だな」

「外交に通じた国会議員が少なくなっているのも確かですね。参議院はいい加減に芸能人やスポーツ選手の登用をやめて、海外進出を進めている企業のトップや、世界を視野に入れて国民のために役に立つ人材を求める姿勢に出る時期にきていると思います。そうしなければ、二世、三世議員や官僚上がりの勘違い議員が増えて、いつまで経っても『議員数の削減』という自浄ができない組織のままです」

「職業的議員が多いのも確かだ。そして、一人の議員には公設秘書が三人、当選回数が増えれば増えるほど地元や、都内に私設秘書を置かなければならなくなる。政党交付金や文書交通費など、一人の議員に給与の他に毎年三千万円ほどは支給されているが、それでも五人の私設秘書を置けば、消えてしまう。政治献金や政治資金パーティーが多いのも仕方ないことだ」

「昔の議員が力を持つためにはまず金集めだったといいますが、その構図は変わらないのでしょうか?」

「地盤、看板、カバンの三セットがある二世、三世が多いのも、議員が地元に利益誘導できるという構図があれば、それだけ力を持つことができるからだ。おらが村の大臣様ができれば村もよくなるだろう？　地元への利益誘導を願う選挙民の多さが、政治をダメにしているんだよ」

「利益誘導……ですか……。そこに役人の忖度が生まれ、企業との癒着が進むのですね……」

「だから、時には俺たちが直接手を下さなければならないんだ。今でも、十人以上の国会議員をパクるだけの証拠は手元にあるが、三回生以下をパクっても捜査経済上何のうまみもない。その連中が増長してワルさの規模がデカくなると同時に、大臣候補になった頃になって手を付けるのが本物の公安捜査なんだ」

「しかし、香川さんはその頃には退官してしまっているのではないですか？」

「だから、片野坂のような人物と付き合っているんだろう。ああいう男はキャリアの中でも珍しい存在だが、一撃必殺の技を知っているからな。その時がくるのを楽しみにしているんだよ。まあ、そんな事よりも俺たちとしても、当面はトルコの動きに注意しながら、ロシアと中国の悪しき野望を公安警察の立場から挫くしかない」

香川が真顔で言ったのを見て、壱岐が訊ねた。

「香川さんは常々、ロシア、中国の内部崩壊にも触れていましたが、実際にそんなことはできるのでしょうか？」

これに香川が不敵な笑みを浮かべて答えた。

「ロシアにも中国にもマフィアが存在している。そして彼らは北朝鮮やその他のならず者国家と密接にかかわりながら武器や薬物、さらには仮想通貨詐欺を行って金を稼いでいる。まず、その連中を本気にさせることだ」

「何か具体的な作戦でもあるのですか？」

「まあな、特にロシアでは動員された予備役部隊の動向をタス通信が報道するようになっている。これに対するロシアの知的上流層の反発が多いんだ。そして、その知的上流層が最も活用しているのがロシアンマフィアなのだから面白いんだ」

「香川さんはロシアンマフィアにもルートを持っていらっしゃるのですか？」

「たまたまだけどな。そのカウンターパートとなっている日本のヤクザも実弾が入ってこないのでやきもきしているのが実情だ」

「実弾？」

「本物の実弾もあるが、そのほとんどはシャブだな」

「覚醒剤ですか……」

「その最大の原因は予備役軍人にシャブを与えないと、実戦配備できないことにあるんだ。ある戦地では予備役部隊五百人以上が一つの部隊に編入されたとの報道もあるんだ。予備役の中には学生も多かったそうだ」

「予備役だけの部隊なんてないでしょう？」

「戦場の最前線で塹壕《ざんごう》掘りをやらされていたそうだ」

「まるで捨て駒ですね」

「そういうところにしか持って行けないだろう。戦士として役にたたないのだからな。そうなると、その親や友人の怒りのベクトルは直接現政権にではなく、ロシアンマフィア経由での働きかけになるのだそうだ。息子に残そうとしていた資産を反政権勢力であるマフィアに与えているんだそうだ」

「確かに内部崩壊の可能性はないとは言えませんが……」

「俺もプー太郎政権がにわかに崩壊するとは考えていない。しかし、子どもを殺された親の怨念は想像以上に大きいようだ。『動員は明白な殺人行為』と口にするオリガルヒも出てきているようだからな」

オリガルヒとはロシア等旧ソ連諸国の資本主義化の過程で形成された政治的影響力を有する新興財閥や富豪のことである。

「オリガルヒの中にも……ですか……」

「そこがロシアンマフィアのつけ入るところで、奴らは短期、中期、長期を見据えた組織体制を考えているし、その利益が最も大きいのがアメリカ合衆国と中国、そして多くの産油国なんだ」

「なるほど……ロシアンマフィアも賢いのですね」

「そういう連中と繋がっている最近の日本の反社会的勢力も賢くなってきているんだよ。切った張ったの世界を続けていると北九州の単なる暴れん坊と一緒になってしまう」

「対立抗争をする前に警察に滅ぼされてしまうわけですね」

「今どき、武力闘争で勝とうなんていうヤクザもんはいないさ。そのあたりを最も重視して活動していたのが、元警視庁、現在は警察庁警備局警備企画課指導官の青山《あおやま》さんだ」

「どういう方なのですか？」

「日本最大の反社会的勢力のナンバーツーを協力者にしていた御仁だ。やることなすこと半端じゃなかったようで、同期カルテットの動きは、警視庁の一個師団と呼ばれていた。そのうちの一人は国会議員、もう一人は関西財閥の総帥になっている」

「そんな人たちがいたのですか……」

「今度、福岡に行く機会があったら連れて行ってやるよ。伝説の御仁のシマが今でも博多と福岡にあるんだ」

「福岡県警は都道府県警の中で唯一『暴力団対策部』がある県ですからね。一つの県であれだけ多様性のあるところは珍しいですよね」

「そうだな、静岡や長野のように県内三分割の地域は多いが、福岡は実に多様性があるな……豊臣秀吉の時代からそうなのだから仕方がないと言えばそうなんだが、同じ福岡市の中でさえ博多と福岡に分かれた文化があるくらいだから、実に複雑だ」

「福岡というところはそういうところなのですか？　芸能人が多い……くらいしか知りませんでしたが……」

「確かに昔から芸能人の宝庫だな……、まあそれは福岡に行った時の話として、ロシアンマフィアと最も近いのはやはり最大組織の岡広組で、その中でも東京に進出して勢力を誇り始めた愛知県グループだ」

「最初に大所帯を二分割した組ですね。資金力が圧倒的だという噂だけは知っています」

「そう、その連中は旧ソ連時代からロシアンマフィアとつながりがあったんだが、その最大グループの本拠地は現在のウクライナだったんだ。今はなきオウム真理教ともパイプを持って、オウムの野望の一つであった核保有を北朝鮮と共に進めようとしていた連中も未だに残っているはずなんだ」

「そうだったんですか？」

　壱岐が驚いた声を出して訊ねたため、香川が笑って答えた。

「だから、当然ながらこれを探し出すウクライナの情報機関は今でも優秀で、イギリスのＭＩ６と手を組んで、ミサイル技術を盗もうとした北朝鮮スパイを摘発したくらいだからな」

「ああそうでした、ＣＮＮのドキュメンタリーを見たことがあります。そうするとウクライナの情報組織ともコンタクトを取るのですか？」

「いや、そこはＭＩ６からの二次情報でいいだろう。はっきり言って俺はまだウクライナという国を完全には信じていないんだ」

「そうなのですか……」

「現大統領の支持率も、果たしてどれくらいあるのかわからないからな」

「なるほど……ロシア軍の侵攻前は三十パーセント程度でしたからね……。そうか……国民の本当の声を聞いてみなければわからないわけですね」

「そこが情報収集の原点だと思っている。これは現在のロシアや中国にも同じことが言える。どの国も、若くて優秀な者は西欧圏に留学して、全ての情報を目にしているはずなんだ。そこで自国の指導者……というよりも独裁者の本性を目の当たりにしているはずだ」

「ロシアはわかりませんが、中国の留学生は海亀となって、中国に帰ろうとする者が多いのではないのですか？」

「本当に優秀な者は帰国しないよ。いくら高給を貰ったとしても使い道がない本国にいるよりも、海外で自由を謳歌した方がいいことは、賢い者ならよく知っている。そして、その連中こそ、中国共産党幹部の子弟なのだから、習チンピラも悩ましいところなんだ」

「娘は帰国しましたよね」

「アメリカで嫁としての貰い手がなかったのだから仕方ないだろう」

「なるほど……すると、そういう優秀な留学生が反体制側に付くことになるのが習近平は怖いのではないですか？」

「両親や親族を人質にとっている。北朝鮮スパイと同じ立場なのだが、子どもを留学させている親たちの方が寧ろ習チンピラに背を向けている可能性が高い。親は表面上、『すでに子どもを見限った……』と抗弁してるそうだ。習チンピラの時代が終わるまで、ジッと我慢しているしかないのが実情なのだろう」

「そうだったのですか……」

「私たちの出国時に香川先輩は今回の目的地の一つにロシアのサンクトペテルブルクを挙げていらっしゃいましたが、その目的はなんなのですか？」

「ウクライナに侵攻しているロシア正規軍の中に、どれだけの傭兵が含まれているのかを知りたくてな」

「サンクトペテルブルクに行けばわかるのですか？」

「ある程度はわかると思うんだ。その時はまた白澤ちゃんの力を発揮してもらうことになると思うんだけどな」

　これを聞いた白澤が訊ねた。

「初めて聞く話ですけど、またハッキングですか？」

「そう。今回はなかなか厳しいとは思うんだが、抜け道も多いはずなんだ」

「ということは、何らかの企業ですか？」

「そう、激戦が続くウクライナ国内で、戦闘や情報収集に加えて傭兵派遣などさまざまな場面で活躍していると見られる民間軍事会社（ＰＭＣ）が存在しているようなんだ。ロシアでは憲法で禁止されている業種なんだけどね」

「憲法で禁止されているにもかかわらず……ということは超法規的措置……ということなのですか？」

「その点がプー太郎政権では実に曖昧なんだ。プー太郎政権に近いオリガルヒならば、それが違憲であろうが、何でも許されているようだ」

「さすがに独裁国家ならではですね」

白澤の言葉を聞いて、香川がふと思い出したように訊ねた。

「そういえば白澤ちゃんのお友達にロシアの女スパイがいただろう？　あれはその後どうなったんだ？」

「参謀本部情報総局のエージェントのエカテリーナ・クチンスカヤですね。彼女は一旦帰国したようですけど、その後、連絡は取っていません」

「そうか……ちょっとこちらで居場所を探ってみてもいいか？」

「香川さんはそんなルートもお持ちなんですか？」

「俺じゃない。片野坂だ。奴もクチンスカヤには会ったことがあるんだろう？」

「はい。ベイルート空港だったと思います」

「望月ちゃんを救出する時のことだな……」

「当時はまだ三人だけのチームでしたね」

　これを聞いた望月が驚いたような顔つきで訊ねた。

「私を救出するために、ロシアのスパイも使ったのですか？」

「スパイだけでなく、日本の外務副大臣も使ったよ。このバカ代議士はこの案件が終了した段階で都合よく一身上の都合ということで辞任させたけどな」

「私の救出を利用して……ということだったのですか？」

「そうしなければ、あいつは国家に重大な損失を与えるところだったんだ。望月ちゃんと交換してもよかったんだが、向こうでペラペラしゃべった後で始末されてしまったのでは、日本国の面目が潰れてしまうからな」

「そうでしたか……それにしても、怖い人たちですね」

「誰が？　片野坂と俺か？」

「いや、怖い……というよりも『恐ろしい』という表現の方が正しいかもしれませんが……」

「俺たちのどこが恐ろしいんだよ。確かに片野坂はアメリカで散々銃をぶっ放してきた奴だが、俺なんか蜂の一刺しくらいのことしかやったことがないんだからな。それに比べて望月ちゃんは戦地で戦車や装輪装甲車に乗ってドンパチやっていたんじゃないか。

俺からすれば、そんな恐ろしいことよくできると思うよ」

「あれこそまさに命を懸けた聖戦だったと、今でも思っています」

「俺たちだって命懸けだったんだよ。ここにいる白澤ちゃんだって、毎日が命懸けだ。俺たちの仕事というのは、まさに常在戦場なんだよ。国会議員が選挙を前に口に出しているそれとは全く意味が違うんだ」

「確かにそうですね……」

望月が一旦頷いて香川に向かって頭を下げて訊ねた。

「ところで、先ほどの民間軍事会社なのですが、民間軍事会社の存在そのものがロシアの憲法で禁止されているのですか？」

「いや、その中で今回のウクライナ侵攻に関して重要な部分になっている傭兵に関する部分だ。憲法では傭兵が認められていない。例えば、憲法は武装部隊の設立を目的とする公共機関を禁じており、刑法は傭兵活動を禁じている」

「なるほど……民間企業は公共機関ではありませんが、傭兵活動が公共、民間を問わずに禁止されているのですね。しかし、本当に何でもよくご存じですね」

「敵の弱点を知るためには、敵が国際社会で抗弁できないようにさせなければならないからな。しかし、今のプー太郎政権は国際社会の存在そのものを否定していると言って決して過言ではない。そしてそれを許してきたのがアメリカを中心とした西側諸国であることも否めない」

「確かにプーチンが大統領に就任して最初に会ったアメリカ大統領のクリントンはプーチンの本質を見抜いていて、これをエリツィンに伝えていましたよね」

「そう。それも『邪悪』と評していいのだから、その洞察力は素晴らしかったと言えるだろう。それに比べて日本の長期政権を担った総理は二十七回も首脳会談をやっていながら、何の人間関係も築くことができなかったばかりか、ウクライナ侵攻に関しても何のコメントもできないままこの世を去ったのだから、政治家の資質として疑問を持たざるを得なかったな」

「プー太郎政権の共産主義独裁の強化は、ベスラン学校占拠事件で明らかになった……という人もいましたが……」

「第二次政権に入った二〇〇四年の出来事だな……。百八十人を超える子どもを見殺し……というよりも、テロの犠牲に巻き込んだのだから、いくらチェチェン独立派のテログループが相手だったとしても、もう少し別のやり方があったのだろうが、当時の西側はこの暴挙を糾弾することもなく、アメリカの子ブッシュ大統領に至っては、二〇〇一年の九・一一の後だとはいえ、全てのテロ組織へのあらゆる手段による先制攻撃を認めてしまったのだからどうしようもない」

「そうでしたね……それでプーチンはますます増長していったのでしたね」

望月は香川の考えを全面的に受け入れる様子だった。これを聞いていた白澤が香川に訊ねた。

「私がプーチンを狡猾な人間だと最初に感じたのは、まだ彼が大統領代行に就任した時で、彼が最初に行ったのが『大統領経験者とその一族の生活を保障するという大統領令に署名すること』だったことです。香川さんはどう思いました？」

香川は頷きながら答えた。

「いい点を押さえているな。エリツィン一族による汚職やマネーロンダリングの追及をさせず、引退後のエリツィンの安全を確保したものだったんだが、それだけエリツィンもろくでもない奴だった表れだな。そして、これはプーチン自身が大統領に就任し、やりたい放題のことをやって職を退いた後を考えていたんだ」

「就任前からすでに不逮捕特権の布石を打っていた……ということですか？」

「奴ほど旧ソ連共産党の本流で生きてきた者はいない。だからこそ、もう一度共産主義のトップに立つことを考えていたんだ」

「再度、共産主義革命を起こす……ということですか？」

「そうだな……そして本格的にその気になったきっかけが習近平の登場と、奴が実権を握るまでにやってきた、腐敗排除を名目にした多くの粛清だ。そして、それに加えてたまたまだったかもしれないが、中国が開発した新型コロナウイルスの世界中への蔓延だった」

「やはりあれは中国が開発した人工的なウイルスだと思っていらっしゃるのですか?」

「ウイルスが漏れだした武漢の研究所にはアメリカやフランスも投資していたから、一概に中国だけを責めるわけにもいかないだろうが、発生源があの悪名高い『中国科学院武漢国家バイオセイフティラボ』だったことは世界中の細菌学の科学者なら誰もが知っていることだ。これは片野坂の考えとも一致する。しかし、その結果、そのウイルスで最大の被害を得たのが不運にもアメリカだったことで、中国は対米対策に妙な自信を持つようになってしまったんだ」

「アメリカ、恐れるに足らず……ということですか?」

「中国国内での新型コロナウイルスによる死者数は、奴らが隠蔽し続けているから明らかではないが、アメリカ国内の死者数はあまりに突出しているからな」

「そうですね……でも、だからといって中国とアメリカがお互いに本気で戦争をしようとは思っていないと思いますが……」

「そうなると本当に第三次世界大戦に突入してしまう。ただ、海軍力は圧倒的にアメリカが優勢だから、中国としては大陸間弾道ミサイル、もしくは原子力潜水艦による中距離ミサイルを多用した戦いをするしかない」

第八章　サンクトペテルブルク

「さてと、ロシアでの第一弾を片付けに行かなければならないな」

　ＥＵ情勢とウクライナの戦況を詳しく確認した香川ら一行は、ターゲットを絞り込んだ作戦を立てていた。

「サンクトペテルブルクへの入り方はどうされますか？」

「二手に分かれて空路で入った方がいいだろうな。ホテルもわかれるが、エルミタージュ美術館見学を先にすれば、尾行も付きにくいだろう」

「現地で我々相互間の接触はなしですか？」

「そうだな。携帯だけにしておこう。今回はあらゆる手段を使って、現在建設が最終段階に入っているという、ロシアの準軍事組織『ワグネル・グループ』のデータベースに入り込むことだ」

「まだ工事途中なのですか？」

「建物は完成しているらしく、現在コンピュータ等の設置が行われているという情報だ」

「そんな情報まで入ってきているのですか？」

「これも片野坂情報だけどな。ロシアの建設技術等はまだ、日本と比べると未熟で、建設途中の警戒警備も手薄なのだそうだ。警視庁が警察署を建て替える際の各フロアにコンクリートを流し込む際の厳重警戒に比べると、笑い話のような手薄さらしい」

「警視庁の工事というのはそんなに厳しいのですか？」

「業者の選定や工事人のチェックだけでなく、盗聴機器や、裏電源等の設置を防止するため、ワンフロア毎に入念なチェックが行われるんだ。さらには外部からの盗撮等の防止を含めて、ガラス張りの建物などできるはずがないからな。それに比べて、ロシアの新たな建物はワグネル社も、もう一つのロシアの金蔓《かねづる》になっているガスプロム本社も、ガラス張りの社屋を造っているというからお笑いだ」

「ガスプロム……確かにロシアの対ヨーロッパ戦略の中心であることは間違いありませんね」

「まんまと騙されたのがドイツだったんだが、その中でもメルケルが確信犯だったのか、プーチンに本気で惚れてしまったのか、プーチンの悪を見抜くことができなかったからな」

「ガスプロムもサンクトペテルブルクに本社があるのですか？」

「そうらしいな。ガスプロムの主要幹部はプーチンがＫＧＢ時代にリクルートした旧東ドイツのスパイだったわけだからな……ワグネル社のついでにガスプロムのサーバにも侵入してみるか」

香川が笑って言った。すると、望月が呟くように言った。

「ガスプロムはともかく、ワグネル社と言えば、ドミトリー・ウトキンですね……」

その顔つきを見た壱岐が訊ねた。

「ドミトリー・ウトキンというのはどういう人物なのですか？」

「旧ソ連の特殊任務支隊（ＧＲＵ麾下《きか》のスペツナズ）の司令官を務め、その後、香港のスラヴ軍団に所属していた男だ」

「スペツナズですか……『ゴルゴ13』で読んだことがあります。スーパー特殊部隊ですね」

「スペツナズの残虐性はピカ一だっただろうな。そもそも『ワグネル』という組織名こそ、アドルフ・ヒトラーが好んだ作曲家ワグナーを意味しているのだからな」

「ベトナム戦争映画でもワグナーの曲『ワルキューレの騎行』が使われていましたよね。タイトルが翻訳ミスであるという指摘もあった映画でしたが……」

『地獄の黙示録』の『地獄』だな……。本来なら『現代黙示録』なんだろうが、歴史を知らない翻訳家の手にかかると、意味の分からないタイトルや内容になってしまうものだ。あの映画も、実は反戦映画で、監督のフランシス・コッポラはベトナム戦争がアメリカの八百長戦争であることを知っていたのだろうな」

香川の話に白澤が首を傾げながら訊ねた。

「私はその映画は知りませんが、ワグナーはロマン派オペラの頂点であるとともに、楽劇の創始者であることで有名です。そして、彼の反ユダヤ的思想は、ヒトラーがワグネリアンであったことと相まって、のちにナチスに利用されたんです。現在でもイスラエルではワグナーの楽曲がタブー視されており、公に演奏されることは許されていないのも事実です」

「そうなのか……知らなかったな。さすが音大出だけのことはあるな……それにしても『ワグネリアン』という言葉まであるのか？」

「ワグナーの時代は音楽界でも当時ブラームス派とワグナー派と二派に分かれていたようですが、唯我独尊とされるワグナーが、同時期に活動していたリストには唯一無条件で従っていたようです」

「小学校の音楽で習って、今でも知っている有名人ばかりだな。それにしてもワグナーがそんなに立派な人だとは知らなかった。俺がまともに知っているのは『タンホイザー序曲』くらいのものだからな」

「それなら、今後のために、さきほどの『ワルキューレ』が入っている『ニーベルングの指環』は知っておいた方がいいですよ。一般の歌劇場では間隔をあけて六日間以上上演される、実質的に音楽史上最大規模の作品なんですから」

「六日以上？　そんな曲を覚えられるわけないだろう。お前さんは通しで聞いたことがあるのか？」

「もちろん。ドイツで音楽を学ぶ者は必ず一度は行くであろう、バイエルン州にあるバイロイト祝祭劇場で行われる音楽祭で演じられます。そもそも、この音楽祭もワグナー自らが『ニーベルングの指環』を上演するために創設した音楽祭で、ここで上演されるのはワグナーのオペラ作品に限られているんですけど……」

「そうか……そんなにファンも多いのか……」

「先にも言いましたが、ワグナーは演劇と音楽によって構成される舞台芸術の楽劇の創始者で、オーケストラ・ピットを舞台の下に押し込めるという特異な構造を創ったのもワグナーなんです。香川さんたちが大好きな『ゴルゴ13』の原作者である『さいとう・たかを』さんが『劇画』の創始者なのと同じなんですよ」

「おお、そう比較されると偉大さがわかるな……。そうかそれほどの人物だったのか……」

香川が素直に反応したのを見て、白澤が嬉しそうに微笑むと、これを見ていた壱岐がため息交じりに言った。

「警視庁公安部の奥深さの一端を目撃したような気がしました。ロシアの準軍事組織である『ワグネル・グループ』の話題だけで、ここまで学問的になるんですね」

するとと白澤が肩をすぼめながら言った。

「ついでの話なのですが、サンクトペテルブルクにあるエルミタージュ美術館の『エルミタージュ』とは『隠れ家』を意味するフランス語なんですが、先ほど話題に出たバイエルン州バイロイトに一七五三年に建てられた宮殿もエルミタージュというんですよ」

「参りました。そうか……確かに『隠れ家』という意味でした。ロマノフ王朝八代皇帝のエカチェリーナ二世のコレクションが増大し過ぎてできたのがサンクトペテルブルクのエルミタージュ美術館ですよね。勉強になります。勉強ついでにサンクトペテルブルクで美味しい料理はご存じですか？」

「ロシアだけでなく、東欧の食べ物の質の低さに関するジョークはたくさんあります。その中には『これよりお粗末で健康によくない料理はない』というものも……」

「やはりそうですか……」

「特にロシア料理の食堂には行かない方がいいと思います」

「そんなにひどいのですか？」

「そうですね……ロシア料理の代表選手、ビーフストロガノフの発祥の地は、サンクトペテルブルクのストロガノフ宮殿の中にある『ルスキー・アンピール』ですが、日本で食べる方が美味しいと思いますよ。サンクトペテルブルクのレストランで主に提供される料理は、バルト海のサーモン、ラドガ湖のナマズ、ウナギ、チョウザメのシャンパン煮等ですが、ロシアでは珍しく肉よりは魚なんです。でも、わざわざ食べに行く価値があるかどうか……ですね。それに、ウクライナ侵攻の影響で西側の店の多くは閉めていると思うんです」

「そうですね……」

食の話になると香川が積極的に参加した。

「屋台のようなものはないのか?」

「なにしろ寒い土地柄ですから、屋台文化はありませんね。ただ、市民のファストフードとして楽しまれているのが、ロシア風ドーナツのプィシカなんですが、香川さんはハワイのマラサダをご存じなので、その差に驚かれると思います」

「甘いものもダメか……」

「五月頃ならば唯一キュウリウオのフライがあるのですが、今は密漁でほとんど捕れなくなってしまったと聞いています」

「そうか……何の楽しみもないのなら、さっさと本業に打ち込んで、早々にロシアを抜け出す方が賢明かもしれないな」

「それがいいと思います。仕事を終えてパリでキャビアとウォッカで祝杯を挙げるのもいいかもしれませんね」

「カスピアか？」

「本当によくご存じでいらっしゃること」

「キャビア専門の店があるんですか？」

「マドレーヌ寺院の近くにある高級なキャビアの店だ。一言で言えば『大人のレストラン』なんだが、以前行った時には孫を連れた、いかにもリッチそうな老夫婦がベルーガの一番デカいのを食べていたな」

「コストパフォーマンスはどうなんですか？」

「本物の最高級のキャビアにコストパフォーマンスを求めるのは無理な話だ。一度経験しておくのもいいかな……という店だな。ま、サンクトペテルブルクの結果如何だな。そうと決まれば、早速動くとするか」

　翌日、四人はボンからフランクフルトまで約二時間を鉄道で移動した。

　直通の鉄路では入国時のチェックが厳しいことが予想されたため、比較的入国者が多い、世界最大級の空港の一つであるフランクフルト空港から、ルフトハンザ航空を使用してフィンランドのヘルシンキ・ヴァンター国際空港経由で、鉄路、カレリアントレインズを利用してサンクトペテルブルクに入った。フィンランド、ロシア間の往来では査証が必要となるが、列車の速達化のためパスポートや税関のチェックは列車内で行われるため、時間の節約にもなった。フランクフルトからサンクトペテルブルクへの直行便も存在するのであるが、ロシアによるウクライナ侵攻後、ロシア上空を通過するルートによる運航ができないだけでなく、EU諸国、アメリカ等三十七の国と地域がロシアへの飛行禁止の措置を取っていた。

サンクトペテルブルクでの日程は一週間を予定していた。

「一週間は短いですね」

「今回はドンパチやるわけではないからな。奴らのサーバに入り込むことが目的だ。ガスプロムは相当難しいだろうが、ワグネル社の代表は所詮『プー太郎の料理長』と呼ばれていた男の会社だからな」

「プリゴジンですね。中東でも『死の商人』として有名な奴でしたよ。シリアの政府軍にも傭兵を送っていたと思われます。装備品と残虐さは政府軍の比ではないことが現地で囁かれていたのです」

「『ハシャムの戦い』だな」

「よくそんな戦いまでご存じですね」

「プリゴジンは仕出し屋からスタートして民間軍事会社まで創りあげた野郎だが、その間には窃盗、強盗、詐欺、未成年者を犯罪に巻き込んだ売春容疑等で十二年の懲役刑を宣告され、九年間刑務所で過ごした奴だからな。そんな奴が超大型犯罪組織を創った背景にはプー太郎の存在がある」

「そうですね。最近、その傭兵には、囚人や犯罪者が増えているようですね」

「いくらロシアがろくでもない国家であっても、服役者を集めて現地に送り込むという形での仮出所は認められていないはずなんだ。ということは、そういう連中を他国に送り込んで殺戮させているプー太郎は、最早、国家のリーダーとしての存在意義がないわけだ。しかも、一時期、プー太郎は本気で日本に侵攻しようとしていた……という情報もあったくらいだ。そんな民間軍事会社を徹底的に破壊しても、プー太郎以外、誰も文句は言わないだろう」

「日本侵攻まで考えていたのですか？」

「確かな筋からの情報だからな。サハリンから北海道を狙っていたのかもしれないな」

「とんでもない話ですね。これもまた対日有害活動の排除事由……ということですね」

「そうだ。ここだけは早い時期に何とかしておかなければならない」

「私も、ワグネル社は世界的な違法殺戮犯罪組織と考えていますし、それを平気で使っているロシアという国には完全に愛想をつかしています。私たちが直接奴らに手を下すわけではありませんが、地球上から排除してもなんら問題がない組織であることは疑いのないものだと確信しています」

「望月ちゃんにしては久しぶりに過激な発言だが、俺も、考えは同じだし、片野坂が進めているドローン部隊のターゲットも、正規のロシア軍ではなく、ワグネル社の傭兵とそれを動かしている一部の軍トップなのだろうと思っている。ロシアのウクライナ侵攻から既に八か月が過ぎて、ロシア国内には厭戦の空気が出始めてもおかしくない。特に若い大学生や彼らの親にとって、自分の子どもを戦地に送らなければならないことを考えると、本音の部分で誰のための戦争なのか……を考え始めてもいいころだと思っている」

「当面の目標はサンクトペテルブルクに新たに本拠地を構える二つの企業で、双方ともプーチンの財布であり、ボディーガードであるわけですね」

「そうよ。そこをどういう形で崩していくか……それには内情を早急に把握して、その問題点にメスを入れるところから始めなければならないわけだ」

「アメリカ大統領やEUの諜報機関ではなく、日本の公安警察がそれをやるというのも面白いものですね」

「それが本来の公安なんだよ」

香川が明るく笑って言った。

サンクトペテルブルクはソ連崩壊後、住民投票によってロシア帝国時代の名称に戻ったが、州名はいまだレニングラード州となっている。共産主義の源流であるマルクスと同様、「レーニン」の影響から抜け出すことができない現在のロシアの政治体制を反映しているといえる。

サンクトペテルブルクの冬はモスクワよりも暖かいが、二月は可照時間が増えてくるにもかかわらず、最も寒い。過去最低気温はマイナス三十五・九度、過去最高気温は二〇一〇年に記録した三十七・一度と、寒暖の差が激しい。このため、トロリーバス以外の電線などは、通常地下に埋設されている。

香川たち四人は二つのホテルに分かれて宿泊し、四人は一週間の日程で原則的にバラバラに行動した。

香川は単独で「ＰＭＣワグネル・センター」と呼ばれているワグネル社の公式事務所予定地に向かった。

ガラス張りのオフィスビルには、「ＰＭＣワグネル・センター」と施設名が白字で大きく掲げられ、ビル内では、工事関係者の他、迷彩服を着たいかにも軍人らしい男たちが廊下を歩いているのが見える。

「丸見えか……」

香川はワグネル・センター周辺の電話線の設置状況等を確認した。ガスプロムが入っているラフタ・ツェントル地区とは異なり、ワグネル社は旧来の市街地に建設されていた。

ワグネル・センターと通りを挟んだ古いビルに入ると地階に降りた。電源室等を探すためだった。香川は今回の出張が決まった時、六年前に国土交通省が都市インフラ向上のための日本の参入に関して、サンクトペテルブルクで、サンクトペテルブルク市・対外関係委員会の委員と日本の国土交通審議官を始め、建築設計事務所やメーカー、シンクタンクといった日本企業関係者らと会合を開いて意見交換を行ったことを知り、その際の協議資料を入手していたのだった。

サンクトペテルブルクの地下鉄が地表から世界一深いところを走っているのは、何もない湿地帯に人工的につくられた都市であり、地表から岩盤までが極めて深いからである。また、これら地下鉄網は核攻撃の際のシェルターとして建設されたものでもある。日本の近代建築技術でサンクトペテルブルクに高層ビルを建てる許可を得ようとすると、十メートル四方に柱を最低四十本以上打ち込まなければならない。

なお、サンクトペテルブルクの建築物は一九九〇年に「サンクトペテルブルク歴史地区と関連建造物群」として世界遺産に登録されており、その結果多くのインフラ問題を引き起こしている。香川は、三百年程度の歴史しかない石造りの建物が世界遺産に登録されたことは、UNESCO関係者にかなりの裏金が動いたことを示唆していると考えた。

この周辺の旧来のビルの地階は、ほとんどが業務用には活用されていない。あまりに湿気が多く仕事に向かないからである。その分、電気室等の機械が多く置かれている。セキュリティ対策は全く行われていない様子だった。

電源室と電気室はすぐに発見できた。さらに旧式の電話交換機も見つけることができた。

「懐かしい機械があるな……都内では昭和後期になくなっている種類のものだな……」

配電盤や電話交換機の表扉を開けて、香川は妙なノスタルジーに浸りながら、かつて公安部のイリーガル部門で活動している時に某大学構内の電話交換機から敵セクトの回線に侵入して通話傍受したことを思い出して呟いていた。

「あれは盗聴ではなく『秘聴』というものだったな」

適正手続きを経ずに入手した証拠は当然ながら違法収集証拠であるため、法廷での証拠能力は一切認められない。しかし、そこで入手した情報を参考として、新たな証拠を見つけ出すことは容易だった。本来なら違法の連鎖に基づく証拠収集は認められないものであるが、全く異なる経緯を作り上げれば済むことだった。それを如何に真実の如く文書化するかが、情報マンとしての資質だった。そのための第一が尾行を始めとする行動確認技術能力の向上だった。行動確認の基本は何といっても面割能力であり、顔だけでなく、姿勢や歩き方、タバコの吸い方や、その消し方まで、ありとあらゆるターゲットの癖を摑むことだった。追っかけのプロともなればターゲットの後ろ姿の肩の部分を見ただけで判断できる強者も存在した。

一旦電話回線を入手してしまえば、そこを起点として敵のアジトの電話回線に入り込むことは比較的容易だった。現在、多くの情報通信は携帯電話によって行われているとはいえ、インターネット等を活用したコンピュータ通信においてはそれなりの国家をバックに持つ情報機関では通信内容はほぼ解明される。暗号化や、仮想デスクトップを使用したとしても、まるでイタチごっこをしているかのように解明されてしまうのが現状だった。特にサンクトペテルブルクのようにインフラ整備が遅れている土地柄の情報通信は、日本の総領事館が行っているように、屋上にパラボラアンテナを設置して、独自の人工衛星を使ったデジタル通信が普通に行われていた。

しかし、香川は「ガスプロムにしてもワグネル社にしても、独自の人工衛星通信で連絡を取り合うような会社じゃないだろう」という考えだった。ガスプロムが世界一のエネルギー企業であったとしても、海外との取引は人工衛星を使用したものかもしれないが、国内のサンクトペテルブルクとモスクワ、西シベリア、極東の樺太との通信に独自の人工衛星を使用しているとは考えにくかったからだ。日頃から世界中の無法地帯で動いているワグネル社に関しては言うまでもない。

香川はワグネル社が入っているワグネル・センター前のビルの電話回線に独自の通信回線を取り付けてビルを出た。そして、次に彼が行ったのは警察庁警備局主宰の「情報専科」で学んだあらゆる情報収集技術の発揮だった。こういう時の香川は身内が見ると実に嬉々としている。しかも、アメリカ合衆国モンタナ州のイエローストーンに点在する間歇泉のように次から次へとアイデアが湧き出てくる。

彼は早速、ワグネル社内でうろついている男たちの中から一見して軍人ではなさそうな者をターゲットに選んだ。すぐに写真撮影を行うと、近くの道路に停めてあるドイツ製のバイクを盗んだ。盗むといっても香川にとっては「使用窃盗」という違法性阻却事由であるかのような当然の行為であり、「後で返しておけば問題ない」くらいの感覚である。小型監視カメラに先ほど撮影した社員らしき男を登録して、その男が表玄関から出てくるのを待った。

小一時間で監視カメラに装着しているセンサー音が鳴った。香川はゆっくりとした動作で監視カメラを回収すると、男の姿を確認してバイクのエンジンを起動した。この移動式簡易監視カメラシステムも片野坂や彼の仲間たちと一緒に独自に開発した試作品だった。男はロシア製の古ぼけた車ではなく、新型のＢＭＷに乗り込んだ。ＢＭＷとの間に二台の車を挟んで香川の追尾が始まった。三十分ほど市内を走って、ＢＭＷは真新しい高層住宅と思しき建物の地階駐車場に車を入れた。香川はバイクを建物脇に停めてセキュリティが完備されている駐車場のドアが閉まる前に建物内に滑り込んだ。高層住宅と言っても、サンクトペテルブルクの土地事情から駐車場は地下一階だけで、五十台ほどのスペースしかない。

男がBMWを降りてエレベーターに向かうのを確認して、香川は後を追うと、同じゴンドラに乗り込んだ。同時に男が押したエレベーターの停止階を示すボタンを確認して、その上の階を押すように頼んだ。ホテルのエレベーターに限らず、ほとんどのエレベーターセキュリティシステムは限定階だけでなく、その上下階についても反応する。

「グーテンターク」

ドイツ語でさりげなく挨拶をすると男も笑顔でこれに返した。

男は十五階でエレベーターを降りた。そしてエレベータードアが閉まりかけた寸前で香川は開扉ボタンを押して、男の動きを確認した。外見は割と立派な建物であったが、ビル内の装飾は粗末だった。

「所詮こんなものか……」

中国で何度も同じような造作を経験しているだけに、現・旧共産主義諸国の住宅建築技術の程度を見透かしたかのように眺めていた。男が入った部屋を確認して、十五階フロアを歩いてみるとワンフロアに十軒が入居している。

「たいした広さじゃないな。日本の3LDKというところか……」

壁の厚さを確認してもコンクリートではなく鉄骨であることがわかる。扉の鍵を確認する。「こりゃ二十数年前の賃貸アパートと変わらないな」香川は普段から持ち歩いているピッキングセットから三本の道具を取り出しドアに耳を当てて在宅していなそうな玄関扉の鍵穴に差し込んだ。解錠するのに十秒とかからなかった。室内を確認する。その部屋は3LDKではなく2LDKだった。家具や調度品はいいものが置いてあった。そしてリビング入り口にあるインターフォンを確認する。

「安っぽいな。この部屋でマンションの玄関扉を解錠することにしよう」

インターフォンの表蓋を開けると、香川は二本のコードを接続して小さな器具を装着し、オートリモコンの周波数確認を行った。マンションの玄関扉は何事もなかったように開扉した。

「好きだな、サンクトペテルブルク。日本の泥棒たちに教えてやりたいくらいだ」

室内を適度に物色して、この部屋の主と家族の名前を確認して、香川は玄関から外廊下に出ると何事もなかったかのようにピッキングで玄関扉の鍵を掛けた。地下の駐車場に戻ると、香川は男が乗っていたBMWの後部バンパーに発信機を仕掛けて一階の玄関から堂々と建物の外に出て、周囲を警戒しながらバイクを元あった場所に返却すると、ホテルに戻った。

香川と同じホテルに泊まっているのは壱岐だった。壱岐の携帯に電話を入れた。

「あ、香川さん。ワグネルはいかがでしたか？」

「初日だからな、いろいろ準備はしてきたが、そっちはどうだった？」

「思った以上にセキュリティが厳しくて、現場確認と外部からの撮影だけに終わりました」

「ふーん。ターゲットの選定はできなかったのか？」

「高級車に乗っている連中だけ写真撮影をして、現在、照会中です」

「ガスプロムの幹部に関してはある程度公になっているんだが、それ以外の連中ということなんだろう？」

「はい。香川さんが持ち込んでいた監視カメラによる面割技術で、十数人は確認できました」

「追っかけはやっていないのか？」

「何しろ、こちらには移動手段がありません。車のナンバーは確認しましたが、その先は……」

「そうか……望月ちゃんと連絡をとって、三十分後にこのホテルの裏手の道路で待ち合わせをしようじゃないか。壱岐君はバイクの運転はできるんだろう？」

「はい。特殊な運転操作はできませんが、それなりの運転はできます」

「別にウィリーや、ハングオンしたり、トム・クルーズのようにジャンプ台から跳ぶ必要はないよ」

「バイクがあるのですか？」

「いっぱい落ちているじゃないか。盗むのではなく、ちょっと借りるだけだよ」

香川は笑いながら言った。

三十分後、壱岐と望月が待ち合わせ場所にやって来た。香川が両腕を広げて壱岐に向かって言った。

「ほら、こんなにたくさんのレンタルバイクがあるじゃないか」

「これをレンタルバイクというのですか？」

「すくなくとも公安部の作業班の間ではそう言うな。ちょっとだけガソリンは頂いてしまうが、たいしたことじゃない。元あった場所に戻してあげてさえいれば、持ち主もホッとするもんだよ」

「なるほど……と、納得してしまう自分が可笑しいのですが、公安の方の発想というのはそういうものなのですか？」

「公安だけじゃないさ。マル暴担当でも、捜査二課でも、情報を司る立場の者は、最低限の違法行為を行わなければならない時があるんだ。今、この場でこの男を逃がしたら、後々の捜査経済上、多大なる損害が出てくる場合があると判断される時だ」

「捜査経済上……確かによく聞く話ではありますよね」

「そう。これは金だけの問題ではなくて、一番大事なのは時間のロスなんだ。一人を見失ったことで、その後、どれだけの人員を使って、どれだけの期間捜査活動を行わなければならないか……それを瞬時に判断するのが情報マンなんだよ。どこの国に行こうが、どんな場所であろうが、まず、自分自身が現場離脱する時の最善の方法を考えて行動するのが情報マンだ。とくにそれが公安マンの場合には、昔流行った台詞じゃないが『我が命、我がものと思うべからず』なんだよ」

「それが公安マンですか……」

「基本の『キ』だな。あの白澤ちゃんだって、最初にそのことは理解させている。だから彼女は今でも大型バイクを乗り回しているんだ」

「そうだったのですか……。白澤さん、現場では何もおっしゃいませんでしたけど……。もちろん、一緒に動いたわけではありませんが……」

「彼女は何をしていた？」

「しきりに地下駐車場や、マンホールを気にしていらっしゃいましたね。なにしろ新しい臨海開発地域ですから、古い建物が周囲に何もないんです。しかも公共交通機関の駅も遠いんです。それと建物の写真をたくさん撮っていらっしゃいましたね」

「なるほどな……通信ケーブルの場所とパラボラアンテナを探していたんだろうな。ガスプロムとクレムリンの間には必ずホットラインがある。これはワグネル社も同様のはずだ。これを押さえることの重要性を彼女は知っているんだよ」

「ホットラインか……確かにそうですね……一番確実なのはケーブル……つまり有線ですよね」

「そのはずだ。新しいガスプロムの社屋は沿海地域西部の歴史的郊外居住地の一つであるラフタの外れの埋め立て地だから、新たな地下ケーブルが設置されているはずだ。そこを見つけることができるかだな」

　そこに白澤から電話が入った。

「おう、白澤ちゃん。ガスプロム要塞はどうだった？」

「新たに造成された干拓地ですから、地下ケーブルの配置が今一つ摑めません。ただ、情報によると、ガスプロムは当初サンクトペテルブルク市内の中心地近くに建設をしたかったようなのですが、そこが世界遺産になっている風致地区だったことで、結果的に現在の場所に移ったそうです」

「うん、それは俺も聞いているが、それが何かヒントになるのか？」

「サンクトペテルブルクの地下ケーブルは地下鉄の線路に沿って埋設されているのです。となれば、最も近い地下鉄駅、もしくはその沿線から延びていると考えられます」

「なるほど……サンクトペテルブルクの地下鉄で最も新しく、しかもガスプロムの新社屋の近くとなると、二〇一八年に開催されたサッカーワールドカップの会場となったクレストフスキー・スタジアムがあるクレストフスキー島だな。そこの地下鉄というと……」

香川は広げていたサンクトペテルブルクの地図を確かめながら言った。

「ネフスコ‐ヴァシレオストロフスカヤ線のゼニト駅だが……おそらく、地下ケーブルの地下鉄の最終地点はそのもう一つ先、この路線の終点に当たるベゴヴァヤ駅だな……確かにガスプロムの新社屋があるラフタ・ツェントルのまん前だ」

「香川さんは、もうサンクトペテルブルクの地理を覚えてしまったのですか？」

「ターゲットの周辺はだいたい把握している。そうか、地下ケーブルと地下鉄を結び付けて考えていなかった……さすがはヨーロッパ暮らしが長い白澤ちゃんだな。明日、俺もその辺りを覗いてみるかな……何か面白いものが見つかればいいんだが……」

「海底地下ケーブルの入り口となると、地下鉄工事の延長ではないと思いますが……」

「それはそうだが、この地下鉄ネフスコ‐ヴァシレオストロフスカヤ線工事は、当初の予定よりも十年近く遅れたんだよ。二〇一八年のワールドカップも開幕に間に合うのかどうか、ギリギリまで問題視されていたんだ。だから、地下鉄工事を完成させたうえで、そこから新たな横穴を小型のシールドを使って掘ったに違いない」

「横穴……ですか……。その終点の駅から、さらにラフタ・ツェントルまで地下鉄を延伸させることは考えていなかったのでしょうか？」

「それは日本人の発想だな。交通機関をなんでも結びつけたくなる。ラフタ・ツェントルは国家機密の塊なんだ。そこに公共交通機関を結び付けるような愚は犯さない。都内の地下鉄だって皇居の下を通すようなことをしないだろう?」

「確かにそうですね……ガスプロムは国家機密なんですよね……」

「プー太郎の国家戦略の基本に位置するんだからな。ロシア最大のドル箱……いやルーブル箱企業だ。それよりも望月ちゃんたちとは一緒に動いているのか?」

「いえ、三人共移動はバラバラですが、今日はたまたまラフタ・ツェントルの下見が重なったのです。私は地下ケーブル担当、望月さんはガスプロムの要人担当、壱岐さんは系列子会社と金融担当です」

「なるほどな……いい狙い目だ。壱岐君の初仕事でもあるからいい結果が出ることを祈るしかないな」

　香川が言うと望月が答えた。

「極めて近い将来、日本だけでなくヨーロッパ全域に影響を及ぼす将来のためにも、全力を尽くします。ところで、香川さんの方は如何でしたか?」

「まだ布石を打った段階だ。これからいろいろ策を講じるつもりだ」

「もう、布石を打ったのですか?」

「まあ、当たるも八卦当たらぬも八卦だけどな。昔を思い出してできる所から始めたに過ぎない」

　これを聞いた白澤が笑顔で香川に言った。

「なんだか、今の香川さんを見ていると、私たちの最初の仕事の頃を思い出します」

「俺が傭兵のトレーニングをさせられた時のことか？　あの時は本当に死ぬかと思ったよ」

　初めて聞いた壱岐が訊ねた。

「香川さんも、あの傭兵の訓練をされたのですか？　大変だったのではなかったですか？」

「俺は機動隊の経験もなかったから、砂漠地帯を走るのだけは辛かったな……ヘリからの戦闘降下、ＳＡＴでは振り出しリペリングというんだが、いい歳してやるもんじゃなかったよ。マシンガンを撃つのは面白かったが、最初は的に全く当たらなかった。マシンガンの反動で、空中で身体が後ろに押されるんだからな」

「ヘリコプターから飛び降りながらマシンガンを撃つのは、両脚にロープが食い込んで大変でした」

「ああ、訓練とはいえ、実戦とほぼ同じだ。殺るか殺られるか……その真剣さは本気だったな。実戦なら『今死んだんだ』と何度か思ったが、そのうち本当の殺意というものがわかってくるんだ」

「殺意……ですか？」

「傭兵というのはそういうものだ。所詮鉄砲玉なんだよ。相手を倒してなんぼの世界だからな。基本給の上にさらに歩合制で殺った数に見合った報酬が与えられる。それなりの給与は与えられるが、常に死と背中合わせだ。簡単に死んでしまえばそれで済むが、重傷を負って後遺症が残った時の保険をかけようにも、それを受けてくれる保険会社が極めて少ないため、高額な保険料も払っておかなければならないからな。決していい仕事ではないし、孤独な奴が多いような印象だったな」

「そうですよね。でも、アメリカの研修では傭兵希望の女性もいたのですが」

「相当変わった奴なんだろうな。とはいえ、傭兵の中ではスナイパーは味方の援護も兼ねているから重要なんだ。かつてのソ連軍はスナイパーに多くの女性軍人が就いて、驚くべき実績を挙げていたんだ」

「女性がスナイパーなのですか」

「女性特有の我慢強さが適性になっているんだろうな。しかし、今のワグネル社では女性の傭兵は極めて少なく、看護要員のような形らしい。何の看護なのか、奉仕なのかわからないけどな」

「それはどういうことですか？」

「ワグネル社のトップは売春容疑での逮捕歴もあっただろう？　かつての日本軍がやっ

ていた従軍なんとか……というものさ」

これを聞いた白澤が顔をしかめて一言つぶやいた。

「酷い……」

「しかし、それが現実さ。ワグネル社の内部情報を調べてみればわかるさ」

「それを見つけてどうするのですか？」

「後々のためだな。プー太郎の悪を、野郎が死んでから暴露してやるのさ。そして、ロシア国民が如何に愚かな男に騙されていたのかを世に問うてやるのも、公安の仕事の一つだ」

「大日本帝国の国民が大本営に騙されていたようなものですね」

「まさにそのとおりだな。あまりに多くの犠牲の上に日本は敗戦となったが、そうでなければ今の日本はなかった……ということだ。政治家がパフォーマンスとして靖国神社参拝をすることはあえて否定しないが、そこに戦争犯罪人を合祀してしまった阿呆な宮司がいて、それを昭和天皇も悔やんだことを忘れてはいけない」

「香川さんって、ある意味でロマンチストでもあるのかしら」

「靖国問題のどこにロマンがあるんだ？　阿呆な政治家に踊らされてしまった、罪もない多くの善良な国民の犠牲の上に現在があることを忘れてはいけないということだ。そして、その過ちに近いことを、ロシアではプー太郎という一人の思い上がりでやっているんだ。さらに、その同志的存在である中国の習チンピラにもいえることで、その双方が日本を敵として攻撃しようとしている現実を、国民は知るべきなんだ。その意味で言えば、日本の政治家の中で、その二人にすり寄っていた実力者と呼ばれた者は、今こそ襟を正さなければならないし、その一人はマニアックな反カルトに殺されてしまったんだな」

「そう言われると、確かにロマンチストではないですね。孤高なまでのリアリストなのかもしれませんね」

「俺は決して孤高ではないぞ」

香川が笑って言った。

第九章　片野坂の訪欧

香川たちがサンクトペテルブルク行きの準備を始めた頃、片野坂はNSB上席調査官のレイノルド・フレッシャー、NSA幹部一名と共にドイツで最も古い大学ループレヒト・カール大学で知られるハイデルベルクに来ていた。

ここにはNATO軍の作戦連合のブルンスム統連合軍司令部のうち、管区内の地上部隊を統括・指揮するハイデルベルク連合陸上部隊司令部がある。この年からアメリカ陸軍第五軍団はドイツに展開し、すでにヨーロッパに展開していた前線部隊に加わり、ヨーロッパにおける追加の指揮統制能力を提供していた。アメリカ陸軍だけで構成されているこの部隊には、日本の自衛隊員も海賊対策のためのNATOの訓練で参加していた。二〇一八年に日本はNATO日本政府代表部を開設し、二〇二一年から日本はNATOの「グローバル・パートナー国」と位置付けられている。これに先立ち、自衛隊はローマにあるNATO国防大学の上級コースへ自衛官を留学させている。

アメリカ陸軍第五軍団会議室に通された片野坂らは、現地のトップである中将ら、現場担当者と面会した。アメリカ欧州軍司令官は陸軍大将であるが、この部隊のトップは中将だった。相互の紹介を行った後NSA幹部が切り出した。

「電話でも話したとおり、面白いものを見せたいと思って、ここまで飛んで来たんだ」

「想像を絶する武器というが、ウクライナですぐにでも使うことができる武器なのか」

「そうでなければわざわざ来ないさ。しかも、この武器の設計者まで同行してもらっている」

「しかし彼は軍人ではないのだな」

「彼は日本の警察庁警備局からイェールに留学し、そのままNSBで三年間勤務したエリートだ」

「NSBか……しかし、NSBがどうしてNSAと繋がっているんだ？」

「彼のNSB当時の同僚がレイノルド・フレッシャーなんだ」

「なに、あのMad Dogフレッシャーか？」

これを聞いた片野坂は、友人のフレッシャーが「マッド・ドッグ」の異名を持っていることを初めて知って、苦笑していた。アメリカでこのあだ名が付くことは決して悪いことではない。特に軍隊においては「戦う修道士（Warrior Monk)」とも呼ばれていた、第二十六代アメリカ合衆国国防長官のジェームズ・マティスも軍人としての名声に由来する渾名として、マスコミの間でも「Mad Dog」と呼ばれていた。

「ウエストポイントの首席がFBIに入ったことで有名だったが、NSAに入ってからはさらに軍事作戦では名を馳せるようになっているからな。そうかMad Dogフレッシャーの推薦だったわけだな。それなら余計に興味が湧くな。当然、実物も持ち込んでいるのだろう」

「サンプルとして一編成を持ってきている。あとは本人から説明してもらった方がいいだろう」

紹介された片野坂はパソコンを取り出し、沖縄沖で行った訓練映像を詳細に説明しながら見せた。軍幹部の驚き方は尋常ではなかった。

「すぐにでも本物の動きを見たいものだが、どこでできるんだ？」

「どこでもできると思いますが、あまり人目につかない場所の方が、今後のためにもいいかと思います」

「それにしてもHarvard EnglishではなくYale Englishというのか、実にネイティブイングリッシュだな。安心して聞いていられる」

「ありがとうございます。中学時代から英語の授業にネイティブの先生がいらっしゃって、テストで英語の歌を歌うこともありました」

「そうだったのか……それよりも、サンプルの一編成というのは何機のドローンを同時に使うんだ？」

「五十機です」

「おお、それが先ほどの映像のようにバラバラで動くのか？」

「バラバラというわけではありませんが、目標に向かって各々のコースを辿って時間差で攻撃をします」

「すると、目標が五十台の戦車とすれば、それぞれに一発ずつ落とせるのか？」

「誤差は三十センチメートルくらいはありますが、これまでの実験ではミスはありませんでした」

「テルミット弾はいくつあるんだ？」

「一応、アメリカで新たに二百発作ってもらいました。NSAのおかげで軍用機で運ぶことができたので助かりました」

「そんなに簡単にできるのか？」

「容器さえ作ることができれば、あとは缶詰工場のようなもので大量生産は可能です。一発の単価も十ドルあれば十分ですから」

「二百発で二千ドルか……。実験と言っては何だが、現地で試射することは可能か？」

「それは可能ですが、現地で私自身が操縦することは当然ながらできません。こちらで誰かラジコン技術に優れている人がいればいくらでも指導致します」

「そうか……至急、手配してくれ。テルミット弾は模擬弾を使っていいから。正確に目標に落とす訓練をしてくれればいい」

「システムは完成していますから、先行する監視ドローンで五十機それぞれの目標を設定すれば済むことです」

二時間後、三人の若い陸軍士官がやってきた。片野坂の説明を受け、すぐにトレーニングが始まった。さすがに陸軍のヘリコプター部隊の士官だけあって、プロポの使い方の覚えは実に早かった。あとはパソコンとの連動だった。監視ドローンから送られてくる画像から目標物を設定して、対応ドローンを指定する技を覚えるまでには数時間を要したが、十数回行っているうちに要領を呑み込んでいた。

「さすがですね」

「いや、そこまで簡単に動かすシステムだから、彼らもここまでできるんだろう。彼らも模擬弾だから遊び感覚でやっているが、実物の破壊力を見たら驚くことだろう」

そこまで言って現場の司令官の立場になった第五軍団長の後輩にあたる中将が若い陸軍士官のトップの指揮官に訊ねた。

「テルミット弾の予備はどれくらいあるんだ？」

「実験用がまだ十数発は残っています。いろいろ実験を重ねた結果、日本で試したものよりもさらにグレードアップしています。これにも片野坂氏の協力を得ています」

「そうか、それなら二、三発ずつでも三人に実際にやらせてみよう」

テルミット弾の改良には片野坂の意見が多く取り入れられていた。

司令官は最前線でロシア軍が放棄していった戦車の戦闘能力を確認するため、基地に三台取り寄せていた。

「性能はボロ戦車だが、外装は同じだ。これがテルミット弾でどうなるか見てみよう」

三人の若い士官にそれぞれ一台があてがわれ、訓練を兼ねた実験が行われた。

最初の士官が操縦を始めた。五十機を同時に飛ばして、そのうちの一機を戦車攻撃にあてた。間もなく、上空を旋回していたドローンの一機が目標の戦車目掛けて降下を始めると、上空三十五メートルからテルミット弾を投下した。数秒後、テルミット弾は目標の戦車の回転式砲塔の中心に命中した。その瞬間、閃光が走り、半径十メートル四方に弾が飛び散るとともに、戦車の砲塔を次第に貫いて戦車内で猛火を起こした。

「これは……もし、戦車内に弾薬があれば大爆発だな……」

司令官もその結果に驚きを隠すことはできなかった。

その後の二人も同様の結果を残した。

司令官は即断した。

「早速ハイデルベルク駅の南西二キロメートルにあるEhemaliges US-Airfieldからシュト

ウットガルトまで運び出して、そこから軍用機でルーマニアまで陸路で運んで、黒海ルートでオデーサに運び込む。そこからはウクライナ軍次第だ」

「荷物はそれでいいとして、私たちはどこまで一緒なのですか?」

「コンスタンツァまでだ。そこで作戦を立てる。ウクライナ軍の優秀なスタッフがオデーサにいる。彼らに実測させ、ターゲットを絞り込んで、ドローンの周波数と航続距離、敵の位置を考えてスタート地点を決めればいい。そこでアキラ、君は誤りがないように彼らに指導してもらいたい」

「敵の動きをまず確認してからのことですが、それはアメリカ軍も把握しているのではないですか?」

「衛星画像では見ているから概ねのことはわかるが、リアルタイムの情報となれば最前線からの連絡を待つのが一番だろう」

「確かにそうですが、オデーサから最前線というのは相当な距離があるのではないですか?」

「ウクライナ軍は今年四月にセヴァストポリでロシア黒海艦隊の旗艦、モスクワを沈めているんだ。それなりの動きはできるということだ」

「あれはトルコ製のバイラクタルⅡ(通称TB2)を使用したと言われています。いわゆる中高度長時間滞空型(MALE)無人戦闘航空機(UCAV)です」

「そのようだな。一機当たり二百万ドルと言われている。アキラが持ち込んだ一機十ドルと比べると、二十万倍の差があることになる」

「威力もスピードも、航続距離も全く違いますよ」

「しかし、アキラのマシンだと、撃墜されない限り何度も使用可能で、実弾は百万ドルあれば無尽蔵に作ることができるわけだ。俗にいうコストパフォーマンスなどと言うものではない、本当に桁違いの兵器ということになる。ともかく現地実験をしてからのことだが……」

話は一気に進んだ。

「早速、移動の手配を取ろう」

その日の夕方には片野坂が持ち込んだ五十機のドローンと片野坂本人もルーマニアのコンスタンツァに入り、ウクライナ軍司令官以下の士官と軍テクノロジー班と会議に入っていた。片野坂の立場は日系アメリカ人のＮＳＢ職員ということになっており、ドローンシステムは日本のコンピュータソフト会社が制作し、弾薬は日米共同開発によるものと伝えていた。

これまでＮＡＴＯやアメリカ、日本等の友好国から莫大な資金と兵器を与えられていたウクライナ軍幹部は、片野坂が持ち込んだお粗末な兵器に失望を隠せない表情をありありと浮かべた。しかし、少なくともＮＡＴＯ陸軍の最大部隊であるアメリカ軍の中将自身が同席していることもあって、片野坂のプレゼンを受けることに同意した。

一時間後、彼らの態度は明らかに変わっていた。

「これがジャパニーズ・マジックか……まさにウクライナでも一時期流行った『忍者』だ。天候を確認してすぐにでも実験をしたい。ターゲットは何がいいのだろう？」

これに米陸軍中将が答えた。

「敵の戦意を喪失させるような物がいいだろう。ロシア軍の新鋭兵器や武器庫、後方支援物資等が効果的だ。奴らの最新の動きはわかっているんだろう？」

「オデーサから中型ボートで海路を使ってマリウポリに向かい、そこからロシア軍の背後から攻撃をしてもらいたい」

片野坂が地図を見ながら答えた。

「クリミア半島を船で回るのですか？」

「ヘルソン・クリムラインの狭い海路を通るにしても、一部は陸路を通らなければならないんだ。クリミア大橋の下を通過する船は確かに入るが、軍艦でなければチェックポイントはないし、船の速力を活かせばこちらの方が時間を読めるんだ」

「そうすると攻撃は夕方……ということになりますね」

「その理由は？」

「あくまでも実験ですし、無事に帰還してもらうことを第一に考えたいのです」

「そうか……あくまでも今回は実験ということなのだな」

「そうです。本来は艦船対策として開発したシステムなのです」

「日本のコンピュータソフト会社が制作した……ということは、将来的に日本は戦争をするつもりなのか？」

「戦争ではありません。自己防衛策です。計算上ではこのシステムが六組あれば、日本近海に出没するロシア、中国、北朝鮮の悪しき三国同盟の潜水艦を含む艦船は機能しなくなります」

「それほどの力がこの兵器にあるというのか……」

ウクライナ軍司令官が再び首を傾げていたが、片野坂の説明に一切の誇張はないだろうと感じ取ったようだった。

その後、通信手段とドローンの使用手順を確認して先行ドローンを含む計五十一機のドローンを引き渡した。

三日後の早朝、ウクライナ軍の司令官から片野坂に連絡が入った。

「システムの操縦確認をしてもらいたい。実行は今夕予定だ」

「では、一時間後にこちらからリモートで操縦します」

片野坂は指定された複雑なアクセスコードを使ってウクライナ軍のサーバに接続すると、一応、サーバに簡単なハッキング技術を使って侵入し、内容を確認した。すると思った以上に多くの情報機関から情報を収集していることが確認できた。しかもその中にはロシアの情報機関の一部情報も含まれていた。

「なるほど……戦闘だけではそう簡単に負けない自信があったのだな……。しかし、予想以上にロシアの尋常ではない非道さに脅かされ始めた……ということか……。下手をすればモスクワにミサイルを撃ち込まないとも限らないか……」

幾つかのデータをこっそり盗みながら、片野坂はロシア情報部へのアクセスコードを確認していた。

時間が経つのは早かった。一時間の猶予を指定した自分の判断が間違っていないことに安堵しながら、片野坂はウクライナのオデーサ指令本部に準備完了の合図を送った。

オデーサ指令本部の副司令官からリモート試験の実施連絡が来た。片野坂は先行ドローンのエンジンコントロールスイッチを入れるように士官に指示を出した。片野坂のパソコンに先行ドローンに取りつけている三台のカメラ映像が映し出された。この映像はオデーサ指令本部の三台のパソコンでも同時に見ることができるように手配をしていた。

「クリアな画面だ。これが現在のマリウポリか……」

片野坂の言葉に呼応するように、操縦担当の士官が言った。

「それでは先行ドローンを起動する」

間もなくドローンの四つのローターが回転を始めたことが映像で確認できた。さらに片野坂のパソコンには現地の気象情報が民間NPOの人工衛星から直接届いていた。情報に基づき、ゆっくりと高度二十五メートルまで上昇させ、十秒間のホバリングを行った。映像のわずかな揺れで片野坂は現場の風向、風力を判断できた。ドローンをさらに五十メートルの高度まで上げて再び十秒間のホバリングを行うよう指示を出した。

その時、ドネツク州の現地から、目標場所の指示が入った。これを受けて士官は一旦北方に向けて上昇しながらドローンを進めた。速度は三十ノット、時速五十五キロメートル強のゆっくりとした速さで最終的に高度百五十メートルを水平飛行した。ロシアのウクライナ侵攻から八か月以上が過ぎ、かつては一時的にドネツク州の州都でもあったマリウポリの町並みの多くは瓦礫と化していた。

片野坂の気持ちの中にも久しぶりに「怒り」がこみあげてくるのが自分自身でもわかった。

地図を見ながらドローンをイリイチ製鉄所方向に向けた。『イリイチ』という『ウラジーミル・イリイチ・レーニン』の名称を冠していること（その後、同名の冶金学者の名前だと主張を変えたようだが……）に対して、片野坂は腹立たしさを覚えた。

「ウクライナの中途半端な対ロシア政策がこういう事態を招いたことも事実だからな……」

イリイチ製鉄所は無残な姿と化していた。開戦の翌月にはロシア軍はここを急襲していたのだった。そこからドローンは真西に方向を変えて速度を六十ノットに上げた。時速百キロメートルを超えてもドローンは安定した体勢を保っている。四十分足らずでロシアとの国境を越えた。国境には地図どおり「アップ・ヴェセロ・ヴォズネセンカ」と呼ばれるロシアの国境検問所がある。国境を挟んだ往復二車線の道路には車線を関係なくロシア軍の戦車と兵站補給用の車両が数キロメートルにわたって続いている。ロシア側国境にある公衆トイレには長蛇の列の軍人が見受けられたが、誰一人上空のドローンに気づく者はいなかった。

「見事な操縦だ。立派に偵察用ドローンの働きを見せている。おまけに画像解析度もさすがにメイドインジャパンだ。こちらで戦車を拡大してみても砲塔に顔を出している二人の要員のだらしなさがよくわかるし、顔も特定できるほどだ」

「とはいえ、ウクライナはこの時期までは、日が長いですからね。日本の最北端にある宗谷岬でさえ北緯四十五度三十一分二十二秒です。ウクライナの南にあるマリウポリの北緯四十七度七分よりも南にあるわけで、しかも、地球の公転面の垂線に対して地軸が約二十三・四度傾いているため、夏に太陽の方を向く時間が長いですからね」

「そうだな。ヨーロッパ各国はこの影響を受けているな。ここマリウポリでも、今日の日の出時刻は六時五十八分、日の入時刻は十八時三十分だ」

「そうなると、今日の夕方は何時頃を想定しているのですか？」

「午後六時にしよう。ちょうど、ロシア軍の連中もウォッカを飲み始めている頃だ」

「奴らは戦争の現場でもウォッカを飲んでいるのですか？」

「奴らの唯一のエネルギー源だからな。ウォッカでも飲んでなければやっていられない気分だろう」

「そうでしたか……ところで、今上空から確認したロシア軍ですが、傭兵の姿は見当たらないようですね」

「そんなことまでわかるのか？」

「ワグネルの傭兵の動き方は把握済みです。今回、この方面には派遣していないようですね」

「この地域では、傭兵の動きと、一般軍隊の動きはどう違うんだ？」

「ワグネルの傭兵は最前線の突撃部隊です。イリイチ製鉄所付近にも奴らの姿を確認することはできませんでした。そうなると今回のこの部隊はミサイル攻撃の後の侵攻部隊だと思われます。そうなると、ミサイル部隊を叩くことが先決だと思われるのですが、この一団にはその部隊も見受けられません。どこか違うところに配備されていると思いますが、把握されていないのですか？」

「ロシア軍のミサイル部隊や自走式多連装ロケットランチャー（ＭＬＲＳ）部隊は戦車部隊とは別行動なんだ」

「するとロシア領内から撃ってきている……ということですか？　報道でウクライナ国内から発射されるＭＬＲＳのＴＯＳ‐１『ブラチーノ』の映像は何度か見ましたが、その最新版のＴＯＳ‐２『トソーチカ』の姿はまだ見ていません」

「ＴＯＳ‐２の量産が始まっている……という情報は我々も得ている。ＴＯＳ‐１は射程が最大でも三千五百メートルと比較的近距離だが、ＴＯＳ‐２のそれは六千から一万二千メートルと伸びている。ワグネルの傭兵がいるとすればＴＯＳ‐１を使っている戦闘地……ということになるだろうな」

「その分析はできていないのですか？」

「我々はあまりワグネルの動きを重視していなかったからな。決してそんなに優秀な部隊ではないという印象だった。むしろ私としてはアキラがそこまでワグネルを意識する理由を知りたいくらいだ」

「それはプーチンが自国の憲法を無視してまで民間軍事会社の存在を認めた点です。ワグネルは今後のロシアの、ウクライナだけでなくアフリカや中東の軍事作戦に大きな影響を及ぼすことになるかと思っているからです」

「そうか……ウクライナだけではないのか……」

「ウクライナで戦績を残さない限りその後の影響力はありません。ですからワグネルというよりもその創設者であるプーチンのシェフから成りあがったプリゴジンの金儲けの手段をここで断っておかなければならないと考えています」

「目立ちたがり屋のプリゴジンか……目的のためには手段を選ばない奴であることは確かだな。わかった。我々もアキラの考えを今後は参考にしよう。早急に現在のワグネルの傭兵の動きを確認しよう」

「お願いします」

国境線を飛ばしていた監視ドローンから送られてくる画像をミニ富岳に接続して自動解析していたパソコンがセンサー反応を起こした。片野坂が画像をアップにしてみるとそこにはＴＯＳ－２が五台、一般道路から一斉に草原を移動するところだった。

「司令官、ＴＯＳ－２が五台配置されそうです。早急に攻撃してもらいたい。場所はコズリフカという街です。監視衛星で確認してください」

「わかった。現地に指示を出そう。それにしてもどうしてそんなに早く見つけることができるんだ？　我々も同じ映像をみていたはずだが……」

「私のパソコンには日本のスーパーコンピュータが接続されています。ロシア軍の兵器関係は外見から機能まで全てプログラミングされています」

「スーパーコンピュータか……さすがだな……五十機のドローンの動きも、そのスパコンにプログラミングされているのか？」

「そのとおりです。監視ドローンを一旦引き上げた後、離着陸テストも行いますからご確認ください」

二十分後、監視ドローンを発進場所上空に戻すと、五十機の離陸テストを行った。

「三秒おきに五十機が離陸し、アトランダムに飛行、五分後に着陸します」

ドローンは正確に三秒ごとに離陸し、半径五十メートルの円内で編隊を組むことなく、バラバラの状態で高度五十メートルでホバリングを行うと、十秒後それぞれ高度を上げながら各々の方向に飛び立った。

「全く統制が取れていないようでいて連携は取れている気がするから不思議だ」

「五分後に再び先ほどの高度五十メートルに各機が集合して順次着陸します」

片野坂のいうとおり、五分後に先ほどの円の中にドローンが集合すると、三秒ごとに元の位置に全五十機が着陸した。

「素晴らしい。ところでアキラ、突然のことで申し訳ないのだが、さきほどのTOS-2に対して実験と言っては失礼だが、今からそのドローンで攻撃を行うことは可能か?」

「やぶさかではないですが、貴国のミサイルでは間に合わないというのですか?」

「実は、監視衛星との通信が上手く行かないんだ。TOS-2五台というと、九十発のロケット弾が発射されてしまう。何とかならないか?」

「やむを得ないですね。では五機をすぐに現地に飛ばしましょう」

傍らで聞いていた士官が直ちに一番機から五番機までのドローン五機をパソコンで指

定して、先ほど確認したポイントへ向けて離陸させ、全速で向かわせた。監視ドローンも現地に飛ばし、五台のＴＯＳ－２をターゲットとしてポインティングすると、五機のドローンにそれぞれの目標を指定した。ドローンは最高速度に近い時速二百五十キロメートルで現場に向かった。離陸から約十五分で五機のドローンは地上百五十メートルの位置から目標を確認した。

片野坂が攻撃の指示を出すと、五機は五つの方向に分かれ、それぞれアトランダムに高度を変えて目標に接近し、高度三十メートルからアメリカの工場で製造した新型テルミット弾をＴＯＳ－２に投下すると同時に全速力でその場からそれぞれの方向に向けて離れた。間もなく、全ての新型テルミット弾が目標のＴＯＳ－２のロケットランチャー部分に命中した。命中と同時に凄まじい閃光が走り、その場から半径二十メートル四方にテルミットが放たれると共に、複数のロケット弾が爆発した。さらにこれによってＴＯＳ－２の移動手段となっている、クロスカントリーの機動性を備えたウラル・トラックをベースにした六輪装式トラックが跳ね上がると共に、他のロケット弾が誤発射し、そのロケット弾の一部は国境を越えてロシア方向に飛んでいった。

この状況を監視ドローンから送られた映像で見たオデーサ指令本部では驚愕の声があがっていた。

「この爆発は、先日見た海上の実験を大きく上回るものだが、どういうことなんだ？」

「テルミット弾をアメリカで一部改造して、その場だけでなく周囲にも飛び散るような加工を施したのです。日本の花火の応用ですね」

「日本の花火か……それにしても、五台のＴＯＳ－２とその部隊は全滅したのではないのか？」

「おそらくそうだと思います。周囲に家屋がなかったのが幸いでした」

「出撃したドローンは無事なのか？」

「それぞれのドローンからの映像をお見せしましょう。すでに発進場所に向かって帰還中です」

「欲しい……このドローンシステムそのものを譲ってもらうことはできないのか？」

「それはＮＡＴＯ軍のアメリカ師団長との交渉になるでしょうが、その協議を進めるのはこれからです。我々はウクライナ侵攻対策に創ったわけではありません。今後の日米共同の国家防衛が目的であることをお忘れにならないでいただきたい」

「それにしても、驚くべき破壊力だ……今回ＴＯＳ－２を現地に出したロシア軍が本国にどのように報告するかが楽しみだ」

片野坂は一旦全てのドローンが無事に基地に戻ったことを確認して、夕方の攻撃への準備を依頼した。

十数分後、片野坂の携帯にＮＳＢのレイノルド・フレッシャーから連絡があった。

「ハイ、アキラ。派手なデモンストレーションをやってのけたようだな。NSB内部でも大反響だ。予備弾の増産を行うようだ」

「それよりも、あそこまで破壊力を上げているとは思わなかった。僕も監視ドローンからの映像を見て驚いたくらいだ」

「確かに焼夷弾を地上で爆発させるようなものだし、テルミット純度を上げると、ロケット弾なんぞはあっという間に誘爆してしまうからな。一発で数億円の被害を受けたロシア軍は泡を喰うと思うぜ。絶大なる費用対効果だ。しかも日本の芸術とも言われている花火の星と呼ばれる火薬の塊を四方八方に弾き飛ばす技術を応用したアキラの発想に、NSBの科学技術者も驚いていたからな」

「テルミットを球状に加工する技術は日本にはなかったからな。アイデアを即座に製品にしてしまう工業技術には驚かされたよ。NSBのトップもあのドローンシステムを共同開発したいと言っている。ドローンシステムを創ったのは日本のゲームソフトメーカーだ。もちろん国際特許出願も行っている。その会社との交渉になるだろうが、その間には特殊な商社が入っていることも忘れてはならない」

「そうだろうな……日本警察の公安とゲームソフトメーカーだけでは商売はできないだろうからな。その商社をアキラは紹介してくれるのか？」

「それは可能だが、僕としてはゲームソフトメーカーに投資をしてもらいたいと考えている。日本警察だけではたいした利益を挙げることができないからな」

「どれだけの予算がついているかは知らないが、国防予算の額から考えて、NSBだけでも数億ドルの投資は可能だと思う。それほどインパクトのある映像というよりも実戦結果だったと評価されている。台湾有事の際には、中国の艦船、特に空母を含む主要艦船はあっという間に全滅することになるだろう。それだけではなく、我が国や日本にも少ない中距離弾道ミサイルに替わる新兵器であることは疑うまでもない事実だ。しかも、そのドローン本体を作ってくれているのが中国だというのだから、笑いが止まらない」

「それにしても億ドル単位か……警察庁予算の十分の一の単位だな」

「それくらいの価値があるということだ。それにしても君を警察官にしておくのはもったいない」

「そんなことはない。警察官だからできることもあるし、個人では決してできない行為だろう？」

「まあ、謙虚というのは日本では『美徳』というものらしいが、世界では通用しない面もあることを理解しておくことも大事だ」

「そうだな。僕もまさか、今回のドローンシステムがロシアのウクライナ侵攻での実戦に用いられるとは考えたくはなかった。本音を言えば、台湾有事に際して、アメリカ合衆国の本気度を知りたかっただけのことなんだ」

「本気度か……台湾有事は必ず起こるというのが我々の判断だ。その際の被害に関してもすでにシンクタンクを中心にシミュレーションが行われている」

「シミュレーションか……誰も得をしない戦いになるのだろうな」

「そのとおりだと思うが、今の中国を野放しにしてはならない……というのが主たる民主主義国家の反応だから仕方がないだろう。あの香港市民の惨状を見れば、中国共産党の虚実が明らかだからな」

「習近平の焦りもわからないではないが、プーチンの失敗をどこまで他山の石にするかだな。このままでは対岸の火事で終わりかねない様相だからな」

「日本の自衛隊も台湾有事を想定した訓練を行っているようだが、日本の専守防衛の概念は、今回のロシアのウクライナ侵攻で変化が生じてきたのではないのか？」

「それはあると思う。仮に中国が日本の領海に侵入して何らかの攻撃をしてきた場合に、日本の領土だけで戦うことはあり得ない。日本の領海から排除し、しかも攻撃をしてきた艦隊の基地をも破壊してしまわなければ意味がない。これは警察上の対日有害活動の排除理論だ」

「対日有害活動か……。日本には共産主義者も多いからな。戦後日本では、アメリカのマッカーシズムによる徹底したレッドパージは行われなかったからだろうな。とはいえ、アメリカ国内でも近年、アメリカ民主社会主義者は増えていて、現在は五万人を超えているんだ」

「たったの五万人か？　日本では政令指定都市の市議会議員選挙に当選できるかどうか……の人数だな」

「それでも現状、アメリカの二大政党制も変わりつつあるということだ」

「それはサンダースの動きがあったからだろうが、今回のロシアによるウクライナ侵攻や、中国の台湾侵攻が現実味を帯びている状況を考えれば、この次はどうなっているかわからないぜ」

「それは確かだな。それよりも、今回のドローンシステムをＮＳＢに提供してくれる件に関して、前向きに考えてもらいたいんだ。そして、そこにいる間に、一度でいいから夜間の実験も行ってもらいたい」

「一度はやらなくてはならないと思っている」

電話を切ると、片野坂は警察庁の警備局担当の五十嵐審議官に電話を入れた。

「ウクライナはどうだ？」

「この分では来春以降まで侵攻は一進一退になるかと思います」

「ドローンシステムの実験も行っているのか？」

「今夕、本格的な実験を行う予定です。ただ、ＮＳＢがこのシステムの提供を求めています」

「NSBか……そうだろうな。宇宙戦争が話題になっているご時世に、こんな子どものおもちゃのような兵器がとてつもない成果を挙げるとなると、戦略の見直しを検討したくなる気持ちもよくわかる」

「しかも今回、アメリカでテルミット弾の改良を行った結果、日本で行った時の四、五倍の威力が出たのです」

「どういうことだ？」

片野坂が経緯を報告すると、五十嵐審議官が「うーん」と唸って答えた。

「武器だけでなく、周囲の兵士にも影響が及んでしまったのだな。戦闘行為に加担してしまったか……」

「NSAはペンタゴン指揮下ですから、それは想定内でしたが……。今後、これをロシア軍の戦車相手に行えば、その被害はかなり大きくなると思います」

「そうだな……これは上には報告できないな。NSAに対して口止めが必要になるが、ウクライナ軍の反応はどうなんだ？」

「ウクライナ軍はNATO軍の中のアメリカ部隊という認識ですから、日本の名前はシステム開発をした……というくらいにとどまると思います」

「そういうことか。片野坂、お前の立場はどうなっているんだ？」

「NSB職員の日系アメリカ人です」

「なるほど……よくわかった。一応、長官の耳にだけは入れておこう。ロシアのボロ戦車を極東に展開できない程度に片っ端から潰して帰ってこい」

「それよりも、まだ不確定な情報ですが、プーチンは日本をミサイルの標的にしても構わない……という意思があるようです」

「その件に関してはこちらの耳にも入っている。その時のことを考えて、国会も専守防衛の堅持を捨てて、敵基地攻撃の範疇に敵の準備段階を含めるつもりでいるようだ。それは今回のロシアによるウクライナ侵攻によって『演習』などの名目で攻撃準備位置に就く敵性部隊の動きを参考にした結果だ」

「日本もようやく本気になってきたわけですね」

「ロシア、北朝鮮のような『ならず者国家』に中国まで加わってしまわないようにしなければならないのだが、どうやらその雲行きも怪しくなってきそうな気配だからな」

「今回のドローンシステムをNSBに供与する件は『前向きに検討』ということでよろしいですか?」

「それくらいの含みを持たせていていいだろう。NSBがどれくらいの評価をするか……だが」

「NSBのカウンターパートの話では『数億ドル』と言っております」

「ほう、いい値段だな。前向きでいいだろう。ところで、帰国はいつだ?」

「現在、同僚がチームでサンクトペテルブルクに入っております。これがあと一週間ほど作業にかかるかと思いますので、その結果次第で僕は帰国したいと思っています」

「新人の中国担当はどうしている？」

「今回、初めての実技を経験してもらっていますので、その後、直接、単独で北京に送り込みたいと思っております」

「単独で北京か……まあ、よかろう。決まり次第連絡をしてくれ」

夕刻、片野坂は五十機のドローンの発進を確認した。現地上空に先着していた監視ドローンの映像を確認しながら五十機のドローンの攻撃目標をプログラムした。ロケットランチャーを攻撃した時の経験から、片野坂は攻撃のタイミングを五秒間隔に変えるように士官に伝えていた。士官もまた自分の操縦操作能力に自信を持ち始めていたようだった。

監視ドローンで部隊の様子を窺うと、確かにロシア軍兵士は隊列近くでグループごとに固まって火を起こしながら食事や休息を取っていた。彼らの真上でないにしても、上空百五十メートルでホバリングしているドローンに、誰一人気付いている者はいなかった。

「本当にウォッカらしきものを飲んでいるな。こんな調子で多くのウクライナの一般人を殺傷しているのか」

片野坂に再び怒りというよりも悔しさがこみあげてきた。この軍人たちがワグネルの連中ならば問答無用の攻撃を仕掛けるのだが、職業的軍人とはいえ、法律上で召集されている軍人なのだ。

「君たちが選んだトップが決めてそれに従っている以上、残念だが祖国の英雄にでもなってくれ」

攻撃用ドローンが到着すると、士官は次々と攻撃コードを打ち込んだ。まるで夕空に現れるコウモリの群れのように四方八方から部隊を目掛けてドローンが急降下を開始した。最初のテルミット弾が戦車の回転式砲塔の中心部で破裂し、数秒後、その結果生じる衝撃波の威力で、砲塔が真上に十メートル近い高さまで吹き飛ぶ。さらにそこから連鎖反応でも始まったかのように、搭載している数十発の砲弾が爆発を始めた。これはロシア軍戦車は回転式砲塔の内部に多数の弾薬を搭載しているためだった。上空に吹き飛んだ砲塔の姿はまさに「ビックリ箱」だった。この光景が五秒毎に繰り返される。何とか難を逃れた兵士はただ、逃げ惑うだけだった。

約五分間の波状攻撃にロシア軍の一個大隊は完全に消滅した。戦車だけで四十台が五分で完全に破壊されたのだった。攻撃対象には指揮官が搭乗していたはずの装甲車も含まれていた。

攻撃用ドローンはすべて無傷で出発地点に引き返した。監視ドローンは上空から戦績を確認して引き返した。

オデーサ指令本部では、多くの指揮官がこの映像を見ながら鳥肌を立てていた。

「こんなことが実際に起こりうるのか……もし、この武器が敵のものだったら……と考えただけで背筋が凍る思いだ。これがアメリカＮＳＢの秘密兵器だったのか……。そして、このシステムを作った、日本のコンピュータソフト開発能力も実に恐ろしい」

数日後、この現場の生存者が語ったという情報がウクライナ軍司令官に届いていた。

「コウモリの大群とスズメ蜂の大群が襲ってきたようだった。何もすることができないまま、我々の軍は全てを失った」

その後片野坂は夜間の攻撃を含めて、さらに三度、ウクライナ南部三州でこの攻撃を確認した。この攻撃を受けてロシア軍は一時的に撤退を余儀なくされていた。

第十章　サンクトペテルブルクの攻防

香川は追尾したワグネル社員の自宅に侵入していた。

室内は簡素で家財道具に高級感は感じられなかったが、身に着けるスーツや靴、バッグ等が一流品であることは一目でわかっていた。ただし、デスクだけは特注品のような木製で、引き出しの取っ手の金具一つをみても高価なものであることがわかった。その上にはアメリカのメーカー製のパソコンとディスプレイ、さらにデスクの下にはサーバが置かれていた。

「やはりここは仮の宿ということか……それにしてもパソコン環境には相応の知識があるらしいが……自宅用のパソコンに指紋認証とは……甘いな」

香川はセカンドバッグの中からコンピュータ用七つ道具が入ったバインダーを取り出すと、その中から薄いブルーのフィルムを取り出した。小型のハサミで指紋認証用センサーの大きさに合わせてカットするとピンセットでセンサーの上に載せ、その上から電子腕時計に似た用具を取り出して電源を入れた。すると薄いブルーのフィルムに指紋センサーに残されていた指紋が鮮やかに転写された。

「ちょろいなあ」

そう呟きながらパソコンの電源を入れると、指紋センサーは転写された指紋を認識して基本画面に入った。そして、そこには第二の生体認証である顔認証がセットされていた。香川は予め用意していた、男の顔を最新の高精細カメラで撮影して光沢紙にインクジェットプリンターで印刷した顔写真を示すと、パソコンはいとも簡単に認証してしまった。香川はパソコンを開くと直ちに設定画面を開き、予備の認証用のパスワードを開くと、これをスマートフォンで撮影した。

「所詮、ワグネル社員の頭なんてこの程度だろうな」

生体認証で登録したデータは、パスワードのように簡単に変更できない。今後、香川はこの男に成り代わってワグネル本社に入り込むことも可能になり、さらには同じ認証方法を使っているほかのシステムにもアクセスが可能だろうと考えた。実際に、帰りがけ、このマンションの入り口の顔認証システムも、インクジェットプリンターで印刷した顔写真を撮影したスマホで開くことも確認できた。

設定を確認したパソコンを開くと、そこにはワグネルの傭兵に関するデータがほぼ完全に残されていた。

「こいつ、ワグネルを信用していないんだな……」

過去のケースを見ると反体制組織や対日有害活動を行っていた関係者の中で、組織を裏切ろうとする傾向がある者は、いざという時の逃げ道を作っていた。そして、近年、その逃げ道はデータの保存という形が多く見られる。

「将来的にこのデータはこの男を利用する際に役に立ち、ひいてはこの連中を雇っているプー太郎にとっても爆弾になる可能性がある」

香川は所持していたテラバイト級の予備ハードディスクにパソコン内とサーバの全てのデータを移すと、この男の個人データに関する資料を探した。

デスクの袖には三つの引き出しがある。下段から順に開けると二段目の引き出しは一センチ程度の二重底になっており、巧妙な仕掛けが施されているのがわかった。さらに、引き出しをそのままデスク本体から取り出すことができない仕組みになっていた。

「こいつは難題だな……」

香川は引き出しの下部から覗いたり、側板を触ったりしながら仕掛けを探した。香川はからくり好きでもあった。箱根の名産品である寄木細工秘密箱の二十七回仕掛けを開けるのが得意でもあった。香川は慎重にデスクの木目を確認した。すると、側板の左右の箇所にちょっとしたスライドができる仕組みを発見した。

「なるほど……なかなか精巧に作ってあるが、箱根の寄木細工の方がはるかにレベルは上だな」

二つのスライドをずらすと、引き出しの下部から極めて小さな音だったが「カチッ」という金属音がした。

「なんだ、バネ仕掛けか。大したことはないな」

香川は引き出しの下を覗き込むことはせずに、指の感触で両側面の下部をゆっくりと触った。右側中ほどに小さな金属の突起があるのがわかった。その突起を押すと、今度は引き出しの引き手の金属部分からやはり「カチッ」という音が鮮明に聞こえた。引き手の金属部分をよく見ると、中央にデザインされている仏像の頭にある螺髪《らほつ》のような部分が一ミリ弱浮き上がっていた。

「ほう、今度はダイヤル式か……少々手が込んできたな……」

香川はゆっくりと慎重にそのボタンをまず右回しに動かしてみる。耐火金庫のダイヤルのように合致する部分にくると、ダイヤルの重みが変わるのがわかる。そこで今度は左回りに回すと、間もなく「カチッ」という音と共に取っ手の金具が手前に倒れた。そこに鍵穴がある。

「鍵を探すのは面倒だ」

香川は得意のピッキング用具を取り出し、二本を鍵穴に差し込むと容易に鍵が開いた。

すると、二重底の下部が引き出されるようになっていた。

「所詮、ロスケの考えはマトリョーシカ止まりだな」

香川はゆっくりと底板を動かして中を確認すると、二通のパスポートが出てきた。中を確認すると二通に貼付された写真は同じだが、名前が違っていた。

「こいつはスパイか？」

一通のパスポートの名前を確認するとどちらもロシア政府が発行したもので、一通目には「ロヂオノフ」の名前があり、日本への数回の入国も確認できた。もう一通の名前は「グラシモフ」であり、アフリカや中東の国々の出入国が確認された。香川は全てのページをスキャンした。

引き出しを元に戻して再度部屋を物色し、最後に冷蔵庫の中を見ると、そこには日本国内では入手困難と言われている日本酒の四合瓶が三本入っていた。製造月日を確認すると三か月前だった。

「この野郎、どこからこの酒を手に入れやがったんだ」

三本の四合瓶から遺留指紋を検出して元に戻した。

ホテルに帰ると香川はデータを写し取ったハードディスクの中身を確認して、白澤に連絡を取った。

「白澤ちゃん。申し訳ないんだが、一旦ホテルに戻ってくれないか？」

「小一時間で戻る予定ですが、何かありましたか？」

「ワグネル社に関するデータを入手できたんだ。確認してもらいたい」

「えっ、もうコンピュータに侵入したのですか？」

「侵入してデータを取ったのは間違いないんだが、侵入したのは社員の家だ」

「えっ、侵入盗の真似っこですか？」

白澤が驚いた声を出した。

「まあな。俺がハッキングするよりも、その方が早いと思ってな。何分にも、データがロシア語で書かれているんで、解読に時間がかかるんだよ」

「翻訳ソフトを使っても……ですか？」

「まあ、量が多いんで、それもついでに確認してもらいたいんだ。データを写し取ったハードディスクを渡したいんだ」

「わかりました。ロシアもインターネットは厳しい監視を受けているようですから、その方が助かります。それからこちらからも一つ、いいお知らせがあります。ロシアの女性スパイのエカテリーナ・クチンスカヤと連絡が取れたんです。明日、エルミタージュ美術館で接触することになりました。彼女は学芸員並みの知識があるんです」

「そうか、それはよかった。彼女なりのプー太郎評でも聞いておいてくれ」

一時間後、香川は白澤が投宿しているホテルのロビーで、彼女とすれ違いざまにハードディスクを手渡した。香川が投宿しているホテルに戻って十数分たった頃、白澤から電話が入った。

「もう何かわかったのか？」

「そんなことよりも、これだけのデータをどうやって入手したのですか？　ほとんどがロシア陸軍の機密資料ですし、ワグネルの今後の配置計画まで書かれています」

「おお、そうか。それはよかった。もう一つパスポートの写真データがあったと思うんだが」

「ロヂオノフですね。警察庁に照会したところロシア通商代表部に三年間出向していた元ＫＧＢのエージェントで、日本の四井重工のロケット推進データを盗もうとしていたことが発覚して、外交官特権を利用してロシアに帰国していました。警備局外事課と、警視庁外事一課からも照会結果のヒット情報から問い合わせがありました」

「ＫＧＢか……プー太郎のお友達ということだな。渡したデータはロヂオノフの自宅にあったパソコンとサーバにあったものだ」

「そうだったのですね……香川さんを尊敬してしまいます。ここにあるデータを解析するだけで、ワグネル社のサーバに簡単に入ることができます」

「メールの送受信記録にログが入っていたから、そうなるだろうと思ったよ。こう簡単に終わってしまうと面白くないから、もう少しロヂオノフを行確してみるとするか」

「毎日バイクを乗り換えていらっしゃるのですか？」

「そうだな。ロシアの警察は職務質問というものを一切やらないようだし、中でもサンクトペテルブルクの警察はパトカーさえ走らせていないようだ。まだ、ワグネル本社予定地のガードマンの方がしっかりしている」

香川が言うと、白澤にしては珍しく「あのー」と、一言呟いて訊ねた。

「一つお伺いしてもよろしいですか？」

「なんだい？」

「ロヂオノフのパソコンやサーバにはセキュリティはされていなかったのですか？」

「パソコン本体には生体認証の指紋と顔認証があったけど、それがどうした？」

「それをどうやって切り抜けたのか……という、素朴な疑問です。私は日頃からハッキングでしか入り込むことを知りませんので、物理的な侵入方法を聞いておこうと思ったのです」

香川は笑いながら、侵入方法を伝えた。白澤は一瞬言葉を失った様子だった。やがてため息をついて言った。

「それが公安的手法というものなのですね」

「公安だけじゃないだろう。科捜研だって、押収したパソコン等を調べる時には同様のことをするはずだ。最近の海外の一流情報屋が使うパソコンには無理に回避しようとするとデータを自動消却する装置を付けているものもあるようだからな。だから、パソコン等を開ける前に一応、特殊なX線で確認するという話を聞いたことがある」

「そういうものなのですね。同じ公安部員でも、私なんかまだまだ甘い世界にいるのですね」

「白澤ちゃん、そんなことはないよ。俺はデータは取ってきたが、その先は何もできない。その先ができるのは警視庁の中、いや、日本警察の中でも白澤ちゃんくらいしかいないんじゃないかと思っている。餅は餅屋でいいんだよ」

「ありがとうございます。ところでこれからロヂオノフの行動確認を行って、これ以上、何を見つけようとしているのですか？」

「奴が元KGBのエージェントというスパイなら、どれくらいの教育を受けてきたのか俺なりに確認してみたいのさ。まあ、簡単に追尾されて自宅までご案内してくれたんだから程度は知れているが、今後のことを考えて奴の弱点を知っておくのも大事だろう。いつか、奴がスノーデンのようにロシア国家を裏切ってくれる機会が来れば面白いんだけどな」

「そんなことまで考えていらっしゃるのですか」

「それが公安マンの醍醐味だ。阿呆を消すだけが仕事じゃない。奴だって、今現在、かつてはプー太郎の近くにいたオリガルヒが消されている事実は知っているはずだ」

「そのようですね。オリガルヒだけじゃなく、情報機関のエージェントもそうらしいです」

「そうなのか？」

「クチンスカヤの言葉の端々にそれを感じました。明日、彼女と久しぶりに会いますから、その点も聞くことができればいいと思っています」

「なかなか素敵な話だな。『第二のアンナ・チャップマン』との呼び声も高かった彼女に何が起こっているのか知りたいものだ。釈迦に説法じゃないが、決して無理はするなよ。彼女だってスパイとしてはプロ中のプロの一人なんだからな」

「わかりました。一般人の気持ちになって話を聞いてみます」

電話を切るのとほとんど同時に、片野坂から電話が入った。

「片野坂、ほとんど放置プレーだったが、お前は今どこにいるんだ？」

「先ほどフィンランドのヘルシンキに入ったところです。先輩はもしかしてサンクトペテルブルクですか？」

「ああ、いろいろ楽しませてもらっている。ワグネルは何とかなりそうだ」

「えっ、もう何か仕込んだのですか？」

「仕込むのは白澤ちゃんの仕事だ。ところでお前はアメリカから直でフィンランドに入ったのか？」

「いえ、僕もいろいろ動かされまして、ドローンシステムの本格的実験と営業をしてきました」

「実験はともかく、どこに営業したんだ？」

「それはお会いしてから話します。サンクトペテルブルクの治安状況はいかがですか？」

「治安はよすぎて、警察もそれらしき治安関係者の姿も見ないな」

「では、僕がそちらに入った方がよろしいですね」

「お前はグリーンで来ているのか？」

「フィンランドまではそうです。サンクトペテルブルクの領事館に後輩がいますから、そこでお会いしてもいいかと思っていますが……」

「領事館は完全に監視されているだろう？　俺が行くのはまずいだろう」

「そうですね……先輩は相変わらず一流ホテルなのでしょう」

「日本人が二流ホテルに泊まればそれだけで怪しまれるだろう。俺と壱岐君はペトロパレス、白澤ちゃんと望月君はザ ステート エルミタージュだ。ただし、ホテル内での相互接触は一切やっていない」

「なるほど……」

「おまけに日本領事館には防衛省……というよりも自衛隊から幹部候補生が派遣されているだろう」

「よくご存じですね」

「俺はそっちともあまり会いたくないんだ」

「わかりました。僕が領事館からペトロパレスに予約を入れて貰って、そこに宿泊して、偶然を装ってホテルのロビーで会いましょう」

「わざとらしいが、まあ、それもいいだろう。ヘルシンキからは鉄路だろう？」

「はい、車だと約三百九十キロメートルで五時間近くかかってしまうのですが、高速列車アレグロが通ったおかげで、三時間半で行くことができます。明日、朝一でそちらに向かいます」

「ロシアへ入国する前には税関審査があるだろう？　パスポートと他にビザが必要となるんじゃないのか？」

「グリーンパスポートですから、こちらの大使館経由で済ませます。アレグロの車内で両替のサービスもあるようなので、問題はないかと思います」

「わかった。楽しみにしておこう。それから壱岐君には、一旦ロシアを出たら、そのまま北京に飛んでもらおうと思っているんだが、金が足りないんだ」

「それも領事館で都合をつけておきます。営業で前渡金を貰っていますから、帰りは全員ファーストクラスですよ」

「なに？　ま、いい話は明日の楽しみにしておこう。これは警察庁も了解しているんだな？」

「五十嵐審議官は承知済みです」

「わかった。サンクトペテルブルクからはパリに飛ぶからな」

「すると帰りはフランクフルト経由になりますが……」

「パリから直行便があるだろう？」

「それが、懇意にしている航空会社はパリ直行便がないんです」

「日本の航空会社だろう？」

「日本の航空会社の国際線でファーストクラスを持っているのは二社だけなのですが、僕が懇意にしている方はパリ行きの直行便が飛んでないんです」

「そうなのか……知らなかったな。まあいいや、ファーストクラスにはぜひ乗ってみたいものだ。おまけに公費ならな」

「いや、公費ではないのですが、営業の前渡金の一部使用ということです」

「まあいいや。自腹じゃなきゃな」

翌日の午後、ペトロパレスホテルのロビーで片野坂と香川は半月ぶりに顔を合わせた。ロビー前で偶然出あったふりをした二人は、片野坂がフロントでチェックインするのを待って、二人で六階にある狭いラウンジに向かった。ラウンジでハイネケンを二本頼んだ。

「これで五つ星ですか？」

「ロシアだからな。朝飯もスーパー不味いぜ」

「早く退散したいところですね」

「俺の方はまあいいんだが、望月ちゃんと壱岐君はちょっと苦労をしている。まあ、ガスプロムの新会社を狙っているんで、そう簡単にはいかないかもしれないが、明日あたり手伝ってみようかと考えているんだ。ところで、お前はやけに元気そうだな。美味いもん食ってたんだろう？」

「たいしたことないですよ。何分にもルーマニアですから」

「ルーマニア？　何が悲しくてそんなとこまで行ったんだ？」

「ドローンシステムの営業です」

「アメリカで営業したんじゃなかったのか？」

片野坂が経緯を話すと、香川は大笑いして言った。

「すると、お前はすでにロシア軍に攻撃を仕掛けてきたのか？」

「攻撃したのはＮＡＴＯ軍で、操縦も現地の米軍士官です。映像をお見せしますよ」

片野坂が周囲を確認してパソコンを開くと、昼と夜の攻撃シーンを小さな映像で示した。テルミット弾の強烈な閃光と破壊力を見た香川が思わず「えっ」と、驚きの声を上げたが、ハッとした表情で周囲を見回し、声のトーンを下げて訊ねた。

「なんだこの威力は……沖縄でやったのと全く違うじゃないか」

香川は声こそ小さかったが、思わず声を出した。

「NSBがすっかり乗り気になって、共同でパワーを上げて二百発のテルミット弾を作ったんです」

「この自走式多連装ロケットランチャーへの攻撃は見事だな……」

「これが臨時の初実験で、ウクライナ軍司令官が大喜びしたんです。最終的にはその後四度実験し、二百発全部を使って、全て命中させています」

「ミサイルまでは攻撃できなかったのか？」

「ウクライナ軍は、今後、このシステムを使ってそれをやりたいらしく、NATO軍のアメリカ部隊に追加を要請した模様です」

「出動したドローンは今、どうなっているんだ？」

「一旦、ルーマニアの基地に引き上げています」

「すると、ドローンシステムに金を出すのは、NATO軍のアメリカ部隊ではなくてNSB本体なのか……」

「アメリカがNATO軍に拠出している金額から比べれば、スズメの涙にもならないような金額です。NSBとしても今後の様々な対策に対してこのドローンシステムを活用することを考えると、そうなりますね。現時点で億単位の金は出るようです」

「億か……ドルじゃないよな」

「ドルに決まってるじゃないですか」

「なに……」

香川の含み笑いした表情が商売人のそれに変わっていた。

「もちろん、コンピュータソフト会社に投資という形をとって、その窓口として、総合商社の桜田商事を嚙ませれば、四十パーセントを取ることができると思います。コンピュータソフト会社にしても数十億、上手く行けば百億近い収入になります」

「そうか……もうシステムはできあがっているんだからな……会社としても美味しい話だよな。使用するドローンと言っても、中国製の一機十ドルくらいのものだろう？　テルミット弾はNSBに作らせればいいんだから、こりゃ丸儲けだな。片野坂、お前は実に立派な商売人だ。あとは税金対策だが、全て機密費扱いにしてしまえばいいわけか？」

「何を言っているんですか。テルミット弾の製作だけでなく、ドローンの購入や、ソフト購入等、最終的には国から予算取りをしなければならないわけですからね」

「防衛費を何に使うかも決めないで何兆円も引き上げようとしている時に、十億、二十億で中国海軍の主力艦をぶっ潰すことができるんだぜ。官房機密費だけで十分だろう」

「確かに既に実験を済ませているわけで、僕自身もいいものができたと思っています。我々とすれば、尖閣と沖縄、さらには台湾への上陸作戦を阻止できればいいわけですからね。日本の領海に一発でも中国が撃ち込めば、中国海軍は二日で火だるまになることでしょう。というよりも、中国陸軍が日本や台湾に上陸することは不可能になるでしょうから、あとは空軍同士の戦いになります。そうなればアメリカから空母が三隻くれば、中国は台湾に当面は手を出すことができなくなるでしょう」

「お前、すっかり自信をつけてしまったようだが、中国は人海戦術で来るんだぜ」

「はい、だからいいんです。今回、ウクライナでのロシア軍の動きを見ても、これが陸上だから戦えたとは思っていますが、これが海の場合、どんなに散らばっても最終的には目的地は狭いんです。例えば台湾を例にとっても、台湾の海岸線に陸軍の上陸に適した場所は全体の十パーセント程度なのです。多くの部隊や物資を輸送し、なおかつ艦内に上陸用舟艇やウェルドック設備を持つドック型揚陸艦を投入しようにも、上陸する場所は限られてきます。烏合の衆がそこに集結してくる手前で沈めてしまえばいいだけで、兵器の中では比較的低価格で製造できるロケット砲のようなものでも、一発数百万円もすることを考えれば、われわれのドローンシステムは画期的な成果を挙げると思います」

「なるほどな……ところで、もう一方のeスポーツの開発はどうなっているんだ？」

「これも、本当はワグネル対策で使ってみたいのが実情なのですが、奴らの動きがまだ摑めていないのが残念なのです」

片野坂の声に香川がしたり顔で答えた。

「それなら……わかるぜ」

「えっ？」

「今、白澤ちゃんが解析してくれているはずだ。ワグネルの攻撃パターンをＡＩで分析して、最終的にはゲームソフトとして、ゲーマーの皆さんに腕を競ってもらうんだな」

「そうでしたか……そうなると、コンピュータソフト会社のゲームソフト開発担当者と話を詰めなくてはなりません。ワグネルの傭兵と言っても、アメリカやスイスで本格的なトレーニングを受けて実戦に臨んでいるプロと、所詮恩赦目当ての犯罪者とでは全く戦闘能力のレベルが違います。アフリカで何の訓練も受けていない反政府勢力の者たちと闘うのが精一杯だと思います」

「ワグネルの傭兵にはゲームのターゲットになってもらうわけか……。とはいえ、罪もない、何も知らない少年や主婦層が本人はバーチャルの世界と思いながら戦うのだから、俺としては心の痛みがあるな……」

「ゲームと現実が連動しているのであれば心の痛みもあるのでしょうが、あくまでも攻撃パターンの集積をするだけなのですから問題はないでしょう。ただ、バーチャルな場面の一部にウクライナの現場が潜んでいるだけのことです。ゲームソフト開発の立場から言えば、単に戦闘に関する新鮮かつ斬新なアイデアが欲しいだけなのです」

「そうだな……ある意味でプー太郎もゲーム感覚なのかも知れないからな」

「無用な戦争を起こし、また起こそうとしている者を諌《いさ》める手段のゲーム開発と考えれば、協力は惜しまないのではないかと思いますよ。我々としても実戦ロボットを使うわけでもなく、ドローンの使い方を変えるだけなのですから」

「テルミット以外の使い方も考えているのか？」

「今度は本格的な自爆型になるやもしれませんが、ドローンのローターの先端が刃物になっていると考えれば、その怖さがわかると思います。しかも、それが爆弾になっていれば、敵は防御のしようがないと思いますよ」

「お前、本当にそんなことまで考えているのか？」

「今回のドローンシステムをロシア軍は『コウモリとスズメバチの大群』と呼んでいたそうですが、新たな自爆型は『カマキリと草刈り機』という感じになるのかもしれません。それくらいのドローンでしたら、中国製の通販で一万円も出せば立派な兵器になります」

「何機くらい動かすつもりなんだ？」

「十万機あれば、相応の成果を出すことができると思います。十億円で済むのですからね」

「片野坂、お前が怖くなってきたよ」

「それを全部使おうなどとは思っていませんよ。ただ、戦争というのはいつの時代も恐怖を覚えた方が負けなんです。大日本帝国陸軍の末期を見ればわかるでしょう。旧満州に進出していた関東軍の幹部連中は現地の日本人を置き去りにして逃げてしまったんですからね。そんなことを知らない日本の本土では、B29爆撃機相手に竹槍で戦うことを教えていた……情けない時代があったわけです。物資がある、補給経路がしっかりしている……これが重要なんです」

「お前は、今回のロシアのウクライナ侵攻を、日本の防衛と絡めてどう考えているんだ？」

「今回、ロシアというよりもプーチンが、日本も狙おうと考えていたことが明らかになっています。ウクライナ軍が予想をはるかに上回る交戦をしてくれたおかげで、日本攻撃がなくなったのです。これには感謝するしかないでしょう。極東に回す軍隊がいないのですからね」

「俺もその話はある筋から聞いていたんだが、プー太郎は本気だったのか？」

「本気だったと思いますよ。ただ、ガスプロムのサハリン開発に日本資本が必要だったことが救いになっただけのことです。ワグネルにしろ、ガスプロムにしろ、プーチンのボディーガードと財布なのですから。これに加えて、プーチン宮殿の持ち主ということになっている、ガスパイプラインと電力の供給網の巨大な建設企業であるＳＧＭの共同経営者ローテンベルクの意向もあったということです」

「そうか……やはりプー太郎の野郎は本気だったか……許せんな」

「ただ、プーチンの病気説もまんざら嘘ではなさそうなんですが、それ以上にプーチン周辺の個人情報が洩《も》れすぎているんです。例えば、プーチンの愛人・クリヴォノギフの私生活が公開され、オリガルヒの一部から非難を受けていました。また、その愛人との間の面倒を見ていたのが『プーチンの個人銀行家』と呼ばれるコヴァルチュクで、ロシア銀行のトップでメディア王でもあるのですが、ロシアの併合したクリミア開発における最も重要な投資家なのです。そして、コヴァルチュクがクリミアの次に狙っていたのがウクライナだというのです」

「まさに『殿の御乱心』だな」

「その裏側では著名なオリガルヒが消されているのです。特に、『プーチンの頭脳』とも呼ばれ、プーチンの外交政策に影響を与えてきたアレクサンドル・ドゥーギンの車が爆破され、娘が死んでいます。これにはオリガルヒ間の抗争があるとも言われているほどです」

「車の爆破か……手口から見ると、案外ワグネルの仕業かもしれないな」

「それも考えられます。そんな中で、ロシア経済を支える原油、ガスの大元締めであるガスプロムを調べるのは極めて重要だと思います。香川先輩の分析、対応能力はたいしたものだと、今更ながら感心しています」

「ロシア軍のウクライナ侵攻後、ウラル原油は下落しているからな。この傾向は今後も続くことになるだろう。そうなると、ロシアの経済がどこまで持つのか……が一番の注目点だろう」

「そのとおりだと思います。原油に加えてヨーロッパ圏のガス市場はガスプロムにとって堅城鉄壁の外貨獲得源でしたが、パイプラインガス輸出関税もまた減収が続きそうですし、ロシアの歳入の四割を担う石油・ガス関連の税収は数か月先には月間一千億円程度の減収が予想されています」

「LNG（液化天然ガス）はどうなんだ?」

「ロシアのLNG輸出に関しては関税がゼロなのです。そして、輸出先はパイプラインが届かないアフリカ諸国向けになっていますから、たいした量ではありません」

「関税がかからないのか……それで日本はサハリン2を大事にしようとしているのだな」

「サハリン2には、あまり期待しない方がいいと思いますが、日本がカタールとの契約を失った失敗は大きいですね。エネルギー業界では、アラビア石油権益延長失敗、イラン・アザデガン油田開発撤退、カタール契約解消とミスの連続です」

「世界最大級のLNGの取扱量を誇るJERA一社の判断で、国家が大騒ぎになるのだからな……その背景には、これまた、役所の中でも、世界の趨勢《すうせい》が見えていないと言われる公正取引委員会の動きもあったようだが、エネルギー問題を企業に任せている国家にも問題があるんじゃないのか?」

「経済産業省といえども公正取引委員会の監視を受けていますからね。政治家の資質の問題もあるのではないかと思いますよ。近年、世界経済を知らない、勉強をしていない議員が経産相になることも多いですからね」

「まあな……昔は通産大臣と言えば、大蔵、外務に肩を並べる重要ポストだったのにな。そんなことよりも、ガスプロム対策を早めにしておかなければならない。電話回線侵入のやり方は望月ちゃんには教えてはいたが、実地研修をやっていなかったんだ」

「望月さんは中東でさんざんやっていたと思いますが……」

「中東は地下ケーブルじゃなかったから容易だったんだよ。ここサンクトペテルブルクは、主要な電線はほとんどが地下ケーブルだからな」

「そうですね。寒いところですし、地盤の問題もあったのでしたね……香川先輩に何もかもやらせてしまって申し訳ないです」

「どうやら地下鉄の駅から侵入しなければならないようなので、望月ちゃんと組んでやった方が早いかもしれない。実地研修にもなるからな」

「わかりました。現場は香川先輩にお任せします。あと何日間の滞在予定ですか？」

「三日後の便を取っている。白澤ちゃんと壱岐君は先に出す予定だ」

「承知しました。白澤さんはこちらでハッキングするわけではないのでしょう？」

「そんな危ない真似はさせない。ただ、彼女はプライベートで衛星通信ができるので、各種照会をやってもらっている」

「そうですね。壱岐さんはまず現場の雰囲気に慣れてもらって、手順を解ってもらえばいいかと思います。中国対策に関しては僕から個人的にお願いすることにします。習近平の出身大学の動きが気になるものですから……」

「そうだな……母校でも騒ぎが起こり始めているようだからな」

「彼は面子を重んじる傾向がありますから、そちらのルートを探ってもらいたいと思っています」

香川は片野坂と別れると望月に電話を入れて、今後の予定を話し合った。

翌日、香川と望月は白澤が見つけてくれていた地下鉄ネフスコ－ヴァシレオストロフスカヤ線のベゴヴァヤ駅のホームで待ち合わせた。

サンクトペテルブルク地下鉄の比較的古い駅は、多くの装飾、視覚芸術で彩られている。世界的にも魅力的で優雅な地下鉄とも言われているが、二〇一七年の地下鉄爆破テロ事件以降、他の交通システムの水準を超えた保安対策があり、すべての駅にテロ攻撃の脅威に備えて多くの監視カメラが備えられている。

改札口には金属探知機に加えて警察官や警備員が配置され、乗客の手荷物をチェックしている。

さらに、プラットホームは驚くほど深い所にあるため、エスカレーターは奈落の底まで続くようである。またエスカレーターの下には日本の高速道路の料金所のようなボックス式監視員室があり、監視員が複数の監視カメラと共に見張っている。

香川がホームに着くと望月はすでに到着していた。

「なかなか厳しいチェックでしたね」

「その点でいうと、日本では地下鉄サリン事件直後でも、何のセキュリティ対策も行われていなかったな。国民性の違いというよりも、日本の平和呆けには時折閉口してしまう時がある。新幹線も、中国まではいかなくても、もう少しセキュリティ対策を講じるべきだと思うよ」

「確かにそうですね。しかし、ホームまでのチェックは厳しいですが、ホームには日本のようにカメラは設置されていませんね」

「ここにカメラを入れないことが重要と考えているのだろうな。それにしても、時間帯もあるだろうが客が少ないな」

「ウクライナ侵攻の影響が出ているのかもしれません。ホテルのフロントマンも『客が減った』と言っていました」

「そっちのホテルの居心地はどうだい？」

「さすがにエルミタージュ美術館のオフィシャルホテルだけあって、食事を除けば素晴らしいです」

「やはり飯はダメか……ところで白澤ちゃんは今日は別件だったな」

「はい、ロシア人の友人と会うようです。彼女も友人関係は広いですよね」

「海外生活が長いからな。ところでエルミタージュ美術館見学はやったんだろう？」

「そこに行かなければ怪しまれますからね。宗教画が多いのには驚きましたが、その中でもレオナルド・ダ・ヴィンチの『リッタの聖母』、ラファエロの『コネスタビレの聖母』、ティツィアーノの『悔悛するマグダラのマリア』は感動的でした」

「マグダラのマリアか……ヴェネツィア絵画だな……」

「何でも本当にお詳しいですね」

「まあな。それよりも、線路に降りるとするか……捕まったら問答無用だからな。十分に気を付けてくれよ」

香川は周囲の安全を確認して終点駅の最前方のホームに設置されている階段を下りて

線路に立つと、急ぎ足で先に向かった。スマホを出して地図とコンパスの画面を見ながら上下水道を含めた地下インフラの場所を探した。日本国内、特に都内の都心地区では、基本的にどの設備も保安体制が厳重で、特に配線盤や交換機のある部屋は、原則秘密で撮影も不可であるが、サンクトペテルブルクに関しては、既に二〇一六年のインフラ計画の案を見ていた。

「この先だな」

「初めて来たところなのに、香川さんはどうしてわかるのですか?」

「かつて、サンクトペテルブルク市は日本の上水道に非常に興味を示した時期があって現在でも世界一汚い海といわれるバルト海の汚染問題は深刻なんだ。沿岸国の中でもフィンランドやスウェーデンでは汚染対策が進展したのに対し、ロシアやポーランドは汚染対策が遅れている。このためバルト海で獲れる海産物を食べることは推奨されていないばかりか、子どもや妊娠中、妊娠適齢期の女性には禁止に近い警告がなされているほどなんだ」

「そんなにひどいのですか」

「そこでバルト海に面して、『水の都』と称されるなど、ロシアの中でも水分野で先進的な取り組みを行っているサンクトペテルブルク市は、なんとしてもフィンランドやスウェーデン並みの水質改善策を講じなければならなくなったんだな」

「それで日本にＳＯＳを出したわけですか？」

「サンクトペテルブルク市が抱えている様々な下水道に関する課題の中で俺が注目したのが、下水管の構成管路だった。その資料の中に日本が克服してきた対策を当時開発中のラフタ・ツェントルに活かそうとしたとあったんだ。そして、下水道だけでなく、電気、電話、水道、ガスなどのライフラインをまとめて道路などの地下に埋設するための設備である共同溝に作り替えようとしたんだ」

「ヨーロッパの都市では以前からガスや電気、さらには光ファイバー等、近代的なライフラインは地下を通していたのではないのですか？」

「先進国の都市部はな。ようやく現在多くの場所で使用されている掘削技術の一つのシールド工法が進化したことで大小のトンネルを容易に掘ることができるようになったからな。そんなことで、サンクトペテルブルク市が地図を示していたんだな。それを写真に撮っていた技術者が資料として残してくれていたんだ」

「よく探し当てましたね」

「まあな。何事も人間関係だよ。おお、その横穴じゃないか？　いかにも別トンネルの入り口っぽいじゃないか……記憶していた地図の位置とも一致する」

「やっぱり記憶しておくものなのですね」

「情報マンの基本は記憶だよ」

そう言うと香川は横穴の入り口にある鉄製の扉の鍵穴を確認して言った。

「二十秒だな」

セカンドバッグから札入れのようなケースを取り出すと、そこから三本のピッキング用具を取り出し、そのうちの二本を器用に鍵穴に差し込んだ。鍵穴の中を覗き込みながらもう一本を差し込んで上下に動かし最初に入れたピッキングの一本を左に回すと「カチャリ」という軽快な音がした。

「ピッタリ二十秒だな」

鉄製の扉は重さを感じない軽さで開扉された。

「しょっちゅう使っている感じだな。さて、これが本道につながっているはずだ」

横穴に入ってすぐ右手に、エレベーターが設置されていた。

「問題はこのエレベーターに監視カメラがあるかどうかだが……」

香川の言葉に望月が答えた。

「奥に螺旋《らせん》階段のようなものがありますよ」

「おう、安全のために階段を使うか。奈落の底の地下鉄の下だ。そんなに深くはないだろう」

螺旋階段は四十段ほどだった。そこには東京銀座にあるものの五、六倍の大きさがある、薄明るい共同溝があった。

「この暗さがロシアらしいな。日比谷にある共同溝はもっと明るいぜ」

「日比谷にも共同溝があるんですか？」

「三菱と三井が一緒になって大開発したからな。共同溝もデカいんだ。おそらく、ガスプロムの電話線は光ケーブルになっているはずだから、電気よりも太目で、しかも外のビニールコーティングが分厚いはずだ。しかも、ガスプロムクラスになると、光ケーブルは複数の回線が段階的に集約され、最終的にだいたい八千回線がまとめられて、十Gbpsの回線でインターネットに接続するようにセットされているだろう」

bpsとは「bits per second」の略で、一秒間に転送できるデータ量を表す単位である。Gbpsなら「ギガビット毎秒」を意味し、「一ギガビット＝十の九乗ビット＝1,000,000,000ビット」ということだ。「ビット」は、デジタル・コンピュータが扱う情報量の最小単位である。

香川は幾つかのケーブルを手に取って確認しながら一本のケーブルを掴んで言った。

「これだな……この太さから考えると四本の光ファイバーをまとめた『四心テープ心線』だろう。さて、中継交換機、相互接続交換機もこの近くにあるはずなんだよな」

「どうしてですか」

「地理的に考えて、このケーブルは地下鉄に並行してここまで来ているはずだから、直角に曲げるためには、光ファイバーの性質上、中継交換機があるはずなんだ」

「なるほど……確かにこのトンネルも後ろは右に曲がっていますね」

「曲がり角で、この回線だけは他と分かれているはずだ」

香川の言うとおり、共同溝がほぼ直角に曲がる手前で光ケーブルだけが他の回線等と離れ、別の扉がある部屋に入っていた。

「中継交換機はここだな……問題はこの中に監視カメラがあるかどうかを確認しておかなければならない。妙なセンサーにでも引っ掛かればおしまいだからな」

「その可能性はありますか？」

「腐っても、世界一のエネルギー企業のガスプロムだからな」

「どうしますか？」

「とりあえず、ロシアのタバコを買ってきたから、それを使ってスモーク作戦をやってみよう。スモークをできるだけ監視カメラに近づけて一度監視カメラにカバーをかける」

「そんなことをして大丈夫なのですか？」

「まあな。今までいろんなところで実験している。こっそり扉を開けてカメラの場所を確認しよう」

香川はビニール袋を取り出して、フィルターには直接口をつけることなく、ヤニ取りパイプを使ってタバコに火を点け、煙をビニール袋の中に入れた。ビニール袋の中はみるみる白い煙で一杯になった。

香川は準備していた暗視カメラのモニターを見ながらピッキングで扉の鍵を開けると、部屋の内部を確認した。

「案の定、部屋の左上にカメラがあるな。室内灯のスイッチは入り口の右側だ」

香川は所持していた伸縮式の自撮り棒のようなものの先にタバコの煙が入ったビニール袋を取り付けて監視カメラの方向に手を伸ばした。香川の合図で二人は室内に入り、打ち合わせどおり望月が監視カメラに黒い布をかけた。望月の作業を暗視カメラで確認して香川が扉を閉めて部屋の電気をつけた。そこには日本でも見慣れた光ケーブルの大型配線盤やルーターも設置されて、大型の配電盤が二つ並んでいた。さらに交換機も一緒に置かれていた。

「ガスプロムもまだまだ甘いな。日本では通常、交換機は配電盤とは別のフロアに置かれているんだが、おかげで作業が楽でいい」

香川は手慣れたようにピッキングで大きな交換機の扉の鍵を解錠して扉を開いた。そこにはびっしりと回線が詰まっていた。香川が言った。

「望月ちゃん。これからやる手順をよく覚えておくんだよ。今後は望月ちゃん一人でやらなければならないことも多いだろうからな」

香川は交換機の配線をチェックしながら四本のケーブルを選び出し、それぞれの表面のビニールカバーに傷を付けた。

「切っちゃいけないんだ。この四本にそれぞれ出口を作ってやるんだよ」

香川の手の動きはまるでプロの電気技術者のように動いてコンマミリメートルの小さなフックを取り付けていく。さらにこれを一センチ四方にも満たない黒いチップ用の電極に接続していた。

「これは発信機のようなものだな。いわゆる物理的バックドアのようなものだ。ここから白澤ちゃんが本体のサーバに入り込んで、そこに本物のバックドアを創るんだ」

「なるほど……ここからだとハッキングに気付かれない……ということなのですね」

「まあ、いずれ気付かれることにはなるだろうが、その前にデータを盗み出し、さらにガスプロムが舐めた真似をしやがったら、あらゆるパイプラインの動きを止めてやる。日本向けの天然ガスを駄々洩れにしてやってもいいしな」

「そんなことが可能なのですか？」

「白澤ちゃんならやってくれるんじゃないかと期待しているんだけどな。彼女も最近はプー太郎嫌いになって来たようだからな」

香川は作業を終えると配線を元に戻し、どこに仕掛けたのか表面上は全くわからないことを望月にも確認させた。交換機の扉を閉めて鍵をかけると、室内灯を消して監視カメラのカバーを外させ、タバコの吸い殻を地面に置いて扉を閉め、鍵を掛けた。

二人は来た道を戻り、周囲の安全を確認して何食わぬ顔つきでプラットホームに戻ると、反対側のホームにちょうど停止していた地下鉄に別々の扉から乗り込んだ。

ホテルに戻った香川は白澤に物理的バックドアからの侵入を試みさせた。

「香川さん、まだサーバには接続されていないようですが、何人かのパソコンの中身は見ることができました」

「そうか……ワールドカップの時のメインスタジアム工事の時と同じで、工期が遅れているのかもしれないな。しかし、何といってもプー太郎だけでなく、ロシアにとってもガスプロムは最大の金蔓だ。突貫工事をやらせたのだろう。交換機の設置も杜撰《ずさん》だったよ」

「でも、あっという間にできてしまうのですから、本当に尊敬してしまいます」

「俺に惚れるなよ。母ちゃんが心配するからな」

「その心配だけは無用です。ところで、クチンスカヤですがプーチンに愛想をつかしてしまった感じです」

「ほんとか？　第二のアンナ・チャップマンと呼ばれていたスパイだぜ。いくら親友のような付き合いだからと言って、自分の命にかかわるようなことを話すか？」

「彼女のお父さんが今年亡くなって、残されたお母さんはウクライナ人なのだそうです」

「そういう家庭だったのか……」

「しかも、クチンスカヤを子どものころから可愛がってくれていたオリガルヒが謎の死を遂げたのだそうです。そのオリガルヒが経営していた会社はプーチンの後輩に当たる元ＫＧＢが乗っ取ったような形になったそうです」

「彼女は現在、主にどこで仕事をしているんだ？」

「インドだそうです。収入はあっても使い道がないようなところだと言っていました」

「インドか……ロシアにとっては両面外交を行っているとはいえ、大事な相手国だな……まだ、信頼はされているのだろうな」

「彼女は優秀な人です。そして、今回のウクライナ侵攻はプーチンの個人戦だという認識でしたし、許されざる戦争犯罪だと言っていました。インドの多くの知識人もイギリス寄りの考えがあるとはいえ、ロシアの正当性は認めていないと言っているそうです」

「しかし、インドはロシアに対する経済制裁に関しては棄権しているけどな」

「それは途上国であり、信じられないほどの経済格差と人口増加とがある現状では、ロシアのエネルギーは切ることができないのだと言っていました」

「確かに超安値のロシア産原油を買い漁っているのは中国とインドだからな。ＢＲＩＣＳと言われている五か国がいつまで経っても先進国の仲間入りができないのは、全てが賄賂で成り立っている国家だからだ。一時期、中国の習チンピラは公務員の不正を糾弾していたが、これはあくまでも政敵を潰すための名目で、未だに中国は、上は政治局員から下はそこら中の乞食にいたるまで賄賂だらけだ」

「私は中国のことをあまりよく理解していないのですが、こちらのテレビでも、中国の都会と田舎の生活格差については報道されています」

「とてつもない差があるからな……。中国が現金の流通を制限し、電子マネーに特化したのも、国民の所持金を把握するためだからだ。それなりの立場に就いて子息を海外留学させている者や外交官になった者は、そのほぼ全員が海外に資産を隠している。中国共産党はこれを発見するために『キツネ狩り』と称して海外に秘密警察組織を構築して摘発しているようだが、その連中もまた、チャイニーズマフィアや反習チンピラの餌食になっているようだからな」

「チャイニーズマフィアもそうですが、ロシアンマフィアもまだたくさんいるそうですね」

「そりゃそうだろう。プー太郎だって持ちつ持たれつの関係で、その代表格がワグネルの代表、プリゴジンだからな」

「プリゴジンについては、クチンスカヤも『大嫌いな奴』と言っていました」

「それでクチンスカヤは、これからどうしたいと言っているんだ？」

「プーチン政権はそう長く続かないようだというのです。そして、その後を継ぐだろう者も同様だと言っていました。彼女は現在の仕事を続けることで、誰からも『プーチンの手下』という認識を持たれてしまうことを嫌がっているのです。唯一の親族である母親と、地理的にロシアから最も離れている、オーストラリアかニュージーランドで生活をしたいそうなんです」

「それはある意味で亡命を希望している……と言っていいのか?」

「彼女の言葉の端々からそれに近い決意を感じました」

「クチンスカヤとしてはお前さんに何をしてもらいたいのだ?」

「東京都の姉妹都市の有力者に会いたいのだそうです」

「姉妹都市か……なるほどな……思いもしなかったな。ニュージーランドには姉妹都市はないが、オーストラリアならニューサウスウェールズ州がそうだな。オーストラリアで最初の英国入植地で、州都は最大都市のシドニーだからな」

「そうなんですね。彼女は日本も大好きなんですが、東京は通商代表部を代表するように、極東のスパイの巣なのだそうです。その点、オセアニアはロシアンマフィアもスパイもほとんどいないというのです」

「その点に関しては彼女が一番詳しいだろうからな……。それで君は何と答えたんだ?」

『誰に相談していいのかわからない』と答えると、彼女が出した名前が『片野坂部付』の名前だったのです」

「そうか……二人は望月ちゃん救出の時に会っていたな……」

「そうなんです。クチンスカヤは『初めてベイルート空港で会った時から興味を持っていた』とか、部付のことを、まるで憧れの存在のように言うんです。『ミスター片野坂にもう一度会いたい』って……」

「ほう、女スパイの恋か……面白いな」

「面白くありません」

あまりに白澤がきっぱりと言ったため、香川が訊ねた。

「白澤ちゃん、お前さん、片野坂のことが好きなのか？」

「好き嫌いの問題ではなく、心から尊敬できる方であることは疑う余地もありません。今の私があるのは片野坂部付のおかげなのですから」

「まあな、俺もそうだけどな……」

これ以上プライベートな話題をする必要はないと思ったのか、香川が話題を変えた。

「クチンスカヤの件はここを離れて片野坂に相談した方がいいだろうな。下手をすれば世界中の諜報機関を巻き込む問題になってしまうからな」

「そうなんでしょうね。以前、クチンスカヤを嫌っていたイギリスの国防情報部（DI）エージェントでさえ、彼女の才能は評価していましたから」

「アメリカに再入国できる可能性はほとんどないという噂を俺も聞いたことがあるくらいだから、オーストラリアも二の足を踏みそうだけどな」

「でも、今日のクチンスカヤの表情からも本気であるように感じました。できることならば助けてあげたいと思ってしまいました」

「なるほど……。まずは片野坂に相談して、彼の諜報機関仲間に詳細を調べてもらった方が賢明だな」

その意見に白澤も納得した様子だったため、香川は今後のサンクトペテルブルク脱出の指示を与えて電話を切った。


翌朝、白澤と望月はサンクトペテルブルクからヘルシンキ経由でパリに無事到着した。片野坂も同じルートでパリに入った。香川は先に帰す予定だった壱岐と共にサンクトペテルブルクに残ってワグネルのロヂオノフの行動確認を行っていた。これは壱岐がまだ仕事に自信を付けることができないでいることを知っていた香川が、片野坂の了解を得た上での動きだった。

「何の役にも立たず申し訳ありません」

「やったことがないんだから仕方がない。望月ちゃんだって、最初はそうだったんだ」

「でも、望月さんは中東で兵士として戦ってきたのでしょう？」

「その前に拉致されてしまったんだから仕方がない。生き残る道を選んで、鬼の心を持った強さがあってのことだけどな」

「鬼の心ですか……私には到底届かない世界です」

「誰にでも得手不得手はあるし、やらなくてもいい失敗はしなくてもいいんだよ。ただ、得意を活かして、不得意を減らす努力は必要だけどね」

「昨夜、望月さんからガスプロムの電話回線に侵入する手口の話を電話で伺いました。望月さんも『驚きと感心ばかりだった』とおっしゃっていました」

「この年まで、そんな仕事ばかりやって来たからな」

「ミスター公安ですね」

「冗談じゃない。ただの現場だけの男だよ。ただ、この四年で俺を取り巻く環境が大きく変わってしまった。あの片野坂という男と仕事をするようになって、世界が大きく変わったんだ。それまでは単に天下国家を論じてはいても、井の中の蛙だったよ。国内からだけ世界を見ていた。中国があそこまで大きくなっていることもこの目で見て、その場に行って初めて理解できた。学生時代や新婚旅行で表面だけ見てきた海外と、命懸けで国家のために闘いながら見たそれの違いだな。もちろん、時代も大きく変わってしまったのは事実だ。今こうして数十年前に訪れたサンクトペテルブルクを見ると、中国の第二の都市である上海などと比べて、やはり変化の遅さを痛感している」

「確かに、中国は私が少し好きだった頃とは、わずか十年で大きく変わってしまいました。また、新型コロナという世界的、歴史的に見ても未曾有の艱難《かんなん》の中で、あえてロシアによるウクライナ侵攻が行われることを思うと、やはり憤りを感じてしまいます。そしてその蛮行の元凶の拠点となりつつある、このサンクトペテルブルクの街にも好意を持つことができずにいる自分を認識しています」

「望月ちゃんはエルミタージュ美術館でえらく感動していたみたいだけどな」

「芸術は芸術として見ればいいのだと思います。ただ、大英博物館に行った時、そこに展示されていたアフリカの現地人の宝と言われていた像の前で、アフリカのどの国かはわかりませんがそれなりの地位にあるだろう方が、両膝をついて涙を流している姿を見た時、奪われた立場の人の気持ちを思って複雑な気持ちになったことがありました」

「それをいうなら、ルーヴル美術館だって、ボストン美術館だって同じだろう。彼らが芸術性を見出してくれたおかげで、古代ギリシャや日本の美術品の散逸を免れたのだからね。台湾にある故宮博物院に保存されている中国の文化的宝だって、蔣介石が中国大陸から運び出したおかげで、毛沢東を頂点とする知的レベルが極めて低かった紅衛兵による破壊から免れたんだからね」

「確かにそうですね。今でこそ中国共産党は人民の反抗を押さえるために孔子を使い始めましたが、紅衛兵は孔子の墓を暴き、破壊したのですからね。そういう過去の失敗には全く触れることなく、未だに毛沢東の怨念から離れることができない中国共産党には本当にあきれるばかりです」

「それが共産主義なんだから仕方がない。共産主義の第一の目的は資本主義の打破とブルジョアジーの撲滅なんだが、共産党幹部の多くが専制的ブルジョアジーになってしまったのだからね。習チンピラだってそうだろう。立派なブルジョアだ。資本主義にも弱点はあるが、共産主義のそれよりはましだということが、旧東欧諸国の現在を見れば自明の理だ」

香川が言った時、ワグネルのビルからロヂオノフが出てきた。

公安の世界で「吸出し」と呼ばれている尾行のスタートである「出待ち」から二時間が経過した、午後六時過ぎだった。

「あいつがターゲットのロヂオノフだ」

「軍人とは思えない雰囲気ですね」

ロヂオノフは会社の前に停めていた自分の車には乗らず、会社の前に停まっているタクシーに乗り込んだ。サンクトペテルブルクでは、駅、空港以外でタクシーは比較的少なく、街頭では私設タクシーが横行している。しかし、ワグネルはタクシー会社と契約をしているのか、本社予定ビル前には常に数台のタクシーが停まっていた。

香川はゆっくりとした足取りでタクシー乗り場に向かって歩き、次のタクシーに乗り込んだが、運転手に対して次の言葉が出てこなかった。これを見た壱岐が「追わせますか？」と訊ねたため、「頼む」と答えた。壱岐は流暢なロシア語で運転手に何かを言うと、五十ルーブルを現金で手渡した。運転手は愛想よくニコリと笑って車を発進させた。

香川が小声で訊ねた。

「何と言ったんだ？」

「あいつの上司だ。また仕事をさぼって出かけている。一時間付き合ってくれ……と、言いました」

「たいしたもんだな」

サンクトペテルブルクでも新しいタクシーアプリが多数登場している。最も一般的なタクシーは「Yandex.Taxi」だった。モスクワ、サンクトペテルブルクともタクシーには四つのランクがあり、エコノミー、コンフォート、ミニバン、ビジネスの四つから選択できる。エコノミーを基準にするとコンフォート、ミニバンは倍、ビジネスは三倍の基本料金だった。ワグネルの前に停まっているタクシーは全てコンフォートクラスだった。

「ロシアはさぼる奴が多いですし、袖の下はどこでも歓迎されます」

「なるほど……。警察とタクシーを見ればその国の民度がわかるというが、確かにそのとおりだな」

「ところで奴は何者なのですか？」

「あいつは単なるスパイだ。しかし、なぜ奴がワグネルに入っているかを調べているんだ。もちろん、奴の個人パソコンとサーバの中のデータは、今、白澤ちゃんが調べてくれているけどな」

「白澤さんの能力もずば抜けていますよね。あんな聡明な女性を私は見たことがありません」

「面白いねえちゃんだよ。女性警察官の中でも珍しい存在なんだろうが、それを人事記録だけで見出した片野坂にもつくづく驚かされるよ」

「望月さんも、皆さんのことを『スーパーマンの集まり』と、おっしゃっていました」

「彼だって、俺からすれば『スーパーマン』だよ。その望月ちゃんが見出したのが壱岐君、君なんだから、もっと自信を持てよ。今のタクシーの運ちゃんを巧く使うところなんざ、まるで熟練の公安マンのようだったぜ」

「ありがとうございます」

　ロヂオノフが入ったのはストロガノフ宮殿の入り口だった。これを見たタクシー運転手が壱岐に告げた。

「行き先は、きっと『ルスキー・アンピール』だね」

「ありがとう。ここで一時間待っていてくれ。料金はプリペイドＳＩＭカードで前払い初めに渡した五十ルーブルの効力か、運転手の態度は実によかった。

「ロシア人の平均年収は約七十万ルーブル、一ルーブルを約二・四円として約百六十八万円ですからね。五十ルーブルのチップは嬉しいですよ」

「ボーナスが三か月分あるとして月収でいうと四万七千ルーブル、十一万強か……」

「そうですね。おまけに最近のタクシー運転手はチップをもらうことがめったにないんです。というのも、多くの客が、私のように携帯アプリで予約や支払いを済ませますからね」

「レストランではチップは当然のように支払っていたけどな」

「ロシアでは伝票に『ウェイターへのチップは歓迎いたしますが、常にお客様のご判断次第です』と書いてある場合が多いんです。要は店の料理の腕次第……というところですね」

「そういうことか……さすが外交官だな。世界中を回っていたんだろうからな」

「確かにチップは気にしますね。ところで、我々も『ルスキー・アンピール』に参りますか？」

「ロシア料理の代表選手、ビーフストロガノフの発祥の地だったな。行ってみる価値はありそうだな。というよりも、ここに来て何一つ美味い物を食べていないからな」

香川が笑って言うと、タクシー運転手の肩をポンと叩いて車を降りた。

金曜日の夜だったが、レストランはさほど込んではいなかった。

店内のテーブルを見回すと、客の七割近くがビーフストロガノフを注文していた。

「案外、これしか美味いものがないのかもしれないな」

ロギオノフはがっしりした体軀で目つきの鋭い、一見して現役のスパイとも思えるような若い男と待ち合わせをしていた。

「何者でしょうね。案外、そっちの気があるのかもしれませんね」

「いや、奴の部屋にはポルノ本が複数あったから、この後、ナンパにでも行くのかもしれないな。しかし、ワインをボトルで頼んでいるところを見ると、ここで腰を据えるつもりなのかな……」

「奴の室内まで侵入していたのでしたね……それも昔取った何とか……ですか？」

「俺の大好きなイリーガルだよ」

香川はロギオノフと男が二人で入った個室の入り口を確認できる場所を探して、ウェイターに周辺の一席への案内を依頼した。席に着いて香川と壱岐は前菜にオリヴィエサラダ、メインに元祖ビーフストロガノフを注文した。するとウェイターがワインのオーダーを確認してきた。壱岐がロシア語で訊ねると、ウェイターは笑顔で「ダーダー」と答えた。

「ロスケもワインを飲む時代になったんだな」

「ロシアでは最近、地方自治体は『アルコール度数の高いスピリッツに代わる、より健康的な代替嗜好品』としてワインを推奨しているようです」

「しかし、ワインじゃ冬にロシア人の身体を温めるまでには相当時間がかかるな」

「確かに即効性はありませんね」

間もなく壱岐がオーダーしたワインが運ばれてきた。ソムリエのバッジはつけていないが、ウェイターが開栓してワイングラスに注いだ。壱岐がテイスティングをする。その所作はなかなか堂に入っていた。

「濃いめの、しっかりした味です」

一九〇四年のレシピによるオリヴィエサラダはロシアの伝統的料理の一つで、鳥の胸肉、人参、ジャガイモ、グリーンピースのポテトサラダをキュウリで作った枠に入れ、珍しくイクラが載せてあった。

「まあまあだな……」

香川はあまり反応を示さなかった。そしてメインのビーフストロガノフが運ばれてきた。

一見して牛肉のヒレの一枚肉にステーキソースが薄くかけられているような感じだ。

「これが元祖か？」

香川が怪訝《けげん》な顔つきで料理を見て言った。二人揃ってとりあえず、食してみる。

「とろけるほど柔らかく煮込まれているが、サワークリームは使っていないんだな。それに、その下に敷かれているマッシュポテトには大量の生クリームが使われていて、両者の相性は合うのだろうがヘビーだな。やはり田舎料理の域を超えていない気がする」

「確かに日本で食べるビーフストロガノフはどこから来たのだろう……という感じになりますね」

「しかし、これが元祖だというのだから仕方がない。銀座の木村屋の酒種桜あんぱんに八重桜の花の塩漬けではなく、ビール酵母で造った種あんぱんにチーズを入れられたような感じの違和感があるな」

「ものすごい表現ですが、近からずも遠からずの感があります」

「まあ、一度食べればいいかな……というところだな」

二人が食事を終えてテーブルチャージを終え、周囲を見回していると、ロヂオノフらもまた食事を終えて個室から出てきた。

「おお、いいタイミングだ」

壱岐が先に席を立って店を出ると、ウェイターが店の外に見送りに出てきた。

「バリショイエ スパスィーバ」

そういって五十ルーブルのチップを渡すと、ウェイターは身体を九十度近く曲げて頭を下げた。

タクシーは待っていた。そこへ香川がやって来た。

「ウェイターがまだお辞儀しているぞ」

「チップを渡したんですよ」

「そうか……料理は仕方ないとはいえ、社員教育は行き届いているような雰囲気だったからな」

再びタクシーはロヂオノフらが乗ったタクシーの追尾に入った。すると運転手が壱岐に言った。

「前の車はあと三時間貸し切りだよ。前のタクシーの運転手は同僚だから、聞いておいたんだ。このあとナイトクラブとパブに行くようだな。部下はなかなかの遊び人ね」

「そうなのか？」

「一軒目のナイトクラブでストリップ見て興奮して、二軒目のパブで若い女の子をゲットする予定ね」

「そんなことまでわかるのか？」

「車の中でスケベな話ばかりしていたらしいよ」

運転手の言うとおり、十分ほどでタクシーは大通りから少し路地を入った、一方通行路に挟まれた三角形の角地の木々に囲まれた一見すると公園のような場所に停まった。

門の看板を見てようやくナイトクラブだとわかる、奇妙な雰囲気だった。運転手が壱岐に言った。

「ここは『グリボエードフ』というサンクトペテルブルクで有名なナイトクラブの一つだね。どうする、ここで待とうか？」

壱岐はさらに二時間のチャージをプリペイドSIMカードで前払いして車を降りた。門の看板には「Griboedov Basement」と書かれていた。これを見た壱岐が言った。

「Griboedovというのは帝政ロシア時代の有名な外交官の名前です。名前を直訳すると『キノコを食べる人』となり、エッチな女性を意味することにもなります」

「そういう名のクラブなのか……名前からして地下室だから、案外キノコ造りでもしていそうな雰囲気だけどな」

「それはないでしょう。しかし『若者の巣』という感じですね」

三十メートルはある鬱蒼《うっそう》とした森を抜けて建物に入ると、店内は幾つかのゾーンに分かれ、それぞれが全く違う雰囲気になっており、レストラン、ディスコ、バー、ストリップポールダンスができる場所などだった。

香川は先ほどのストロガノフがあまり気に入っていなかった様子で、レストランを覗いて言った。

「あのステーキは美味そうだな……。ロシアでトマホークステーキを見ることができるとは思わなかったな」

「トマホークステーキ……ですか？　初めて聞きました」

「『トマホーク』はネイティブアメリカンが使う『斧』のことで、ステーキの部位『リブアイ』の骨つき肉だな。形が斧を連想させることから『トマホークステーキ』と呼ばれているんだよ」

「リブアイは私も好きな部位ですが、トマホークは知りませんでした」

ストリップポールダンスを見せるかぶりつきにロヂオノフはいた。もう一人の若い男は後方のドリンクカウンターでカクテルグラスを傾けていた。

「ありゃマティーニだな。ロスケだからウォッカマティーニかもしれないが」

「それにしてもロヂオノフと違って隙を見せない雰囲気ですね」

「ソフトコンタクトでもしてみるか……よく見ておいてくれよ。これも公安捜査のいち手順なんだ」

そう言うと香川はドリンクカウンターに近づき、バーテンダーにマルティーニ・エ・ロッシ社が指定したレシピに基づくマティーニを注文した。若い男は香川をちらりと見て視線を元のストリップポールダンスのステージに戻した。香川はマティーニを受け取り、一口含んで「美味い」というと、バーテンダーも「スパシーボ。素晴らしい客だ」と答えた。すると若い男がバーテンダーに香川と同じものを注文した。バーテンダーが若い男に「彼は酒をよく知っている人だ」と言ってマティーニを作り始めた。出来上がったマティーニを口にした若い男はこれを一口飲んで、バーテンダーに「美味い」と言ったのち、香川に向かって訊ねた。

「このレシピはトラディショナルなものなのか？」

これに香川が英語でレシピのいわれを答えると、今度は流暢な英語で訊ねた。

「イギリス人か？」

「ドイツ系香港人だ。中国人ではない」

これを聞いた若い男が笑いながら言った。

「中国と香港はやはり違う国なのか？」

「香港人は香港、イギリスに誇りを持っているし、言葉もブリティッシュイングリッシュだ。アメリカではない」

「マンハッタンは飲まないのか？」

「マンハッタンのベースのライ・ウイスキーはドイツ系移民によってアメリカにもたらされたが、ドイツ系香港人はジンが主流だ」

「確かに酒に詳しい人だ。こちらに住んでいるのか？」

「エネルギー関連の仕事だ」

「なるほど……中国はロシアから石油やガスを大量に購入してくれるお得意さんだが、

値段が安すぎる」

「こんな情勢で買ってくれるだけでもありがたく思わなければならない」

「それは確かなことかもしれないな」

それでも香川がグラスを上げてロシア語で「乾杯」というと、男もグラスを掲げた。これを見て香川が訊ねた。

「君は軍人か？」

若い男は目を丸くして訊ねた。

「私が軍人に見えるのか？」

「その体格、そして厳しい眼力。若いが高級将校のような感じだ」

「私は軍人ではないが、学生時代からスポーツで厳しいトレーニングを受けてきたから、そう見えるのかもしれない。目つきは時々ガールフレンドからも文句を言われるが、これは視力の問題だ」

若い男が笑って答えた。

「スポーツか……相当鍛えたんだな」

そう言って香川が男の左上腕の裏側の上腕三頭筋のあたりをポンと叩いた瞬間、若い男が身構えて言った。

「何をする」

香川の掌《てのひら》には明らかにホルスターに入った拳銃の感触が伝わっていた。

「俺も格闘技をやっていたから、上腕三頭筋を触ればどれくらいのものかわかるんだ」

あえて拳銃のことには触れなかったが、男はそれを悟られたと思ったのか言った。

「格闘技……少林寺か？」

「今の中国には残っていない、中国王朝の警備にあたっていた者が学んでいた『擂台《ライタイ》』だ」

「聞いたことがないな」

「台湾に伝わるものだが、台湾は格闘技大国なんだよ。だから中国共産党も下手に陸軍を送り込むと肉弾戦で負けてしまうだろう」

「武器があっても……か？」

「サンクトペテルブルクでは武器携帯は許されていないんじゃないのか？」

「私はそれが許されているから、ここにいるんだ」

「なんだ、警察か……」

「似たようなものだ。それよりも、お前の方が怪しいな。イギリスのスパイじゃないのか？」

「スパイ？　この俺が。スパイがストリップを見に来るのか？」

香川が笑って言ったが、若い男は疑いを隠さない顔つきのままだった。香川は若い男をその場に待たせて壱岐を呼びに行った。

「野郎はチャカを持っていやがる。中国語でまくし立ててくれないか」

「お安い御用です」

壱岐は香川に連れられて若い男の前に行くと、鷹揚なブリティッシュイングリッシュで話をし始めたあと、流暢な北京語で、明らかに抗議の言葉をまくし立てた。若い男は壱岐のあまりの豹変ぶりに一瞬たじろいだが、思わぬことに中国語で返事をしてきた。すると壱岐は広東語に変えてまくし立てた。周りの客が壱岐と若い男に注目し始めていた。これに気付いた若い男が、

「わかった、中国はロシアの味方だ。これ以上争いは止めよう」

と言った。だが、香川に対しては厳しい目を変えなかった。香川は何を思ったか壱岐の肩をポンポンと叩いて先にタクシーに乗って待つように言った。壱岐が香川に深く頭を下げて店を出て行くのを確認して、香川が若い男に笑顔を見せながら英語で言った。

「なんだ、その目つきは。国家権力でも行使するつもりか」

若い男も笑顔で答えた。

「私はお前を信用していない」

「そうか、それなら表に出ろ。店に迷惑をかけたくはないからな」

そう言うと香川は笑いながら再び若い男の左上腕三頭筋あたりを三度ポンポンポンと

叩き、チップをバーテンダーに渡し、こっそりとグラスのステム部分の指紋を消して店を出た。

香川が店を出ると若い男が後に続いた。周囲から見通すことができない通路の暗がりまで来て、香川が振り返って言った。

「銃を使うか？」

「お前のような爺さん相手にそんな必要はない」

そう答えるやいなや、男が香川の左太ももあたりを目掛けて右足で蹴りを繰り出した。香川はギリギリの間合いでこれをかわすと、身体をさらに相手の蹴りの円周上に右移動させた。相手がもう一度蹴りを繰り出した瞬間、靴の爪先で相手のふくらはぎの承山《しょうざん》部の内側に蹴り込むと、若い男は「ウッ」という声を上げて右足からその場に崩れた。空手で言う「蹴り返し」である。香川はすぐさま男の背後に回り込み、男の右腕付け根と肩甲骨下を目掛けて蹴りを二発食らわして、右手を後方に捻じり上げ、膝を相手の背中の右心兪《しんゆ》に「ドン」と落としてハンマーロックの体勢になると、空いた右手で後頭部に一撃を食らわせた。すると男はその場で一瞬失神状態になったため、香川は男を仰向けにして拳銃一式と所持品を奪取した。

香川はもう一度後頭部を手刀で一撃すると、指紋が付かないように留意しながら男のズボンのベルトを抜いた。ズボンを脱がせてそのズボンで両手を後ろ手に、両足の膝を曲げて後ろで縛り、手足の結び目をベルトで縛って男の口にハンカチを詰め込んだ。男を引きずるとその跡がつくため、香川は男を半ば抱え上げる形で運び、鬱蒼とした森の中に隠した。

拳銃はイジェメックMP-443、銃弾は9×19㎜パラベラム弾フルメタルジャケット十八発が内装され、さらにホローポイント十八発が装填されたカートリッジが入っていた。所持品は財布と身分証明書だった。

「スペツナズか……しかもロシア連邦国家親衛隊に属しているエリートちゃんだったか」

香川がタクシーに戻ると壱岐が心配そうな顔つきで待っていた。ロヂオノフらが乗ってきたタクシーも前方に停まっていた。

「どうされたのですか？」

香川が背広の内ポケットから戦利品を取り出して概要を説明すると、壱岐は驚いた顔つきで小声で言った。

「早期離脱しますか？」

「どちらにしても、今すぐ国境を越えることは不可能だ。ロヂオノフの様子をみてからにしよう」

それから小一時間ほど経ってロヂオノフがやや酔った足取りで店から出てきて待たせ

ていたタクシーに乗り込んだ。確かにこの辺りでは、予めタクシーを待たせておかなければ大通りまで出るのは大変だった。

「相方がいなくなったのを気にしていないのでしょうか？」

「何とも言えないな」

するとと運転手が後部座席を振り返って言った。

「この次に行くところは、おそらく、サンクトペテルブルク大学近くのクラブ街だろう。先ほど行ったストロガノフ宮殿の近くだ」

「そこに行く途中に、わざわざこんなところまでストリップを見に来たのか？」

「馴染のねえちゃんが踊ったんだろうね。こちらのストリップは単なるトップレスショーだと、ドイツ人の客がつまらなそうに言っていたよ。しかし、馴染になると別のサービスがあるということを知らないんだな」

「ほう、そういうサービスかあるからこそ、わざわざこんなところまで来るわけだ。次の店はどういう店なんだ？」

「そこは三階建ての古いビルが並んでいるところだね。一つ一つの店は狭いが、バーやクラブ、ディスコが並んでいる若者向けの場所だね。値段も安いが女の子の質は高いよ。そこからホテルやアパートメントに女の子を連れて行く連中も多いようだね」

運転手のいうとおり、ロヂオノフは先ほど来た道を戻り始めた。七、八分で狭い路地に入ると、その左側には一見、一つのビルかと見間違うほど、三階建ての建物がずらりと並んでいる。そして多くの若者が目当ての店の前に溢れている。

ロヂオノフが入った店は「ロモノソフ パブ」という名のディスコだった。

「サンクトペテルブルクのほぼすべてのクラブの入り口で金属探知機を使った手荷物検査やＩＤチェックが行われるから、テロの心配はないそうだよ」

運転手の言葉に、スペツナズの男はＩＤチェックを受けたのだろうと香川は考えていた。

「やはり、相方のことは気にしていないようですね」

「何て野郎だ。いくら若いとはいえ相手はスペツナズだぜ。いなくなった友人の事を探しもしないで、あの野郎、いつか絶対にぶっ潰してやる。うちらは帰って夜逃げの準備でもするかな」

香川は追尾を止めてホテルに向かった。

「戦利品はどうされるのですか？」

「武器は銃のナンバーがわかるように写真だけ撮って、川に投げ捨てるさ。財布は中身だけいただく。身分証明書はしばらく預かることになるだろう」

「これも公安捜査の一環なのですね」

「公安捜査のデュープロセスだけでないアプローチだな。望月ちゃんは中東であらゆる武器を使ってきた。白澤ちゃんはコンピュータの世界でハッキングという裏街道を歩いている。片野坂も今回、百人単位のロシア兵をあの世に送っている。そんなイリーガルな状況で自分を活かす技を身に付けることだな」

「イリーガル……確かに公安の世界はリーガルだけでは何の仕事もできませんね」

「例えば、今、プー太郎に『戦争を止めて北方領土を返しましょう』と言っても『お前はバカか？』と、言われるだろう？　そう言わせないように、あらゆる働きかけをするのが公安だ」

「私はこの後、北京に単独で行くように言われています。何をしてくればいいのでしょう」

「それは自分の頭で考えることだな。今、習チンピラが何を一番嫌がり、恐れているか……。壱岐ちゃんなりの考えで、その手法を探してくることだ。『何かやってこい』などという無茶なことは誰も考えていない。中国の内情に詳しい壱岐ちゃんならではの発想を知りたいだけだ」

「習近平の恐れ……なるほど……」

壱岐は呟きながら、すでに頭の中で懸命に何かを考えている様子だった。

エピローグ

　翌朝、二人はヘルシンキ経由でパリに入り、片野坂、望月、白澤の三人とオペラ座近くのホテル一階にあるレストランで合流した。片野坂が壱岐を見て言った。

「どうでしたか？　香川さんとの二人行動は」

「初めて尾行というものを行いましたが、あそこまで全く気付かれないものかと思いました」

「自宅のパソコンからデスク、ベッドの下まで覗かれているのに、ターゲットは何も気付いていないのですから、傍から見ていると笑ってしまうでしょう？」

「そういう感覚も私にはありませんでした。真後ろに立って、ターゲットとその仲間の会話を聞いているんですよ。もし、自分がやられていると思ったらゾッとしてしまいます。彼も一応はスパイなのでしょう？」

「伸び切ったゴムが元に戻らないのと同じです。本質を忘れてしまったら終わりですね。しかし、それ以上に壱岐さんは自分を消すことができる才能をお持ちなのかもしれませんよ。公安マンにとっての才能の一つ『いつの間にか隣にいる』というものですね。その点でいうと、香川さんには全くない才能です」

「こら、片野坂。お前さんに警察のイロハを教えたのは誰だ？」

「仕事のイロハから酒の飲み方まで、全て香川さんが最初の師匠ですから」

この会話を聞いて笑ったのは白澤だけで、望月と壱岐は驚いた顔つきで片野坂と香川の二人を交互に見ていた。白澤が望月と壱岐の二人を見て言った。

「漫才コンビみたいでしょう？　でも、突っ込み役は片野坂部付なんですよ」

「なんだって、俺がボケだというのか？

「ボケじゃなくてボケ役です」

「あっそ、お前さんには逆らわないことにしているからな」

これを見た望月が香川に言った。

「お二人は夫婦漫才みたいですね」

「こいつのどこが女房役なんだよ」

「いや、完全に香川さんが負けているような気がして……」

すると片野坂も笑いながら話に加わった。

「この三人はいわゆる三つ巴のバランス・オブ・パワーのような関係なんですね。望月さん、壱岐さんもこれに加わってファイブ・パワーでバランスを築いていきましょう。

お二人はそれができる資質をお持ちであると僕は確信しています」

「そう言われても、私は香川さんに助けてもらうばかりで……」

望月が首を傾げて言うと、香川が言った。

「何言ってんの、それは警察としての経験が違うだけで、ここに来たのは一年の差しかないじゃないの。ベルリンじゃ結構リードしてくれていたし、頼もしい同僚だと思っているんだから。その望月ちゃんが見出した壱岐ちゃんも、今回のサンクトペテルブルクで底知れない能力があることがよくわかったよ。壱岐ちゃんは、実際のところ何か国語を喋ることができるの？」

「一応、六か国語のつもりです」

「それが、みんなネイティブに聞こえるから凄いんだ」

「彼の語学力は外務省内でも有名でした。中国外交部でも一目置かれていた存在なんです」

香川が二、三度頷いて白澤に訊ねた。

「ところで、例のデータ解析は進んでいるのかい？」

「かなりのボリュームですが、四人名簿と採用名簿は物凄い充実ぶりですし、これまでワグネルの傭兵が出動した地域や、その場で今後の戦争犯罪を立証できる資料や画像まで残っています。そして、ワグネル内の傭兵のチーム分けや、今後の出動予定表もありました」

「傭兵名簿ではなく、その前段の囚人名簿まであるのか……。思った以上に宝の山だな……」

「こんな資料を持っている人物は、相当な地位の人だと思います。本当に、香川さんの公安センスには毎度のことながら驚かされます」

「たまには褒めてくれるんだな。そういう人物だからこそ、こちらとしてもその素性をはっきりと確認したかったんだよ」

そこまで言うと、香川はおもむろに内ポケットからホテルの封筒を出して、白澤に手渡して言った。

「それから、この身分証明書とクレジットカード、運転免許証をチェックしてもらいたいんだ。ついでに、この持ち主に関して今後一か月間に何かニュースになるか、組織内の人事関連についても見ておいて欲しいんだ」

「この身分証明書って、もしかして……」

「拾得物だよ。そのうちに海外のどこかの交番に届けることになるだろうけどな」

白澤が呆れた顔つきで頷いて言った。

「この身分証明書の持ち主の素性もそうですが……私は友人のように付き合ってきた女性スパイの正体さえよくわかりません」

「例の、第二のアンナ・チャップマンのことだな……」

「今度、片野坂部付に会ってもらうことになりました」

「片野坂、お前、大丈夫なのか？」

「前にも会っていますし、彼女に籠絡《ろうらく》された元外務副大臣の緒方良亮《おがたりようすけ》への手口もわかっていますから、大丈夫でしょう」

「東京都の職員として会うのか？」

「はい。ただし、警視庁総務部企画課庁務担当とのカウンターパートとして会うつもりです」

「警察を出していいのか？」

「ただの都職員で亡命の手助けなど請け合うことはできません。都知事に迷惑が掛かりますから、自分の判断でできる限界を最初に伝えます。ただ僕は、彼女が緒方良亮と一緒だった時に、副大臣との会話を聞かれていますから、それなりの期待は持たれていると思います」

「クチンスカヤの毒牙に自ら飛び込んだ落選副大臣だな……。くれぐれも気を付けてくれよ。何と言ってもいい女だからな」

「気を付けます。ところで、香川さんの仕掛けはもう終わったようですが、これから壱岐さんはもう一仕事ですね」

「いろいろ考えてみたのですが、今、中国で行われているゼロコロナ政策に関して、北京を中心として、これから起こるであろう、共産党、習近平批判の実態を見てみたいと思っています」

「いい着眼点だと思います」

「彼らの世界観の中にアメリカやロシア、台湾、日本がどういう立場であるかも確認しておきたいのです」

「ルートはあるのですか？」

「一流大学の学生の多くは真実を知りたいのです。かつて多くの優秀な人材が『海亀』と称して海外で学び、帰国後に国家のために働いたわけですが、最近の優秀な人材は海外に留学しても帰国しようという意思がなくなっているのです。そういう片道切符の人材と国内の一流大学に残った者で、相互に連絡を取り合っているグループがいます。そこに入ってみようかと思います」

「どういう立ち位置で接触するのですか？」

「元日本の外交官で現在はベンチャーキャピタルの調査員という触れ込みを考えています。私の大学時代の友人で、実際にシリコンバレーでその仕事をしている者がいて、私にも参画の誘いがあったのは事実です」

「シリコンバレーのベンチャーキャピタルか……学生にとっては興味津々でしょうね」

「はい、技術者だけでなく、経営を学んでいる者も興味を示していると聞いています」

これを聞いた白澤が訊ねた。

「台湾はどうなると思われていらっしゃいますか？」

「中国が台湾を欲しいのは台湾海峡の通行権が一番でしょうが、本当は台湾が持つ先端半導体と故宮博物院の宝なのだと思います。これを考えると、中国も台湾に対する安易な空爆はできないと思います」

「台北以外を空爆する可能性はどうなのですか？」

「確かに高雄、台南、台中は攻撃対象になる可能性はあります。台北からの新幹線ルートで、しかもメイドインジャパンですからね。さらには台東の池上を中心とした穀倉地帯も狙ってくる可能性はありますが、それをやってしまったら、北京、上海、香港、深《シン》圳《セン》も同様の空爆を受けると考えた方がいいと思います。台湾の人々は中国から独立しようなんて思っていません。なぜなら、台湾はこれまで一度も中国に帰属してはいないからです」

「えっ、どういうことですか？」

「だから独立ではなく、建国なのです。『独立』や『統一』というのは中国共産党による勝手な理論に過ぎないということです」

「そうすると、習近平が二〇一九年の年初に表明した包括的な台湾政策『習五点』は何を意味しているのですか？」
習近平の台湾政策は、かつて中国が台湾への「武力統一」路線を「平和統一」に転換した「台湾同胞に告げる書」発表から四十周年に当たる二〇一九年一月二日に発表されたもので、
民族の復興を図り、平和統一の目標実現
「一国二制度」の台湾モデルを台湾各党派・団体との対話を通じ模索
「武力使用の放棄」は約束しないが、対象は外部勢力の干渉と「台湾独立」分子
（中台の）融合発展を深化させて平和統一の基礎を固める
中華文化の共通アイデンティティを増進し台湾青年への工作を強化
との内容だった。
「習近平による台湾政策の歴史は実に長いんです。それは彼が一九八五年に福建省廈門《アモイ》副市長に就いた時から始まっているのです」
「『ピアノの島』コロンス島で有名な廈門ですね」
白澤の言葉に香川が言った。
「やはりピアノから来たか……その沖合二キロメートルには台湾領の金門島があって、中台交流の表の窓口なんだ。俺も台湾から金門島経由で中国に潜入したことがあるからな」

片野坂は頷きながら話を続けた。

「一九九〇年からは福建省の中心都市、福州市のトップ党書記、二〇〇〇年には福建省長となっているのです。台湾には、中国大陸それも福建省を中心に三十万人の女性が嫁いでいるのです。そして、その多くが習近平が福建省で働いていた時期に重なるのです」

「既に工作は進められていた……ということか……」

「その中でも有名な福州市の沖にある平潭島《ピンタンとう》では、台湾の漁船船長をもてなすための豪華な御殿のような招待所があって、それなりの接待をやっていたのです」

「中国の得意技の色仕掛けだな。その真似をしたのが北朝鮮ということか……」

「台湾国内に移って台湾での地位向上を訴えた者の多くが、これらの漁師関係者や嫁いできた女性たちであることは後になってわかったことだったのです」

片野坂に壱岐が訊ねた。

「先ほど白澤さんがおっしゃった習五点は私もよく勉強しましたが、その中に『台湾青年への工作を強化』というような項目があったかと記憶しています」

「さすがに中国のプロですね。中華文化を論じる前に、習近平が彼の国家観を語る時によく用いる『中華民族』という概念を考える必要があると思います。これは彼の『共産党の統治に基づく、各民族の国家への帰属』という考えによる、新たな民族意識であろうと思っています。基本に中国式共産主義があるのですから、自由主義者にとっては本末転倒の考えになるはずです。ですから、結果的に暴力主義になってしまうのだと思います」

「国家観ですか……そもそも国家観をホッブズ、ロック、ルソーの三人が主として唱えた社会契約説に基づくものとして考えてよろしいのでしょうか？」

　これを聞いた香川が言った。

「東大の政治学の授業じゃないんだから、そんなのは二人でやってくれよ。俺が聞きたいと思っていたのは、アイデンティティを『同一性』と『帰属意識』のどちらで捉えるかによって違ってくるわけで、共産主義で言えば後者になるわけだろう？　そうなると自由主義者を共産主義に帰属させるのは、もともと困難なことになるのは明白じゃないか……ということになるんだが、どうなんだ？」

　香川の言葉に白澤がポツリと言った。

「香川さん、凄い」

　香川は白澤にピースマークを示して続けた。

「要は、工作の強化というのは、俺たちのような学生運動がまだ学内で残っていた時代に流行った『赤化拡大』ということなんだろう？」

「その言葉が流行ったのかどうかは知りませんが、『拡大』という言葉が現在もその残党の中で使われているのは事実ですね」

「しかし、第二次世界大戦後に始まった東西冷戦で社会主義国家が増えた背景の最大の問題は、資本主義の労働基準があまりに酷かったからで、現在の社会主義国は、中国、北朝鮮、ベトナム、ラオス、キューバの五か国だけになってしまったことを考えると、習チンピラの発想の誤りは自明の理なのではないか？」

「ロシアが資本主義国家になったとは思いませんし、現在の中国やロシアほど格差が大きな国家も少ないと思います。共産主義の本質はどこにも残っていない気がします」

「ロシアには昔からアネクドートという風刺の利いた小話があるんだが、最近のそれに『みんなお金が足りないと感じている。ある人は新しいヨットの資金が足りず、ある人は新しい靴のための資金を探している』というようなものがあったよ」

「ロシアンジョークですね。実は、昨日、三人でパリのマレ地区のロジエ通りを歩いたのですが、いわゆる、選りすぐりの専門店に黒塗りの車で乗り付けて、爆買いしていたのは中国人でした」

「俺たちが厳しい仕事をしている時に、パリのマレ地区本場の味が堪能できるレストランで食事していたのか……」

「散策だけですよ。ファラフェルをテイクアウトして路上で食べたんです」

白澤が懸命に言った。

「わかったよ。それで、壱岐ちゃんは習五点の解釈を聞いて何をしようと思っているんだ？」

「いわゆる『一国二制度』の台湾モデルの案が習近平の考えの中にあるのか……ということです」

「『一国二制度』か。中国が香港政策で自ら招いた失政だ。香港返還時にイギリスや当時の香港市民と交わした一国二制度の約束は完全に崩壊してしまったからな。ただ、台湾国内でも中国によるさまざまな圧力によって現状変更させられている事案もあるからな。その例の一つが台湾のフラッグキャリアである中華航空、つまりチャイナエアラインだ。かつてはチャイナエアラインの垂直尾翼にデザインされていた中華民国の国旗である青天白日満地紅旗が、中国の嫌がらせで消さざるを得なくなってしまったからな」

「紅梅になったのですよね……確か、オリンピックに参加する時もそんな旗だったような気がします」

「台湾も中国共産党に遠慮しているところもあるのだろう。ただ、国旗を掲げることができないというのは、国家の存在そのものを否定してしまうのと同じだからな……チャイナエアラインにも忸怩《じくじ》たる思いがあったはずだ」

「台湾にも親中派は多いのではないですか？」

「確かに中国本土から送り込まれた者は多いが、香港の民主化運動が壊滅させられた一部始終を見てきた人は、あれが将来の台湾の姿だと思うと急速に中国化への反発が出てきたようだな。送り込まれた中国共産党の工作員でさえ『もう少し巧くやってくれなければ……』という思いがあったとも、台湾の弁護士から伝えられている」

「そうですよね……習近平の焦りが感じられる行為だと私でさえ思ってしまいました。やはり中国共産党にとって民主化というのは怖いものなのでしょうね」

「誰だって自由、それも内心の自由を圧迫されるのは嫌なことだろう？　何も自分の頭で考えることができなくなるのだからな。中国の習チンピラにしろ、ロシアのプー太郎にせよ、北朝鮮の黒電話頭にせよ、共産主義の独裁者というよりも、帝国主義時代の皇帝を目指しているのかもしれない」

「皇帝……そう言われると、確かにそんな気がしてきますね……皇帝か……」

香川と壱岐の話をジッと聞いていた白澤が思わず唸って香川に訊ねた。

「中国、ロシアの大国ならまだしも、北朝鮮の金正恩が皇帝を目指しますか？」

「中露朝三国独裁者同盟の中で、最も出来の悪い金正恩ですら、アメリカ大統領を手玉に取った自負がある。やられた方も政治家としての資質は歴代大統領ワーストスリーに入る人物とはいえ、大国アメリカを分断するほどの人気を持っていたことも事実だ」

「手玉に取られた……のではないですか？」

「いや、少なくともアメリカ大統領がアジアまで二度も出向いてきたんだ」

「南北朝鮮の和平ができると思っていたのでしょうか？」

「当初、アメリカ大統領はそうだったんだろうな。そこがブッシュジュニアとの政治家の資質の違いだな。ブッシュジュニアは彼が大統領の時、本気で金正恩の父親である金正日《ジョンイル》を抹殺する気だった。まさに政治家としての資質の問題だな」

「ブッシュジュニアが実行に移さなかった理由は何なのですか？」

「暗殺を恐れた金正日を利用した結果が北朝鮮拉致被害者の帰国になっただろう？様々な背景があったんだよ」

「そうだったのですか……」

白澤はその詳細を聞きたかったが、香川がやんわりとその先を誤魔化した。

「外交というのはそういうものだ。むやみに戦争をすればいいというものではない。しかし、その後の判断を間違えると、結果として現在のようなことが起こってしまう。そこにも、日本の政治家が行った大きな判断ミスがあったわけだ。例えば日本の北朝鮮問題でいえば、弟・正恩に抹殺された兄・正男《ジョンナム》の身柄を拘束してしまった日本政府の判断に現体制を作らせてしまった原因があったわけだ。あれで正男は父・正日から見捨てられてしまったのだからな。当時は不幸なことに、日本の政権は第一次小泉内閣になって一週間も経たない時で、時の外務大臣が外交ど素人だった」

「そういう時期だったのですね……」

「不幸というのは重なるもの……と言われるが、まさにこの時が日朝外交上の一つの転換期だったことは否めない」

「金正男はそれ以前にも日本に密入国していたのですよね」

「そう。観光などを目的にドミニカ共和国の偽造パスポートを使い、一九九〇年代から日本に何度か不法入国していた。本人も日本には五回から六回は訪れ、来日時には東京ディズニーランドや赤坂の韓国人クラブ、吉原の高級ソープランドに出入りしたことを認めていた」

「公安部はこの事実を知っていたのですか?」

「当然だろう。入管と公安部は暗黙の了解で泳がせていた。もちろん外務省には知らせていなかったけどな」

「外務省は蚊帳の外……ということですか?」

「仕方ないだろう。結果的にも、こういうことになったのだからな。正男が正日の後を継いだ時に奴の過去の行状は脅しネタになるはずだったんだ」

「そういうことだったのですか……」

「十年以上の努力が水の泡と消えてしまった瞬間だったな。当時の総理大臣も総理になるまでに外交、防衛を経験したことがなかったのだからな。おまけに当時の閣僚で即戦力になる人は五指にも満たなかったんだ」

香川の話を聞いていた望月が唸りながら話題に加わった。

「そうでしたね……その結果として登場したのが異母兄弟の正恩だったわけですね……」

「その正恩が自国民の健康、教育等の基本的人権など考えず、ただひたすら『ロケットマン』を続けるのを、中ロのリーダーは、当面は中ロ両国の鉄砲玉として使い、その後は、金王朝が自壊した後の領地の分捕りを目論んでいるため、笑って見ているだけのことなんだ」

「日本は黙って見ているだけ……なのですか？」

「防衛力の強化や敵基地攻撃を言ってはいるが、習チンピラの次の任期前までにやってしまわなければ意味がない。チンピラ野郎は必ず台湾に対して侵攻を行うからな」

「なるほど……機能不全に陥って機能しないUNではなんの対処もできませんからね」

「UNの話が出てくるとまた長くなってしまうから、当面は壱岐ちゃんの中国での活躍を祈ろう」

これを聞いた片野坂が話をまとめるように言った。

「中国のネット事情をよく理解したうえで戦略を立ててみるのも一考でしょう。それほど現在の中国の若い世代は賢くなってきています。このネットニュースを見て下さい」

片野坂がパソコンに保存していた画像を見せた。

「十月十三日、北京市海淀《かいでん》区の高架橋、四通橋の側面に習近平体制を批判する横断幕が二枚掲げられた。掲げられた二枚の横断幕には『独裁国賊習近平を罷免せよ』『文革はいらない、改革が必要だ』『領袖は要らない、投票が欲しい』『封鎖は要らない、自由が欲しい』などの文言が記されていた」

そして、そのニュースのタイトルが「習近平体制下における中国人民の抗議の最も重要な行為の一つ」となっていた。これを見て壱岐がポツリと言った。

「知りませんでした……」

壱岐をパリのシャルルドゴール空港で見送った片野坂、香川、望月の三人はフランクフルト経由で帰国した。一人ヨーロッパに残った白澤は、連日、プログラマーのように、ターミナルと呼ばれる黒い画面、DOSプロンプトの画面で操作を続けていた。

壱岐は北京に入ると在北京日本国大使館の後輩に連絡を入れ、北京市内のジャンクショップで売りに出されているパソコン二台と複数の携帯用ルーターを入手し、王府井《ワンフーチン》近くにある日系ホテルに投宿した。ここなら中国政府による盗聴がないためだった。ホテルにも当然ながらWi‐Fiサービスはあったが、これを利用することによって公安当局から傍受されるのを防ぐため、携帯用ルーターを入手したのだ。

それから約一か月間、壱岐は入念なリサーチを始めた。

最初に壱岐は今や中国で最上級の大学となった清華大学の学生が多く使用しているサイトにアクセスした。

清華大学は習近平の母校でもあり、近年、北京大学よりも世界大学ランキングで上位になるだけでなく各種施設も充実していた。

「新型コロナウイルス感染症対策もここまでくると暴動でも起きそうな雰囲気だな」

壱岐は片野坂が言った「中国のネット事情」の変化に今さらながら驚いていた。すでに中国は「誰もが発信できるセルフメディアの時代」になっていた。しかも、これに新たに参入するようになった大衆の知的レベルは決して高いものではなく、中国のネット世論は、何の根拠もない『言いたい放題』の様相を呈していた。その中で最高学府のトップである清華大学の学生の中には、このありさまに共産主義の限界を感じる者の存在が少なくないことを、壱岐は感じ取った。

壱岐はこのサイトを利用し始めた。

「上から目線で他人を非難・中傷することしか知らない哀れな民へ。君たちが嫌いな日本には『恥の文化』というものがある。君たちのような理性というものを知らない発言は、学問を行った者には『暴力』としか受け止められないばかりか、海外の有識者からは中国人民のレベルの低さを笑われるだけだ。ネットの中でも文化人になることを切に希望する」

この投稿に対してあっという間に数百件の理性のない書き込みが入った。

「中国人の誇りを持たない馬鹿者」

「中国こそ世界最高の国であることを知らない哀れな奴」

「死ね」

「お前を探し出して殺してやる」

壱岐は笑いながら、投稿者の中の数少ない賛同者に返事を送った。

「十四億の人民のうち、おそらく九割以上がこのザマだろう。また九千万人の共産党員のほとんどが似たようなものだろう。正しい学問を学んでいる学生諸君、この人民の意識を改革するのは大変だ。自分自身のために今すぐ、留学して、そこで永住するしかないのではないか？」

するとすぐに返事が来た。

「すでに海外に留学している最優秀の人物はそれでいいが、それに及ばないから中国国内の大学に通っているんだ。清華大学の学生だって、ある意味で落ちこぼれなんだよ」

「清華大学が落ちこぼれなら、北京大学の学生はどうしろというんだ」

「それは王毅《おうき》のように、三流大学卒業でも、共産党幹部の娘をゲットすればいい」

「共産党幹部の息子だからそんなことが言える。習近平の嫁のように見た目と美声があればトップの嫁になれるのに……」

「お前たちは共産党員の子だからいいが、そうでない者はどうすればよいのだ？」

「共産党員の子弟をゲットすれば済むだけのことだ。特殊な体力が必要だけどな」

次第にチャイニーズジョークの場になっていく。次に壱岐は北京大学の学生サイトに書き込んだ。

「北京大学の誇りは習近平に奪われてしまったのか？」

「中国共産党中央政治局常務委員会の七人の中で北京大学ＯＢは先がない趙楽際《ちょうらくさい》が再任されただけだ。最年少で抜擢された丁薛祥《ていせつしょう》は、上海市党委員会書記だった習近平の秘書長で東北重型機械学院卒に過ぎない。北京大学ＯＢは当面は必要がない存在ということだ」

「中国共産党では大学なんて関係ない。要は中国共産党中央党校でいかにいい成績を取るかなんだ」

「中国共産党中央党校で校長との知己、同窓などの人脈が重要になるだけだ」

壱岐が考えていた以上に共産党に対する批判にも近いメッセージが並んだため、一旦パソコンとルーターを変えて様子を見た。すると、三十分後に壱岐のメッセージと、これに対して送られたメッセージは全て削除された。壱岐はこの模様を見ながらポツリと呟いていた。

「どこの国でも一定の時代の最後には反知性的な国粋主義者が台頭するものだ……」

すると十一月二十四日夜に思わぬニュースがネットで広まった。新疆ウイグル自治区のウルムチ市で起きた十人が死亡したマンション火災だった。このマンションは長期間にわたるコロナ対策のために封鎖され『部屋のドアや非常口扉が封鎖され、逃げ遅れ犠牲者が出た』という批判がＳＮＳに相次いで投稿され、中国国内で一気に拡散されたが、当局側が削除していた。習近平はウルムチ市の火災事故を見て見ぬ振りをし、逆に地震で被災したソロモン諸島に見舞いの電報を打ったことで大規模なデモや集会が全国規模で発生した。

二十六日、南京にあるメディア系大学南京伝媒学院校内の階段で一人の女性が何も書かれていない白い紙を横に持って立った。火災事故への政府に対する無言の抗議だった。その後、教員や学院長を巻き込む大騒動となったが、この時の映像は、すぐに中国のソーシャルメディアで広く拡散された。これに呼応して中国の多くの大学で学生たちが「何も書かれていないなら削除しようがない」とＡ４の白紙を、ゼロコロナ政策の理不尽さと言論統制に抗議する意味で掲げ始めた。

清華大学でも、一千人以上の学生たちがキャンパス内の紫荊園《ハナズオウ》前に集まり、白紙を掲げて抗議活動を行った。そんな中、「いま声を上げなければ生涯後悔する」と震える声で訴えた一人の女子学生がいた。これを見た壱岐は直ちに新たなパソコンからＳＮＳに発信した。

「六四天安門事件でさえ鎮圧された。今のようなエネルギーがない運動はあっという間に必ず鎮圧される。学生運動は燃えるようなエネルギーがなければ、市民や共産党幹部を動かすことができない」

この投稿に対して、学生たちの反応は鈍かった。さらに一般市民からも冷めた投稿しか続かなかった。壱岐が思ったとおり、この動きはキャンパス内だけの騒ぎとして終息した。特に清華大学では地方出身の学生は強制的に国家が用意したバスで帰省させられるという結果だった。

その中で、海外に留学しているエリートたちが壱岐の投稿に興味を示した。

「政府は監視社会とか言って、様々なところに監視カメラを設置して、個人の動きを見ているようだが、カメラの精度が悪くて個人を特定できていない。アメリカにいる自分のスマホに公安当局から『お前が大学でやったことはわかっている。直ちに出頭せよ』と連絡が入った。私が『現在アメリカの大学で勉強しているのに、どこの警察署に出頭すればいいのか』と質問を送ったが、その後、なんの回答もなかった。こんなざまじゃ、中国の将来は暗い」

「中国では何億人が新型コロナウイルスに感染しているんだ？　担当部署も全く把握していないんだろう。中国の地方病院の映像がアメリカでも流れているのに、当局の発表は嘘だらけだ。国民を愚弄している」

「さすがに今度ばかりは中国共産党の馬鹿さ加減をよく理解することができた。これで何の心配もなくこちらに永住する気になった。そのうち、両親を空気も金も綺麗なアメリカ（美国）に呼ぶことにする」

「習近平よ、多くの政敵を倒してきたが、同様に有能な人材も潰してきた。将来、中国をダメにした政治家として歴史に名を残すだろう。お前が死んだら母国に本物の中華料理を食べに帰るさ」

壱岐はこの投稿がいつ削除されるのか心配したが、なんと一週間の間、当局に発見されることなく、静かに拡散されていた。一週間足らずで終息した「白紙抗議デモ」の中でも、市民が「共産党下台（共産党は退陣しろ）」「習近平下台（習近平は退陣しろ）」のシュプレヒコールが起きた上海に注目した。

上海の人々の中には北京に対する対抗意識というよりも、日本の大阪と東京の歴史的、文化的違いに近いものがあるような気がしていた。さらに、中国全土から選抜された大学生の中でも、世界に通用すると言われるエリート校、清華大学、北京大学、復旦《ふくたん》大学、浙江《せっこう》大学、上海交通大学、中国科学技術大学の六つの重点大学がいずれも今回のデモに参加しており、清華、北京の上位二校が北京に、復旦、上海交通の二校が上海に所在していることに注目した。

「習近平の弱点は、大学生と上海にあるのではないか……」

壱岐は上海の有力サイトと上海の重点大学二校のサイトにメッセージを送った。

「上海市は世界の都市総合力ランキングでは今や北京を超えている。上海市民よ、自信と誇りを持とう」

するとこんな投稿が入った。

「かつて、上海市での大規模な汚職事件を密告し、書記や市長を辞めさせた功労で一気に書記にのし上がった習近平。奴の出世の道具にされた上海市。習近平は退陣しろ」

「習近平は上海で金を稼ぎ、北京で権力を振るおうとしている。あとは無能な軍人たちをどうするかだ」

初めて「軍人」が出てきたことに壱岐は驚いた。

「上海は警察ではなく、軍を恐れているのか……」

壱岐はパソコンを変えて今度は復旦、上海交通の二大学の学生サイトにメッセージを送った。

「海外の大学に留学する、もしくは海外企業で働く意思があるか？　どこの国、どのような業種を希望するか？　希望する条件は？　永住するとすればどこの国がいいか、またその理由は？」

これには膨大なアクセスが寄せられた。

その中で特徴的だったのは、大学は圧倒的にイギリスのオックスフォードとアメリカのカリフォルニア工科大学（California Institute of Technology）が占めていたことだ。海外企業で働きたい者が七割近かった。国はアメリカ、シンガポール、ドイツの順で、業種はＩＴ関連が最も多く、その次がマーケティング、そして日本の総合商社だった。そして最も注目すべきは永住先の希望が日本だったことだった。

これには理由を付している者が多く、日本への渡航歴を有する者がほとんどだった。

「水と空気と街が綺麗である。中華料理もそれなりに美味い。人種差別がない。物価が安い。医薬品や化粧品が充実して、買い占めする者がいない。健康保険制度がある。都会の浮浪者でも新聞や本を読んでいるほど教育レベルが高い。三十代までアメリカやシンガポールで稼いで四十代から日本の永住権を取って、時々海外旅行をして、たまに本物の中華料理を食べに中国に行く」

等々だった。

次に壱岐はウクライナ情勢についてアンケートすると、多くの者が実情を知っており、

「プーチンの個人戦争。プーチンは皇帝に君臨している。あの馬鹿げた会議のスタイルが最低。オリガルヒは中国富裕層と同じ構図」

と、いうものだった。

最後に台湾について聞いてみると、一番多かったのが、

「台湾の人民投票の結果を重視すべき。香港のように元々の住民が逃げ出すようでは統一する意味もなく、逆に敵を内に抱えてしまうことになる」

これには壱岐も驚いた。自分の目で上海を見てみたいとも思ったが、上海が中国公安の巣であり、情報監視の中心であることを知っているため、今回は諦めた。

多くのデータを集めた壱岐は二か月間の情報収集活動を終え、パソコン等は在北京日本大使館の後輩に処分を依頼して帰国した。

壱岐のデータを見た片野坂や香川は一様に、その結果に驚いていた。

「こういうデータの使い方があるのか……」

「確かに大学生と上海が習近平にとっては手ごわい相手になるかもしれませんね」

片野坂が言うと、壱岐が答えた。

「確かに北京と上海とはライバル関係にあるのかもしれませんが、それ以上に北京に対して反感を持っているのが内地、つまり、海岸線上にない大都市の住民や、そこにある大学の学生です。海岸線からそう遠くない武漢大学は新型コロナウイルス感染の発生地というだけで批判を受けました。さらに東北地方は別として地理的には四川省内にある重慶大学等は反海岸線、反北京意識が強くなっています」

「以前から言われている、地理的格差ですね」

「台湾問題も、清朝が二百年にわたり統治していたことは事実ですが、実質的に台湾本島における清国の統治範囲は島内全域に及ぶことはなかったわけです。中華人民共和国はこれを否定していますが、中華民国はこれを認めていましたし、この事実を廈門大学の学生は鄭成功《ていせいこう》を通じて知っているんです」

「なるほど……面白いデータですね。ですから『台湾人民による人民投票』という言葉が出てくるのでしょうし、香港人の哀れな末路を自分たちの目で見ていますからね。若者は自由に憧れるものなのです」

そこまで言って片野坂が思わぬことを言い出した。

「実は、警備局長のところにCIAから申し入れが来ているようなのです。それは二〇二一年八月頃から噂話のように言われていたのですが、今般、CIAがようやく『二十一世紀最大の地政学的試練』として対中国向けの『中国ミッションセンター（CMC）』を作るというのです。そして、そのカウンターパートとして我々が指名されたというのです」

「それは、我々ではなくて、片野坂、お前自身なんじゃないのか？」

「いえ、僕自身は一度も中国で活動したことはありません。一番動いたのは香川さんですし、望月さんはもちろん、今回、壱岐さんも加わっています」

「なるほど……それでどうするんだ？」

「中国に関してはCIAの情報も共有していいのではないかと思っています。おそらく、今回のドローンシステムの件もNSBからCIAに概要が届いているようです」

「NSBも信用できないな……」

「向こうにもいろいろ事情があるのでしょう。今後のウクライナ情勢もありますし、僕たちが開発中のワグネル対策のeスポーツシステムも効果的です」

「白澤ちゃんの解析も進んでいるようだな」

「この一か月のワグネル傭兵軍団の動きはデータどおりでしたし、その時の画像を既に入手して、現在、ゲームソフト化している最中です。ロシアとしては真冬が終わる時期に一斉に長距離ミサイル攻撃をしかけた上で一斉侵攻を開始すると思われますが、この一斉侵攻を完膚なきまでに叩き潰してプーチン政権を窮地に追いやるためには、西側の新型戦車だけでなく、ドローンシステムが極めて有効になるのです。特に、クリミア半島にある、ロシア軍の百以上の武器庫とミサイルシステムは、ドローンシステムで壊滅させることが可能です」

「すると、商売が上手く行くな」

「既に一億ドルが振り込まれていますが、この数倍、もしくは数十倍が求められる可能性があります」

「どうするんだ、そんな金。桜田商事だけでは対処できないだろう？」

「現在、警備局とも協議中ですが、僕たちとしても、白澤さんをいつまでもヨーロッパに一人で滞在させておくわけにもいきませんし、何らかの対応が必要だと思っています」

「まあ、そうだな……」

「それからもう一つ、今回、壱岐さんが持ってきてくれたデータの中に中国の海外警察のデータが入っていまして、公安部がすでに目を付けていた団体に、副大臣も経験した馬鹿な国会議員も関与しているのです」

「海外警察か……中央統一戦線工作部の連中だな。習のカバン持ち丁薛祥が動いているんだろう」

香川が言うと、驚いたように壱岐が訊ねた。

「香川さん、どうして丁薛祥のことまでご存じなんですか」

「あんなチンピラ野郎が常務委員会の七人の最年少に入ったんだ。自ずと奴の役割が見えてくるだろう」

「恐れ入ります。私も、今回、中国で知った事実なのですが、怖いなあ」

「アンテナは付けているだけじゃ意味がない。動かしていなけりゃな」

香川の言葉に片野坂が言った。

「そこが香川さんの面白いところなんですよね。単なる物知り博士ではなくて、情勢をよく把握して分析していらっしゃいますからね。一点だけ質問ですが、習近平は台湾に乗り出すと思いますか？」

「それは間違いないな。ただし、来年の夏までにプーチンが生き延びているかどうか……だな。それによって、世界のエネルギー情勢、食料事情も大きく転換する。そして、上手く行けば北方領土を獲得できるチャンスだ。プー太郎が大統領在任中に行った大統領令と改正憲法を、新たな大統領に破棄させる圧力を誰がやるか……だな」

「面白い分析です。それにむかって僕たちも動きましょう。予算はありますからね」

そう言って、珍しく片野坂が声を出して笑った。

数日後、白澤から香川に連絡が入った。後ろの席にいた片野坂にも聞かせるために電話をスピーカーにして話をした。

「どうだ、その後の解析結果は？」

「おそらく宝の山なのだろうと思います。ただし、ロヂオノフはワグネル社を辞めて、ロシア内務省の職員になりました。というよりも、戻ったという方が正解のようです。それから、例の身分証明書の持ち主はナホトカ勤務になっています」

「ナホトカか……また会う機会ができるかもしれないな」

香川が愉快そうに笑った。すると白澤が片野坂に電話を替わってもらいたい旨を伝えたため、片野坂を振り返ると、片野坂の方から香川の席に来て、そのままの状態で話を始めた。

「片野坂部付、クチンスカヤの件はどうなりましたでしょうか？」

「今、警備局とCIAの間で話を詰めています。彼女が僕に語った限りでは、彼女の言葉に嘘はありませんでした。白澤さんには告げない約束で、彼女自身がロシアのスパイとして欧米で活動していたことを認めていました。僕自身も、彼女が本気で亡命を望んでいることは理解できましたし、全てを明らかにする義務があることも本人に伝えています」

「そうだったのですね……。クチンスカヤの顔つきが前よりもずっと穏やかになってはいるのですが、どこか怯えたようなところもあって心配しています」

「二週間のうちには結果が出ると思われますが、おそらく、EUのどこかの空軍基地からアメリカ入りすることになると思います。CIAの仲間からの内々の話では、オーストラリア政府も入国に前向きな姿勢だということですから、もう少しの間、連絡を密にして、いいお友達でいてあげて下さい。そのうち、彼女から本当のことを打ち明けられる時がくると思います」

「その日が来ることを楽しみしています。この会話、以前にもしたことがあるような気がします」

「そうでしたね。でもあの頃と今とでは、彼女の考えは百八十度変わっています。白澤さんのおかげで、一つ世界が明るくなるのだと思うと、この組織の存在意義がまた一つ大きくなるような気がします」

「とんでもないことです。私なんか……」

そこに香川が口を挟んだ。

「白澤ちゃん。そろそろ帰国したくなったんじゃないのか？　正月が近くなったからな」

「みんなに会うと、別れた後が寂しいです。美味しい日本食も食べたくなります」

「今回、うちの活動費が爆発的に増えることになりそうなんだ。毎月とはいかないだろうが四季に一度はファーストクラスで帰国できて、海外勤務員独自のバカンス制度も導入する方針だから、それを励みに、俺の資料もバンバン解析してくれよな」

「それって、本当なのですか？」

白澤の声が弾んでいた。片野坂も笑って言った。

「白澤さんあっての公安部分室ですから。年間帰国計画でも作成しておいて下さい」

望月と壱岐も一緒に声を出して拍手をすると、電話の向こうの白澤が涙声になって言った。

「私、幸せです」

窓の外の曇り空から光が注がれていた。

「今、ちょうど、こちらではレンブラント光線が出たよ」

「私も明日、光のパイプオルガンが見えると思います」

「音楽家の言うことは俺たちとは一味違うねぇ」

香川の言葉に、地球の両側で笑いが広がった。

この作品は文春文庫のために書き下ろされたものです

この作品は完全なるフィクションであり、登場する人物や団体名などは、実在のものと一切関係ありません

DTP制作　エヴリ・シンク

文春文庫

警《けい》視《し》庁《ちょう》公安《こうあん》部《ぶ》・片野《かたの》坂《さか》彰《あきら》
天《てん》空《くう》の魔《ま》手《しゅ》

定価はカバーに表示してあります

2023年5月10日　第1刷

著　者　濱《はま》嘉《よし》之《ゆき》
発行者　大沼貴之
発行所　株式会社　文藝春秋

東京都千代田区紀尾井町 3-23　〒102-8008
TEL　03・3265・1211(代)
文藝春秋ホームページ　http://www.bunshun.co.jp

落丁、乱丁本は、お手数ですが小社製作部宛お送り下さい。送料小社負担でお取替致します。

印刷製本・大日本印刷

Printed in Japan
ISBN978-4-16-792037-1

文春文庫　濱嘉之の本

（　）内は解説者。品切の節はご容赦下さい。

濱　嘉之
警視庁公安部・青山望
完全黙秘

財務大臣が刺殺された。犯人は完黙し身元不明のまま。捜査する青山望は政治家と暴力団・芸能界の闇に突き当たる。元公安マンが圧倒的なリアリティで描くインテリジェンス警察小説。

は-41-1

濱　嘉之
警視庁公安部・青山望
報復連鎖

大間からマグロとともに築地に届いた氷詰めの死体。麻布署に異動した青山が、その闇で見たのは「半グレ」グループと中国マフィアが絡みつく裏社会の報復。大人気シリーズ第三弾！

は-41-3

濱　嘉之
警視庁公安部・青山望
機密漏洩

平戸に中国人五人の射殺体が漂着した。捜査に乗り出した青山は日本の原発行政をも巻き込んだ中国の大きな権力闘争に気付く。そして浮上する意外な共犯者……。シリーズ第四弾。

は-41-4

濱　嘉之
警視庁公安部・青山望
濁流資金

仮想通貨取引所の社長殺害事件と急性心不全による連続不審死事件。所轄から本庁に戻った青山は、二つの事件の背後に広がる闇に戦慄する。リアリティを追求する絶好調シリーズ第五弾。

は-41-5

濱　嘉之
警視庁公安部・青山望
巨悪利権

湯布院温泉で見つかった他殺体。マル害は九州ヤクザの大物だった。凶器の解明で見えてきた、絡み合う巨大宗教団体と利権の構造。ついに山場を迎えた青山と黒幕・神宮寺の直接対決。

は-41-6

濱　嘉之
警視庁公安部・青山望
頂上決戦

分裂するヤクザとチャイニーズ・マフィア！　悪のカリスマ、神宮寺武人の裏側に潜んでいたのは中国の暗闇だった。青山、大和田、藤中、龍の「同期カルテット」が結集し、最大の敵に挑む！

は-41-7

濱　嘉之
警視庁公安部・青山望
聖域侵犯

パナマ文書と闇社会。汚職事件、テロリストの力学。日本の聖地、伊勢で緊急事態が発生。からまる糸が一筋になったとき、公安のエース青山望は「国家の敵」といかに対峙するのか。

は-41-8

（　）内は解説者。品切の節はご容赦下さい。

濱 嘉之
警視庁公安部・青山望
国家簒奪《さんだつ》
組のご法度、覚醒剤取引に手を出した暴力団幹部が爆殺された。背後に蠢く非合法組織は、何を目論んでいるのか。国家の危機に、公安のエース、青山望が疾る人気シリーズ第九弾！
は-41-9

濱 嘉之
警視庁公安部・青山望
一網打尽
祇園祭に五発の銃声！　背後の中国・南北コリアン三つ巴のマフィア抗争、さらに半グレと芸能ヤクザ、北朝鮮サイバーテロの闇を、公安のエース・青山望が追いつめる。シリーズ第十弾！
は-41-10

濱 嘉之
警視庁公安部・青山望
爆裂通貨
ハロウィンの渋谷で、マリオに仮装した集団が爆破・殺人事件！しかも被害者は無戸籍者――背後の北朝鮮とテロの予兆を公安部エース青山は防げるか？　迫真シリーズ第十一弾。
は-41-11

濱 嘉之
警視庁公安部・青山望
最恐組織
東京マラソンと浅草三社祭で覚醒剤混入殺人事件が――。背後の中・韓・露マフィアの複合犯罪に青山と同期カルテットが挑む。元・警視庁公安部の著者ならではの迫真シリーズ最終巻！
は-41-12

濱 嘉之
警視庁公安部・片野坂彰
国境の銃弾
この男、変人か、天才か。「真の諜報組織をつくれ」と密命を受けた若き国際派公安マン・片野坂彰。特捜チームが最初に挑む事件は、韓国国境を望む対馬。一撃で三人を殺した黒幕は。
は-41-41

濱 嘉之
警視庁公安部・片野坂彰
動脈爆破
トルコで日本人の誘拐事件が発生、うち一人は現役外務省職員だった。警視庁公安部付・片野坂彰チームの捜査により、日本の「動脈」を狙う陰謀が明らかに。書き下ろしシリーズ第二弾！
は-41-42

濱 嘉之
警視庁公安部・片野坂彰
紅旗の陰謀
コロナ禍の中、家畜泥棒のベトナム人が斬殺された。警視庁公安部付・片野坂彰率いるチームの捜査により、中国の国家ぐるみの〝食の簒奪〟が明らかに。書き下ろし公安シリーズ第三弾！
は-41-43